Die Köchin oder Der Mord im Moor

Ein historischer Roman in der

Edition BoD

hrsg. von Vito von Eichborn

Ingrid Pfeiffer

Die Köchin oder Der Mord im Moor

Ein fesselnder historischer Roman –
vom Torfstechen und Überleben,
von Tartuffels, Neid und Eifersucht

Edition BOD

Bücher für Entdecker

Books on Demand bietet Autoren ein neues Verlagskonzept. Viele Debütanten, etablierte Autoren und engagierte Verleger nutzen den Publikationsservice von Books on Demand und bereichern den Buchmarkt mit interessanten und außergewöhnlichen Titeln. Vito von Eichborn, einer der innovativsten Buchmacher Deutschlands, wählt als Herausgeber für die Edition BoD herausragende Neuerscheinungen aus. Lesen Sie selbst, welche Entdeckungen das Programm von Books on Demand möglich macht.

Mehr Infos auch auf www.bod.de.

Ingrid Pfeiffer, geboren 1950 in Lehnstedt, aufgewachsen in Bremen-Blumenthal, arbeitet als Trauerrednerin und Trauerbegleiterin in Bremen, Worpswede und Umgebung. Schon von Kindheit an interessierte sie sich für Geschichte und Archäologie. Besonders die Küche und die Historie Norddeutschlands haben es ihr angetan. Einen Roman zu schreiben, in dem sich ihre Interessen unterbringen lassen, war darum reizvoll und naheliegend. Und natürlich ist die Hauptperson der Geschichte eine Köchin.

Vito von Eichborn war Journalist, dann Lektor im S. Fischer Verlag, bevor er 1980 den Eichborn Verlag gründete, dessen Programm noch heute ein breites Spektrum umfasst: Humor, Kochbücher und Ratgeber, Sachbücher aller Art, klassische und moderne Literatur sowie die Andere Bibliothek. Nach seinem Ausstieg im Jahre 1995 war er u.a. Geschäftsführer bei Rotbuch/Europäische Verlagsanstalt und sechs Jahre Verleger des Europa-Verlags. Seit 2005 ist Vito von Eichborn selbständig als Publizist tätig und fungiert u.a. seit März 2006 als Herausgeber der Edition BoD.

Inhaltsverzeichnis

Meine Buchhändlerin sagte mir, „ja“, sagte sie …

Ja, das Thema hört sich gut an. Aber Worpswede und das Leben der Künstler dort ist so oft durch die Mühle gedreht worden ...“

„Aber darum geht‘s doch gar nicht!

Erstens spielt das kaum in Orten, sondern vor allem tief im Teufelsmoor, und zweitens nicht vor hundert, sondern vor über zweihundert Jahren.“

„Und warum soll mich das interessieren?“, fragte sie frech. „Wenn es nicht um Kunst geht, nicht mal um Prominente der Geschichte, ja wie soll ich das verkaufen?“

„Also bitte“, ich suchte nach Worten, „zunächst mal ist dies eine Liebesgeschichte. Und es ist ein Krimi. Und ...“

„Bitte genauer“, unterbrach sie mich wie so oft, „jeder gute Roman, na gut, fast jeder, ist auch eine Liebesgeschichte. Und Krimis – da drüben ist ein ganzes Regal voll. Worum geht‘s überhaupt?“

„Also, die Line ist Köchin in Bremen, und zum Entsetzen ihrer Herrschaft verliebt sie sich in Früllerk, heiratet ihn und zieht auf seine einsame Torfstelle. Grete wird ermordet aufgefunden. Claass wird zu Unrecht verdächtigt. Die arrogante Bäuerin Sandvoss schikaniert sie alle. Und der Amtsdiener hat Hunger ...“

„Ja und?“, wurde sie ungeduldig, „also eine historische Kleine-Leute-Geschichte ...“

„Ja, genau das!“ wurde ich schroff, „endlich mal nicht neue deutsche Befindlichkeitsliteratur aus der Nachbarschaft, die mich meist langweilt. Die neue Beziehungskiste und der Spaziergang durch Berlin und Frankfurt gehen an mir vorbei. Dieser Roman erzählt aus einer uns völlig fremden Welt – vom Leben unserer Vorfahren und den Härten des Daseins.“

„Also, ich dachte, der sozialistische Realismus sei inzwischen out“, lästerte sie nun, „vonwegen Heldentum in der Arbeitswelt ...“

„Halt, nein", rief ich dazwischen, „also nochmal von vorne.
Es geht um die Menschen und ihr Überleben im Moor. Und das ist nicht nur verdammt ergreifend – sondern wirklich auch lehrreich.
Ab Mitte des 18. Jahrhunderts wurde durch Kolonisten im Moor die Landgewinnung vorangetrieben. Den Commissarius Findorff, der später Moorvater genannt wurde, gab es wirklich.
Wenn man von Worpswede oder Fischerhude Ausflüge macht, erschließt sich die ganze Faszination dieser Landschaft, und ..."

„Von der werden unsere Helden wenig genossen haben", bemerkte die Buchhändlerin trocken. „Also ist das für meine Leserinnen auch so etwas wie Heimatkunde?"

„Aber ja, richtig, genau! Hier wird Buchweizen gemahlen, werden Pannkoken gebacken, gibt es Biersuppe. Und unser verliebtes Pärchen schafft es, als erste in der Gegend Tartuffels anzubauen – Köchin Line bringt auch den Zweiflerinnen Kartoffelrezepte bei.
Die Hütte auf nacktem Boden, die Torfkähne, die Tierhaltung, das Alltagserleben der Kinder, die Knechte und Mägde der Großbäuerin, die Nachbarschaftshilfe und die Härten der Natur in der Einsamkeit – ja, es entsteht so etwas wie Heimatkunde, die sehr lebendig, ja anrührend wird. Das ist absolut gründlich recherchiert ..."

Sie hatte mir das Buch aus der Hand genommen und hin und her geblättert.

„Bickbeeren und Brammwien, Schlick und Schiet und Schlipp – wie norddeutsch ist das? Versteht das ein Normalmensch?", fragte sie immer noch ein bisschen skeptisch.

„Ach was", wurde ich kurz angebunden. „Erstens spielt das nun mal im Norden, da gehört das dazu. Dadurch wird es erst richtig echt. Und zweitens ist natürlich im Anhang ein Glossar mit weiterführenden Erläuterungen. Übrigens gibt's da auch ein paar Rezepte, von Labskaus bis Bremer Kloben.
Und nicht vergessen: Eine stimmige Kriminalgeschichte hält das alles zusammen. Die Interaktion der Menschen, Verdächtigungen und Klatsch, und, ja, die Arbeitswelt sind sehr anschaulich. Und natürlich

wird unsere Heldin Line, die für die Alteingesessenen mit ihren modernen Einstellungen auch ein Eindringling ist, den Verbrecher enttarnen. Das ist ja kein Lehrbuch, sondern pure Unterhaltung ..."

Sie hatte sich nun offensichtlich festgelesen. „Das werde ich ganz achtertüksch auch übers Kochen an die Leserin bringen", murmelte sie, „und an Krimi-Leser, und historisch Interessierte, und, ja natürlich, an Leute, die aus Friesland oder aus Bremen kommen, und an Worpswede-Touristen ..."

Die Glocke an der Eingangstür klingelte, ohne weiteres Wort eilte sie zu den Kunden.

Erstaunlich, wie meine Buchhändlerin immer alles auf den Punkt brachte, auf ihren Standardspruch: „Ein gutes Buch ist ein verkauftes Buch." Und ich dachte immer, es sollte vor allem gelesen werden.

Viel lehrreiches Vergnügen dabei wünscht

Vito von Eichborn

Was ist Geschichte?

Setzt sie sich nur zusammen aus den großen nachweisbaren Erlebnissen: Kriegen und Katastrophen, Dokumenten, Gebäuden und Ruinen, gefundenen Gegenständen, archäologisch Ergrabenem?

Oder gibt es dazwischen unendlich viele kleine und kleinste Ereignisse, Erfahrungen, Erlebtes, Fertigkeiten, Gelerntes, Gefühle nicht berühmter Menschen?

Vorwech

Dienstag, 7. Juni 1791 in Günnemoor im Teufelsmoor nahe Worpswede

Fidi Fricke hastete noch vor Tagesanbruch auf dem Sanddamm nach Hause. Auf seinem schmalen Rücken baumelten zwei ausgewachsene Kaninchen, die er in einer Schlinge gefangen hatte. Er versuchte die schwindende Dunkelheit und den Morgennebel mit den Augen zu durchdringen. Die hellen Birkenstämme links und rechts des aufgeschütteten Sandweges waren ihm Wegweiser. Er durfte niemandem begegnen, schließlich war das Wilddieberei. Das Land ringsum gehörte den großen Moorbauern und dem König.

Aber wie sollte er sonst seine vielköpfige Familie satt bekommen? *Torfluk*, das *Kalffleesch* der Torfsoden, kann man ja schließlich nicht essen. Er eilte weiter und vertraute auf sein Glück. Direkt hinter der hohen schiefen Birke stolperte er. Erschrocken und leise fluchend rappelte er sich wieder auf. Er war über einen Fuß gefallen! „Das ist ja eine Frau!“, rief Fidi laut.

Warum rührt die sich denn nicht? Ich hab ihr doch mit meinen Holschen einen ziemlichen Tritt gegeben. *Villicht is de von güüstern noch duun,* überlegte er. Gestern auf der großen Hochzeit in Worpswede hatte es viel Gutes zu trinken gegeben.

Trotz des Nebels erkannte er, dass der Oberkörper der Frau über den Rand des Sandweges schräg nach unten zum Moorgraben hing. „*Hitt di*, sie wird doch nicht ertrunken sein?“ Fidi wurde ganz hibbelig. Er ließ seine Kaninchen fallen und beugte sich tief hinunter. Nein, der Hinterkopf mit der Haube war zwar nass, aber nur eine Hand baumelte im Wasser. Vom Rücken der Frau hing, verdreht und verheddert, die blau karierte Schürze an den Wurzeln der Birke fest. Er rüttelte an ihrem Arm. Sie bewegte sich noch immer nicht. Er versuchte sie umzudrehen. Aus den Augenwinkeln sah er dabei im Wasser einen Holzschuh, der sich ebenfalls in den Wurzeln der schiefen Birke verfangen hatte. Merkwürdig steif war die Frau. Fidi mühte sich, er löste die Schürze, zog und zerrte den Oberkörper auf den Damm und drehte den Körper um. „Das ist ja Grete Koop“, rief er und versuchte sie zu wecken: *„Mok diene Klüsen up, Grete!“* Er nahm Gretes Kopf in die Hände und schüttelte sie sacht. Keine Reaktion, nur die Haube verschob sich. Bestürzt starrte Fidi auf seine Hände. Sie waren feucht und klebrig – das war Blut!

Grete war tot und er hatte ihr Blut an den Händen. Fidi warf sich auf den Bauch und wusch das klebrige Rot im Wassergraben ab.

Durch die Bewegung hatte sich der Holschen aus dem Wurzelwerk befreit. Fidi fischte ihn heraus. Mit dem Schuh in der Hand stand er fassungslos da und überlegte fieberhaft: *„Wat schall ek nu doon?“* Ein paar Meter weiter war ein Holzbrett über den Graben gelegt. Als schmale Brücke führte es zur Hütte von Früllerk Grapenthien, der gestern seine Line geheiratet hatte.

Eine Köchin will gehen

Ein Jahr zuvor in Bremen

Lines Herz klopfte ihr bis zum Hals. Frau Eltermann kam höchst selten persönlich in die Küche. Jetzt aber stand sie direkt neben ihr an der Herdstelle. Line schöpfte mit der Holzkelle kochendes Wasser aus dem großen bronzenen *Grapen* und goss es auf den gemahlenen Kaffee. Sie gab braunen Zucker und feingehackte, getrocknete Orangenschale dazu. Dann rührte sie das Getränk um. Das kratzende Geräusch in dem dreibeinigen irdenen Töpfchen war unangenehm in den Ohren, doch Line hörte nicht auf zu rühren. Was wollte Frau Eltermann von ihr? Ob sie es schon wusste? Aber von wem? Sie rührte und rührte. Die gewohnten Handbewegungen beruhigten sie ein wenig.

„Line, stimmt das? Nun sprich doch schon! Oder hat Manda sich das nur ausgedacht?" So schrill klang Frau Eltermanns Stimme nicht oft. Line schluckte, jetzt musste sie antworten: „Nein, Manda hat …", sie holte tief Luft und fing noch einmal an zu sprechen. „Es ist wahr. Früllerk Grapenthien hat mir einen Heiratsantrag gemacht und ich habe ihn angenommen." So, nun war es heraus. Manda musste gelauscht haben, als sich Früllerk gestern Abend mit einem Kuss verabschiedet hatte. „Es tut mir Leid, ich wollte es Euch gern selber sagen. Ich bleibe aber noch bis zum nächsten Jahr, wenn Ihr mich lasst. Die Hochzeit soll erst am Montag vor Pfingsten sein. Bis dahin lerne ich Manda an. Sie kann doch schon gut kochen. Und wenn sie mit den Gedanken nicht so oft beim Knecht ist, dann kann sie das bald." Line redete beinahe ohne Luft zu holen. Dabei rührte sie ohne Unterbrechung im Kaffee. „Wie man die Festspeisen zubereitet, zeige ich ihr bis dahin auch. Von unserer alten Köchin Hanne habe ich es doch genauso gelernt. Und Hanne wohnt ja auch nicht weit im Schnoor. Auch wenn sie alt ist, sie hilft Manda ganz bestimmt, wenn mal etwas nicht klappt." Lines Gesicht glühte.

Frau Eltermann hielt Lines Arm fest. „Ist es nötig den Kaffee für meinen Mann so lange zu rühren?“

Erschrocken hielt Line inne, nahm den Löffel heraus und schob das Töpfchen auf die Seite zum Rand der Feuerstelle.

„Line, um die Küche und das Kochen geht es doch nicht allein. Wenn Manda es nicht lernt, dann muss ich eben eine neue Köchin anstellen. Das will ich aber nicht. Ich will dich als Köchin. Das ist aber nur die eine Hälfte meiner Sorge. Line, es geht vor allem um dich. Manda hat gesagt, du willst einen Moormann heiraten. Das kann doch nicht sein!“

Beklommen widersprach Line: „Es stimmt aber. Früllerk Grapenthien, der uns seit vier Jahren den Torf bringt. Er hat in Günnemoor, in der Nähe von Worpswede, eine Kolonistenstelle.“

Frau Eltermann schüttelte immer wieder mit dem Kopf. „Du hast doch hier schon so ehrenwerte Anträge bekommen. Ich dachte immer, die Männer wären dir nicht gut genug. Du hast ja auch was Besseres verdient. Einen Handwerksmeister vielleicht.“

„Früllerk war vorher Zimmermann hier in Bremen auf der Werft“, warf Line schnell ein.

„Und warum ist er nicht hier in der Stadt geblieben?“

„Er hatte einen Unfall und seitdem ist seine rechte Hand nicht mehr gut zu gebrauchen. Er konnte nicht mehr als Zimmermann arbeiten.“

„Also gesund ist er auch nicht!“

„Aber er hat sich schon selber einen Kahn gebaut. Mit dem bringt er uns immer den Torf“, verteidigte Line ihren Früllerk.

Frau Eltermann sah Line zweifelnd an. „Ein Mann mit einer beschädigten Hand, der nur ein paar Mal hier bei dir in der Küche war, den von uns keiner kennt, der dir sonst was erzählt hat, den willst du heiraten und dann auch noch ins Moor ziehen? Line, warum?“

„Weil ich ihn lieb habe.“ Line stiegen die Tränen in die Augen. Schon als Früllerk das erste Mal in ihrer Küche gestanden hatte, war in ihr das Gefühl: Diesen Mann kenne ich schon immer. Obwohl sie nicht wusste, wer er war, was er war und wie er hieß, fühlte sie sich gleich wohl in seiner Gegenwart. Er hatte ihr auch nichts vorgemacht, sondern ihr genau erklärt, wie es im Moor und auf seiner Stelle aussieht, dass die Arbeit dort schwer und die Hütte sehr klein ist und dass nur wenige Menschen dort im Günnemoor wohnen. Er hatte sie nicht getäuscht. Entrüstet über Frau Eltermanns Verdächtigung griff sie zum Töpfchen, um den Kaffee durch ein Leinentuch in das kleine Kaffeekännchen zu gießen. Halt, geriebene Muskatnuss hätte sie jetzt beinahe vergessen … knacks! Der irdene Topf war ihr durch die Finger gerutscht und lag nun in mehreren Teilen auf dem Fußboden. Beide Frauen wischten sich schnell die Kaffeespritzer vom Rock.

„Line, Line, was ist nur mit dir?“

„Es tut mir Leid, Frau Eltermann, das habe ich nicht gewollt. Ich wische Euch die Flecken mit einem nassen Tuch fort.“ Nach der Aufregung und der Entrüstung war ihr nun heiß vor Verlegenheit.

„Line, ich will dir nichts Böses. Ich habe nur Sorge, dass du aus einem Gefühl heraus eine Entscheidung triffst, die du später bereust. Line! Ich meine es doch gut mit dir. Na ja, und ein klein wenig egoistisch denke ich auch. Natürlich möchte ich dich behalten. Ich bekomme nie wieder eine so gute Köchin wie dich. Wenn du doch wenigstens hier in Bremen bleiben würdest, wenn du heiratest. Dann könntest du zumindest noch an Festtagen und bei Feiern weiter für mich kochen. Du bist nun mal eine exzellente Köchin. Ich war dir immer dankbar, dass du andere Angebote ausgeschlagen hast und bei mir geblieben bist. Line, steh auf, das kann doch gleich eins der Küchenmädchen aufräumen!“

Line erhob sich aus der Hocke und legte die aufgesammelten Reste des Töpfchens aus der Hand.

Frau Eltermann fasste Line bei den Schultern. „Weißt du überhaupt, was du wert bist? Als du nach dem Tod deiner Eltern mit zwölf in meinen Haushalt gekommen bist, warst du noch so ängstlich und schüchtern. Zuerst hast du nur Fußböden gescheuert. Aber Hanne hat schnell erkannt, was in dir steckt und inzwischen bist du die beste Köchin weit und breit. Seit fünf Jahren hast du die ganze Verantwortung für Küche, Speisekammer, Wirtschaftskeller und die Vorratshaltung. Das Küchenpersonal gehorcht dir und respektiert dich. Nur der Kammerdiener meines Mannes ist dir gleichgestellt. Hast du nicht unsere Anerkennung und unser Wohlwollen? Zeigen wir es dir nicht genug?"

„Doch, ich fühle mich ..."

„Lass das jetzt! Line, du bist eine außergewöhnliche Frau. Sogar ganz gut schreiben und lesen hast du gelernt. Meinen Kindern hat es Spaß gemacht, dich zu unterrichten. Und der Hauslehrer hatte sich doch wohl auch ein wenig in dich verliebt und unterstützte die Kleinen nur allzu gerne."

„Ich habe aber nie ..."

Frau Eltermann wehrte Lines Protest ab: „Und du kannst noch mehr. In den Straßen rund um die Martini-, Ansgarii- und Liebfrauen-Kirche, im Rathaus und im Schütting, sogar auf dem Domgelände bist du bekannt. Ohne dein kriminalistisches Gespür wäre das Rätsel um den Mord des Kaufmanns nie gelöst worden. Für deinen Einsatz wurdest du von der Bremer Kaufmannschaft gelobt. Sogar der Obergerichtsprokurator Senator Droste empfing dich. Hast du das vergessen? Du wirfst dich und deine Talente weg, wenn du ins Moor gehst." Frau Eltermann schüttelte Line sanft und ließ sie dann abrupt los.

„Line, guck dich mal um. Du hast hier alle Bequemlichkeiten. Eine hochgemauerte Herdstelle mit modernem Rauchfang, eine Speisekammer mit Eingepökeltem und Geräuchertem. Du kannst jeden Tag auf dem Markt einkaufen. Du weißt, welche Nahrungsmittel wann zu kaufen sind, wie jede Sorte zu verwerten und zu lagern ist. Niemand kennt sich mit den exotischen Spezereien so gut aus wie du. Die *Tartuffel* mit Ochsenfleisch waren ein Gedicht. Alle haben dich bewundert. Oder das Kakaogetränk mit Rohrzucker aus Haiti, dafür bist du berühmt. Willst du, dass ich um dein Bleiben bitte und bettele?"

„Ich bitte und bettele jedenfalls energisch um meinen Kaffee. Muss ich selber kommen und ihn holen, nur weil mein Diener mit einem Auftrag außer Haus ist?“ Polterig stampfte Cornelius Eltermann, der Hausherr und Kaufmann in die Küche. „Und was machst du hier in der Küche?“, erkundigte er sich bei seiner Frau. „Haben wir nicht genug Personal?“

Line drehte sich erschrocken zu ihm um. „Ich habe ihn fallen lassen. Den Kaffee, meine ich. Das ganze Töpfchen. Ich koche sofort neuen für Euch.“

„Nein, das tust du nicht. Cornelius, du kannst dir denken, es hat schwerwiegende Gründe, dass ich hier in der Küche bin. Line will heiraten.“

„Aber warum ist deine Stimme deshalb bis ins Kontor hinein zu hören? Line, nichts für ungut, wir sollen uns sicher mit dir freuen. Und solange, wie du mir weiterhin meinen Kaffee kochst, tu ich das auch. Wer ist denn der Glückliche, unser Hauslehrer oder der junge Braumeister, der im letzten Herbst ständig kam?“

„Nein, Cornelius, deshalb bin ich ja so aufgebracht. Es ist der Mann, der uns immer den Torf bringt. Ein Kolonist aus dem Moor. Und Line will zu ihm ziehen.“

Jäh wurde aus dem neckischen Gesichtsausdruck des Kaufmanns ein erschrockener. „Verdammt, das ist ein Witz, Line, nicht wahr?“

Line fühlte sich inzwischen nur noch elend. Gestern Abend war sie so glücklich gewesen. Natürlich hatte sie in der Nacht überlegt, wie Eltermanns wohl auf ihre Heiratspläne reagieren würden. Aber das beide so fassungslos wurden, hätte sie nicht gedacht.

„Cornelius, es kommt noch schlimmer. Der junge Mann ist auch noch körperlich eingeschränkt. Sicher braucht er Line nur als willige Arbeitskraft.“

„Es ist doch nur seine rechte Hand. Und greifen kann er mit ihr ja, nur zupacken und festhalten, das geht nicht.“ Line verteidigte ihren Früllerk. „Und arbeiten kann er auch. Schließlich hat er seinen Torfkahn trotz der kaputten Hand selber gebaut.“

Der Kaufmann schwächte mit einem Lächeln die Anschuldigung seine Frau ab: „Sophie, nun mal langsam. Im Moor braucht es Menschen mit Kraft, da hast du Recht. Aber dass sich ein Mann ausgerechnet Line für schwere Arbeit aussucht, das glaube ich denn doch nicht." Er lächelte wieder und zeigte mit Daumen und kleinem Finger eine Spannbreite. „Größer ist Lines Bauchumfang doch sicher nicht!"

Line holte tief Luft und wollte protestieren.

„Ich weiß, Line, du bist groß und stark. Sophie, aber ganz ehrlich, eine so kleine und zierliche Person sucht sich niemand zum Arbeiten aus. Line, du bist still", wehrte Herr Eltermann Lines Einwand ab. „Hat der junge Mann gesagt, warum er dich heiraten will?"

„Er hat mich lieb und ich habe ihn lieb!", entgegnete Line laut und trotzig.

„So, so, lieb haben. Vor der Hochzeit. Sophie, da können wir beide nicht mitreden. Wir wurden miteinander verheiratet. Und ich freue mich jeden Tag über die gewachsene Liebe zwischen uns", endete er geschickt seiner Frau zugewandt. „Liebe ist allerdings auch ein Grund zum Heiraten. So, nun aber genug davon. Line, wir gönnen dir eine Liebe und auch eine Ehe. Schließlich bist du nicht mehr ganz jung. Du musst doch schon mehr als zwei Jahrzehnte alt sein, oder?"

Line nickte nur, der Tonfall des Herrn Eltermann war inzwischen ernst. Ihr Herz begann wieder stark zu klopfen.

„Line, ich war doch einmal mit dem Moorcommissarius Jürgen Christian Findorff im Moor. Alles war dort fremd und ungewohnt. Die Menschen verhielten sich mir gegenüber sonderbar zurückhaltend. Sie haben mich nur beobachtet, aber kaum auf meine Fragen geantwortet. Sie sprechen dort auch anders und ziehen sich anders an. Die Bräuche sind dir unbekannt. Du wirst dich dort nicht wohl fühlen, glaub mir! Ob Liebe das alles aufwiegt?" Line hörte weiter zu, aber der Anfang des Gesprächs blieb überdeutlich in ihrem Kopf. Herr Eltermann sprach nun von mehr Jahreslohn und noch mehr Freiheit, wenn sie das Verlöbnis bräche und bliebe. Wie seine Frau erinnerte er sie ebenfalls an all die Fertigkeiten, die sie beherrschte.

Und er lächelte: „Nur Findorff würde sich freuen, dich im Moor zu treffen. Du weißt ja, die beiden Male, die er hier in Bremen war, weil er über die Versteuerung der Torfkähne verhandeln musste, hattest du sein ganzes Wohlwollen. Aber wer backt ihm nun den Baumkuchen, so wie er seit kurzem in Salzwedel üblich ist? Das beherrschst doch nur du. Und ohne deine moderne Küche hier im Haus wirst du gar nicht mehr backen können. Line, ich muss meiner Frau Recht geben: Du hast was Besseres verdient als einen Kolonisten im Moor."

„Es ist Besuch gekommen!" Herr Eltermanns Kammerdiener beendete mit seiner Botschaft das Gespräch.

*

Line kochte noch einen größeren Topf Kaffee und für die Damen ihr begehrtes Kakaogetränk. Manda hatte das große Küchenmesser am Schleifstein neu geschärft und gab es Line. Der Baumkuchen bröckelte leicht, darum musste er behutsam mit der scharfen Klinge geschnitten werden. Wie oft kann ich wohl noch Baumkuchen backen, schoss es ihr durch den Kopf. Sie legte die Kuchenscheiben vorsichtig auf den chinesischen Porzellanteller, füllte die Zitronencreme in das dazugehörige Schälchen und nahm Manda die englischen Brotröllchen ab. Ob Früllerk wohl Geschirr hat, überlegte sie, während ihre Hände automatisch weiterarbeiteten. Er hat ja gesagt, es sei alles sehr einfach bei ihm, richtig primitiv. Ich würde viel vermissen.

Während sie die Puddingform öffnete, blickte sie sich um. Sie war so stolz auf ihre moderne Küche. Denn sie benutzte zusätzlich zum althergebrachten Kessel mit Haken unterschiedlich große *Grapen* und Pfannen, Bratspieße und Roste, Kasserollen und Fischkessel. Sie brauchte täglich den Kaffeeröster und die Mühle für Herrn Eltermanns Lieblingsgetränk. Mörser, Waage und Hackbrett, Durchschlag und Trichter, unterschiedlich große Puddingformen standen auf den Regalen. Das Salzfass hing trocken neben der Herdstelle an der Wand.

Line seufzte. Der Pudding duftete lecker nach Ingwer. Ob es im Moor auch Ingwerknollen zu kaufen gab? Sie legte einen Teller auf die Öffnung, hielt gut fest und kippte die Form behutsam um. Mit einem Ruck sank der Pudding auf den Teller. Ob Früllerk diesen Ingwerpudding wohl mögen würde? Wenn ich keine Form im Moor habe, kann ich ihn aber nicht kochen. Was werde ich dort wohl kochen können? Lines Gedanken wechselten ständig zwischen dem kleinen Frühstück, das sie für den Besuch vorbereitete und der Zukunft im Moor hin und her. Sie wusste nicht, was sie erwartete. Waren die Häuser wirklich so dunkel und ständig vom offenen Feuer verqualmt? Stand dort tatsächlich knöcheltief Wasser auf dem Boden und das Dach setzte Schimmel an? So hatte es Herr Eltermann gerade beschrieben. Line konnte es sich nicht vorstellen. Dort wohnten doch auch Menschen mit dem Bedürfnis nach Bequemlichkeit und Wärme, nach Essen und auch nach Liebe und Zärtlichkeit. Und die würde sie von Früllerk bekommen. Und für gutes Essen könnte sie überall sorgen, davon war sie überzeugt.

Abschied von Bremen

Sonntag, 5. Juni 1791

Line war aufgeregt, als sie in der Morgendämmerung durch die Bremer Schlachtepforte zur Weser ging. Fast ein Jahr war seit Früllerks Heiratsantrag vergangen. Die beiden Weidenkörbe mit ihrem ganzen Besitz trugen die Eltermannschen Knechte. Früllerk wartete an der Schlachte mit seinem Torfkahn. So war es verabredet worden, als er das letzte Mal, außer der Reihe, an Ostern nach Bremen gekommen war. Die Familie Eltermann hatte einsehen müssen, dass Line nicht in Bremen bleiben würde. Mit ehrlich gemeinten guten Wünschen hatte sich das Kaufmannspaar gestern Abend verabschiedet. Ulrich und Victoria, die beiden jüngsten Kinder der Familie, durften Line heute zum Abschied begleiten.

„Line, wann heiratest du den Mann aus dem Moor? Hat er wirklich nur eine Hand?", fragte Ulrich.

„Du hast doch gehört, was Manda erzählt hat. Er war früher Kaperer, ein Pirat auf einem großen Schiff und ein Schurke hat ihm im Kampf die Hand abgehackt", fuhr Victoria trotzig dazwischen.

Ulrich blickte hilfesuchend zu Line hinüber: „Line, das stimmt doch nicht, oder? Kaperer gibt es doch nicht mehr."

„Wohl, die gibt es doch! Hat Manda gesagt." Victoria presste eigensinnig ihre Lippen zusammen.

„Manda, die weiß doch gar nichts!" Ulrich bemühte sich überlegen und erwachsen zu wirken: „Der Mann aus dem Moor hatte einen Unfall, darum hat er nur eine Hand."

„Hat er damit sein Boot gebaut? Wie hat er denn das Holz festgehalten, wenn er nur eine Hand hat?"

Line lächelte. So ging es mit den beiden immer. Sie würde die viele Fragerei sehr vermissen.

Früllerk sprang von seinem Torfkahn und stieg die Stufen der

Schlachtetreppe hoch. Er hätte Line jetzt gern in den Arm genommen, aber bei so viel Begleitung ging das natürlich nicht.

„Bist du der Mann aus dem Moor?"

„Mensch, Victoria, das siehst du doch!"

„Aber der hat doch zwei Hände, das ist der falsche Mann!"

„Er ist schon der richtige Mann", lachte Line. „Das ist Früllerk Grapenthien, mein Bräutigam."

Die beiden Knechte stiegen die Stufen bis zum Kahn hinunter. Sie hoben die Körbe auf das Deck, kamen wieder hoch und standen nun neugierig neben den Kindern. Mit Kennerblick begutachteten sie den Kahn. Victorias Interesse galt mehr Früllerk.

„Du, Bräutigam, hast du dein Schiff selber gebaut?"

Früllerk lächelte auf das Kind hinunter: „Ja, mein *Deern*, das habe ich. Aber mein Nachbar Hans, der hat mir dabei geholfen."

„Siehst du", Ulrich fühlte sich seiner kleinen Schwester gegenüber wieder einmal überlegen. „Ich wusste doch, dass er das mit seiner einen Hand nicht allein kann."

„Aber er hat doch zwei Hände!"

„Nun ist es gut!" Line beendete den kleinen Streit zwischen den Kindern. „Früllerk hat noch seine beiden Hände. Er zeigt euch sicher die Narbe, wenn ihr ihn fragt."

Früllerk wurde immer noch verlegen, wenn die Rede auf seine beschädigte Hand kam. Den Kindern mochte er jedoch die Bitte nicht abschlagen. Die Knechte zeigten sich aber genauso interessiert und kamen noch näher. „Hier, der rote Strich da auf meinem Handrücken, da hat mich eine *Dechsel* getroffen. Es hat tüchtig geblutet und dann ist es wieder zusammengewachsen."

„Hat das ganz doll wehgetan?" Victoria flüsterte es, denn sie war selber vor einigen Tagen gefallen und die blutige Schramme am Knie hatte höllisch gebrannt. Der Bräutigam tat ihr sehr Leid.

Auch die beiden Knechte starrten auf die wulstige Narbe. „Damit warst du doch sicher beim Wundarzt, oder? Und es ist kein Brand entstanden? Da hattest du aber großes Glück!"

Früllerk war die viele Fragerei unangenehm, aber er wollte nicht unhöflich sein, weil doch Line dabei stand. „Ja, es ist gut verheilt, aber inwendige Muskeln sind zerstört und darum kann ich nicht mehr fest zupacken." Er demonstrierte es: „Langsam auf und zu machen kann ich die Hand, auch einen leichten Gegenstand halten, mir rutscht aber alles immer wieder raus. Gesund bin ich wieder, aber meinen Beruf als Zimmermann musste ich an den Nagel hängen."

„Und dann bist du mit deinem Boot bis ins Moor gesegelt und Moormann geworden und jetzt bist du ein Bräutigam." Das war Victoria das Wichtigste.

Line hatte gemerkt, wie unwohl sich Früllerk bei der Fragerei fühlte. „Wir müssen jetzt wohl fahren, Früllerk?"

„Ja, es ist Zeit. Der Weg von Bremen bis ins Moor ist weit."

„Wie weit?" Victoria fand den Bräutigam nett und wollte ihn noch nicht fahren lassen. „So weit, wie bis zum Dom?"

Daraufhin lachten alle lauthals und Victoria zog beleidigt eine Schnute. Der Weg zum Dom, das war eine Strecke von wenigen Minuten zu Fuß.

Früllerk erklärte es ihr: „Wenn du heute Abend zu Bett gehst, dann erst sind Line und ich im Moor. Wenn die Flut und der Wind uns wohl gesonnen sind. So, nun müssen wir aber fort!" Er fasste Line bei der Hand und zog sie langsam mit sich.

„Tschüss, Line, komm bald wieder!" Victoria und Ulrich standen noch lange am Ufer der Weser und winkten dem Kahn hinterher.

*

Line wurde ganz wehmütig. Hier war sie geboren und aufgewachsen. Alles, was sie konnte, hatte sie bei Eltermanns gelernt. Nun würde sie das alles für eine ungewisse Zukunft aufgeben. Line versuchte die Tränen, die plötzlich kamen, fortzuzwinkern. Sie sah die Reihe der Lagerhäuser an der Schlachte nur noch undeutlich und hielt die Luft an. Sie wollte nicht schluchzen, denn sie freute sich doch auf die Hochzeit. Eine plötzliche Bootsbewegung zwang sie zu atmen und schon flossen die Tränen. „Line!“ Früllerks Stimme war warm und mitfühlend. „Ich muss jetzt das Boot steuern und kann dich nicht trösten. Lass die Tränen laufen, dann wird es bald besser. Wenn ich den Wintertorf bringe, kannst du mitkommen, wenn du willst.“ Früllerk wollte ihr den Abschied leichter machen.

Line zwang sich ihn anzulächeln. Sie schluckte ein paar Mal und atmete tief durch. Es wurde wirklich besser.

*

Von der Weserseite aus erkannte sie ihre Stadt kaum wieder. Dass sie die Brautbrücke unterquerten, war auch von unten festzustellen, aber die Strecke am Osterdeich entlang war ihr schon richtig fremd. Hierher war sie nur selten gekommen. „Line, dies ist der Dobbengraben.“ Früllerk drehte den Kahn von der Weser weg in den Wassergraben hinein. Einige Minuten später lenkte er ihn mit umgelegtem Mast unter dem Bogen der Steintorsbrücke hindurch. „Line, da“, er zeigte mit dem Finger auf eines der Häuser, „da bin ich geboren. Und hier auf dem Geländer haben wir Jungen gesessen und geangelt. Auch balanciert sind wir darauf, als Mutprobe, aber das durfte meine Mutter nicht wissen.“ Früllerk lächelte bei der Erinnerung. „Hier habe ich geträumt einmal ein Schiff zu bauen, ein ganz großes. Der Traum ist ja später auch in Erfüllung gegangen, als ich auf der Werft an großen Schiffen mitgebaut habe.“

Line hörte die Sehnsucht in seiner Stimme. „Du bist gern Zimmermann gewesen, ja?“, fragte sie leise.

Früllerk nickte: „So gern, wie du Köchin bist. Gewesen bist, bis heute. Ich musste durch den Unfall aufhören, aber du hast freiwillig aufgehört.“

„Weil ich dich lieb habe, Früllerk.“

„Tut es dir nicht schon Leid alles aufzugeben? Noch kannst du zurück. Wir sind noch nicht aus Bremen raus. Der ganze Kuhgraben liegt noch vor uns.“

Line schüttelte energisch den Kopf: „Nein, Früllerk, ich habe mich vor einem Jahr für dich entschieden. Ich gebe zu, Eltermanns haben alles versucht mich zu halten. Aber als ich dich vorhin auf dem Kahn stehen sah, da wurde mir ganz warm. Ich will bei dir sein."

Das Boot schrammte plötzlich über den Grund. Früllerk lächelte zwar liebevoll, hatte aber tüchtig zu tun das Boot mit dem Staken zu bewegen. Immer wieder stieß er die lange Holzstange in den Grund des Grabens und drückte dann mit seinem ganzen Gewicht dagegen. Es sah aus als ob er das Boot auf diese Weise schob. „Hier am Pagentorner Feld ist es immer schwer voranzukommen", erklärte er Line, als der Kahn wieder leichter fuhr. „Aber auch die Hamme, der Fluss, der ins Moor führt, ist durch viele Windungen oft seicht, da muss ich viel staken. Darum ist das Boot unten ganz flach. So rutscht es besser durch den Schlick. Es bleibt aber doch eine ganz schön schwere Arbeit. Das Ufer ist *modderig* und der Staken sinkt zu tief ein. Dann geh ich lieber ans Ufer, setze den Staken in den Bug und drücke das ganze Boot weiter. Jetzt, wo du da bist, Line, kannst du an solchen Stellen am Ufer mit einem Seil vorn ziehen und ich drücke von hinten. Dann wird es leichter."

Line wollte sofort helfen, aber Früllerk lachte: „Heute ist das nicht nötig. Da der Kahn ohne Torf nicht so schwer ist, kann ich das gut allein. Lass du dich man fahren. Ich spendier dir eine Vergnügungsfahrt bis ins Moor!"

*

Line schmunzelte, sah sich dabei aber genau um. Es sah schon ganz anders aus als in der Stadt. Die Häuser standen weit auseinander und waren niedrig und gedrungen, nicht schmal und hoch, wie in der Langenstraße. Die Gärten ähnelten Feldern, so groß waren sie. Korn wuchs dort und viel Kohl. Immer weiter entfernte sich das Boot von Vertrautem. Line hielt sich an der Bootswand fest und blickte unentwegt auf Früllerk. Er gab ihr Sicherheit. „Gleich sind wir an der Wümme. Hast du was zu verzollen?"

Line sah erschrocken hoch.

„Hab keine Angst, das ist normal. Auch Gebühren fallen jedes Mal an, wir verlassen nämlich nun die freie Hansestadt Bremen und kommen auf königliches Gebiet."

Zu verzollen hatten sie nur die Kruke Brantewein, aber bei Dammsiel mussten sie auch *Schlipp*-Gebühren bezahlen. Line sah das erste Mal, wie ein Boot über den Blocklander Deich gezogen wurde. Erst danach konnten sie das braune Segel nutzen und fuhren nun mit gutem Wind ins Moor.

*

Die Landschaft veränderte sich zusehends. Alles schien so weit entfernt. Selbst die Bäume am Rand des Horizonts waren im Dunst nur verschwommen zu erkennen. Ein lang gezogenes Haus mit einem Strohdach tauchte auf der linken Uferseite auf. „Es steht auf einem kleinen Hügel, der von den Bewohnern eigenhändig aufgeschüttet worden ist", erklärte Früllerk, der dem Blick seiner Liebsten gefolgt war. „Mehrmals im Jahr ist hier alles überschwemmt, darum ist solch eine Wurt notwendig. Aber um Ostern herum ist es auf der rechten Seite der Wümme gelb von Sumpfdotterblumen. Das sieht herrlich aus. Und guck, Line, gleich hinter der Wasserhorster Kirche werden wir rechts in die Hamme einbiegen. Da vorn siehst du schon das Dorf."

Früllerk erzählte und erklärte. Er hatte seine Line mehrere Wochen nicht gesehen, selten waren sie allein gewesen und niemals so lange Zeit.

Beim Einbiegen in die Hamme zeigte er: „Line, guck, das hier ist das Wasserland. Und da auf der linken Seite heißt der Fluss Lesum, er fließt bis in die Weser. Ich bin im Frühjahr dort entlanggeschippert, um neue Abnehmer für Torf zu suchen. Bei Blumenthal konnte ich mit dem Torfkahn in der Aue sogar wenden, so breit ist sie da. Darum ist die Aue-Brücke ein wichtiger Anlegeplatz für uns. Die Blumenthaler können direkt vom Schiff aus kaufen. Weserabwärts gibt es noch mehrere Dörfer. Aber zuerst müssen wir fleißig Torf stechen. Line, du und ich!", meinte er und guckte etwas skeptisch auf ihre Gestalt. „Das ist schwere Arbeit, aber du wirst dich bestimmt dran gewöhnen. Alle Frauen hier helfen ihren Männern."

„Ich bin ja auch groß und stark", entgegnete Line und wurde fast ein bisschen böse. „Warum müssen mir immer alle meine Größe und mein Gewicht unter die Nase reiben? Ich bin schließlich nur ein klein wenig kleiner als andere. Und für meine Magerkeit kann ich nicht." Line aß gern und auch viel. Aber nichts schlug an. Sie hatte nun mal eine zierliche Figur, das sagte jedenfalls ihr Bremer Pastor.

Heimlich hatte sie sich darum einen Unterrock mit unendlich vielen Falten genäht. Der trug in der Taille und über den Hüften auf und machte sie dicker. Frau Eltermann hatte den Schwindel aber gleich durchschaut und gelacht. Und bei der Hitze in der Küche war der dicke Rock unangenehm. Line hatte ihn nur selten getragen. Bei diesem Thema war sie sehr empfindlich und wurde leicht wütend.

„Du weißt, dass gerade deine Figur das erste war, was mich an dir gefangen nahm", besänftigte Früllerk seinen ärgerlichen Schatz. Er erklärte versöhnlich mit beruhigender Stimme weiter: „Wir transportieren und verkaufen auch den Torf von Hans, unserem Nachbarn. Louise ist seine Frau, von den beiden habe ich dir ja schon öfter erzählt. Ich habe inzwischen so viele Aufträge, dass mein Torf nicht mehr reicht. Allein kann ich nicht so viel stechen. Vor allem mit der kaputten Hand nicht. Aber Louise und die Kinder arbeiten mit Hans zusammen. Und vielleicht kann ich ja auch noch andere Nachbarn überreden mir den Torf mitzugeben."

Die Hamme hatte an Ritterhude entlang nur wenige Biegungen und floss darum schneller. Seitwärts wuchsen nur einige Grasbulten, zwischen denen das Wasser schimmerte. Mit dem Wind kamen sie im Fahrwassser zügig voran. Die Landschaft wurde immer karger, der hohe Himmel hing über der unendlichen flachen grünen Weite des Moores. Line war inzwischen müde geworden, Früllerks Stimme erreichte sie nur noch von weitem.

Plötzlich schreckte das Boot Enten am Ufer aus dem Schilfröhricht auf, laut schnatternd flogen sie knapp über dem Kahn hinweg. Line riss, genauso erschrocken wie die Tiere, die Augen auf und wurde wieder munter.

Da sie so schon so lange unterwegs waren, meldete sich langsam der Hunger. Line entnahm einem der beiden Strohkörbe ein Bündel, wickelte es aus und stellte einen Topf auf den kleinen Ofen mit Schornsteinrohr. Sie hatte Früllerks Lieblingsgericht – Labskaus – gekocht. Es sollte eine Überraschung für ihn sein. Sie hatte extra frisch gebackenen Zwieback dazu genommen. Das kleine Torffeuer war bald entfacht. Als der Duft von Labskaus zu Früllerk wehte, gab er seiner Liebsten schnell einen Kuss. Da er mit seiner gesunden Hand den Kahn lenken musste, fütterte ihn Line. Beide wurden ganz ausgelassen dabei und prusteten vor Lachen, als Line beim Pellen ein gekochtes Ei über die Reling des Bootes fiel. „Da werden sich die Fische aber freuen! Wirf ihnen doch noch etwas Labskaus hinterher!", neckte Früllerk. „Das wird ihnen ein Festmahl sein." Sie genossen dieses erste ganz private Beisammensein in vollen Zügen.

Kurz hinter dem Nadelkissen, der kleinen rundlichen Insel, bogen sie mit dem Kahn rechts in einen schmalen Graben ein und machten das Boot am Landungsplatz fest. „Bis Worpswede müssen wir nun noch ein Stück zu Fuß gehen", erklärte Früllerk. Sie gingen einen zum Damm aufgeworfenen Sandweg zwischen grünen, aber nassen Wiesen und einer Windmühle entlang. Ein harziger Geruch erfüllte die Luft. „Hier riecht es nach *Porst*", sagte Früllerk im Weitergehen. Gemeinsam trugen sie den Weidenkorb mit Lines Sonntagskleid und den beiden gut in Leintuch gewickelten *Kloben*. In seiner gesunden Hand hielt Früllerk eine große braune Kruke *Brammwien*, den guten Bremer Brantewein. Alles war für die Hochzeit bestimmt.

Bei den ersten Worpsweder Bauernhöfen begann der Sandweg ziemlich steil anzusteigen. „Das ist der Weyerberg", deutete Früllerk nach vorn. „Auf der flachen Anhöhe vorn steht die Kirche mit dem hölzernen Turm in der Mitte des Daches. Es heißt, Jürgen Christian

Findorff hat sie geplant und bauen lassen. Du kennst ihn ja, hast du mir erzählt. Früher soll dort ein Schloss gewesen sein. Hier, die Scheune heißt noch *Slott-Schüün*."

Früllerk wusste viel über den Weyerberg und die Kirche, denn er war mehrmals gekommen, um mit dem Pastor alles für die Hochzeit zu regeln. Da der Geistliche Früllerks Interesse bemerkte, hatte er ihm seine Fragen gern beantwortet.

Zwischen den Grabsteinen hindurch führte der Weg zur Kirchentür. Am Rand des Friedhofs standen Pfarrhaus und Pastorenscheune. Der Pastor begrüßte beide mit Handschlag. Lines Hand hielt er etwas länger und schaute sie forschend an: „Na, Line, wirst du dich im Moor zurechtfinden und hier heimisch werden? Hier ist es anders als in der Stadt! Du wirst sehr viel Gottvertrauen brauchen! Aber du kannst jederzeit zu uns kommen, wenn du Kummer hast."

„Vielen Dank auch, Herr Pastor", mehr wusste Line nicht zu sagen. Ihr Herz begann schnell zu pochen und das blieb noch lange so.

Die Frau Pastor nahm sie im Haus freundlich in Empfang, schickte aber Früllerk fort: „Früllerk, morgen ist sie deine Frau. Heute können wir dich hier nicht brauchen. Line wird es bei mir an nichts fehlen, verlass dich drauf!"

Line erhielt eine Schlafstelle in der *Butze* der Mägde zugewiesen. Frau Pastor wollte ihr später die Hochzeitskrone zeigen. Und dann, so hatte sie angekündigt, gäbe es noch etwas Wichtiges zu besprechen. Line war beunruhigt – was gab es denn zu besprechen?

Ein lauter Schrei riss sie jäh aus ihren Gedanken. Sie lief auf das *Flett* und schaute um sich. Frau Pastor stand am langen Tisch und wirkte aufgebracht. Line wollte helfen und fragte vorsichtig: „Was ist denn passiert?"

„Schau dir nur den Käse an", klagte Frau Pastor und zeigte auf eine irdene Schüssel. „Ich habe ihn extra 24 Stunden geräuchert, damit keine Würmer an ihn gehen. Und jetzt sieh selber, alles voller Käsemaden. Das muss am warmen Wetter liegen. Was mach ich jetzt nur? Der Herr Pastor isst doch abends so gern ein Stück davon. Ich werde ihn wohl abwaschen müssen, aber wenn er doch eine Made findet? Er ist da sehr genau. Was mach ich nur, was mach ich nur?"

Line sah die Frau des Pastors erstaunt an: „Frau Pastor, darf ich Euch einen Rat geben?"

„Du, was weißt du denn über Käse?", rief Frau Pastor. „*Deern*, du kennst doch nur Quark und Kochkäse, aber echten Labkäse?" Sie fuchtelte nervös mit den Händen und schaute dabei etwas herablassend auf die junge Frau. Line war so klein und zart und wirkte still und zurückhaltend. Frau Pastor hatte sich so ihre Gedanken gemacht, nachdem sie von Früllerks Hochzeit erfahren hatte.

Eine Frau, die aus der Stadt ins Moor kommt, die freiwillig die Schwerstarbeit und die Kargheit auf sich nimmt, die ist sicher unbedarft. Die Feuchtigkeit im Moor, die grausam schwere Arbeit, Unfälle und Krankheiten, das lockt doch nur Menschen, die nirgendwo sonst Arbeit finden, die etwas zu verbergen haben oder die Tragweite ihrer Entscheidung nicht begreifen. Sind sie erst einmal auf ihrer Moorstelle, gibt es kein Zurück mehr. Niemand stellt einen ehemaligen Moor-Jan ein. Die Körper von Männern und Frauen, ja selbst schon der Kinder, sind früh verbraucht und verfallen. Ausgemergelt und hohlwangig, mit tränenden Augen durch den ständigen Torfrauch, immer hustend, schwindsüchtig, so werden die Kolonisten nach wenigen Jahren. Der Tod hält bei ihnen reiche Beute. Aus freien Stücken geht niemand ins Moor.

Frau Pastor hatte sich von Früllerks Braut ein deutliches Bild gemacht: In Bremen auf einer unerträglichen Arbeitsstelle wirkte das fremde Leben im Moor wahrscheinlich erstrebenswert. Und sicher war Line genauso verliebt wie Früllerk und hatte alle Bedenken verworfen.

Sie erinnerte sich daran, wie ihre Eltern den Mann für sie ausgewählt hatten. Sie führte eine gute Ehe, sie ehrte und schätzte ihren Mann inzwischen sehr. Aber Liebe? Das war ein Gefühl für schlichte Gemüter. Line war im doppelten Sinne naiv. Liebe und ins Moor heiraten, welch eine Dummheit! Und richtigen Käse hatte so eine *Deern* bestimmt noch nie gesehen – oder gar in der Hand gehabt.

Sie war darum äußerst erstaunt, als Line mit Bestimmtheit sagte: „In Bremen in meiner Küche duldete ich jedenfalls keine Maden. Aber im Sommer kommen die kleinen Würmer nun mal. Und der holländische Käse, der Edamer, der wimmelte nach der langen Reise nur so von ihnen."

„Der holländische Käse ...?"

„Ja, der Edamer gehört zu den Leibspeisen von Herrn Eltermann, meinem bisherigen Dienstherrn."

„Der Bremer Kaufmann Cornelius Eltermann?"

„Ja, kennt Ihr ihn?", fragte nun Line erstaunt.

„Er hat vor einiger Zeit zusammen mit Herrn Findorff hier bei uns in Worpswede übernachtet und sich dabei im Moor umgesehen. Aber", meinte die Pastorenfrau ehrfürchtig: „Herr Eltermann ist sehr wohlhabend."

„Ja, das ist er wohl", Line sah Frau Pastor fragend an.

„Und ... du hast in seiner Küche gearbeitet?" Frau Pastor sah Line mit erwachendem Interesse an.

Line schaute wieder auf den Käse: „Wir sollten jetzt sofort den Käse in starkes Salzwasser legen, die Maden kommen dann raus und sind schnell tot. Bis der Herr Pastor zu Abend isst, schaffen wir es. Und für die Zukunft legt Ihr frische Johanniskrautzweige mit in die Schüssel. Den Geruch mögen die Maden nicht."

„Wenn deine Köchin in Bremen das so gemacht hat, dann wird das wohl ein gutes Mittel sein", meinte nachdenklich Frau Pastor. „Sie ist ja schließlich Köchin im Hause Eltermann!"

„Nicht ist, sie war es", entgegnete Line.

„War ...?"

„Frau Pastor, ich bin ja nun hier. Frau Eltermann hat jetzt nur Manda als Köchin. Ich habe sie lange Zeit angelernt, aber sie hat ihre Gedanken doch zu oft beim Knecht und dann brennt ihr das Fleisch an. Und den Kaffee, den Herr Eltermann so gern trinkt, den würzt sie viel zu stark, obwohl ich es ihr schon so oft gezeigt habe." Line seufzte.

„Du? Du warst Köchin bei Eltermanns? Haben sie denn mehrere Köchinnen?"

„Nur eine Hauptköchin, das bedeutet doch sicherlich Eure Frage?", fragte Line mit einem leicht spöttischen Unterton in der Stimme. Sie ärgerte sich, dass die Pastorenfrau sie so gering schätzte.

Frau Pastor sah Line auf einmal mit anderen Augen an: „Herr Eltermann hat damals von dem besonderen Kaffee geschwärmt, den nur seine Köchin ihm zubereiten konnte. Das bist du?" Die Frau Pastor wurde ganz eifrig. Da hatte sie sich so oft gewünscht, dem Pastor zu einer besonderen Gelegenheit solch leckeren Kaffee zu servieren und nun war ihr Wunsch in greifbare Nähe gerückt. „Line, zeig mir, wie du diesen Kaffee kochst, ja?", bat sie. „Herr Eltermann hat von ganz besonderen Köstlichkeiten erzählt, von herrlich verzierter Krammetsvogel-Pastete, von einer besonderen Wurst, von Kükenragout und wundersam geformten Süßspeisen. Du warst diese Köchin im Haus Eltermann und dann bist du hierher ins Moor gekommen? Dein Früllerk muss ja was ganz Besonderes sein."

„Das ist er auch, ich hab ihn sehr lieb", antwortete Line leise und bekam große Sehnsucht nach ihm. Nach einem tiefen Seufzer wurde sie energisch: „So, nun kümmern wir uns aber erst einmal um den Käse für Herrn Pastor!"

*

Früllerk ging mit langsamen müden Schritten den Weg, den er vorhin mit Line gekommen war, wieder zurück. Der Tag war lang gewesen und die Freude über das Wiedersehen mit seiner Liebsten war jetzt in eine leichte Wehmut umgeschlagen. Heute Nacht war er wieder allein. Aber morgen, morgen würde alles …

„Au! *Verdori noch eenmol, dat piert ober!*"

Früllerk erschrak heftig. Er war inzwischen schon fast an der Mühle vorbei und hatte es nicht einmal gemerkt. Der Schrei kam aus der Mühle.

„Oh *schiet, nu blott dat ok noch!*"

Mit einem Satz stand Früllerk in der Mühlentür. „Kann ich helfen?" Er spähte nach oben, von wo die Geräusche kamen.

„Oh, gut, dass du kommst!" Ein mit Mehlstaub überpuderter junger Mann beugte sich über die Brüstung nach unten. „Kannst du hoch kommen und mir helfen?"

Früllerk stieg die steile Holztreppe hoch.

„Ich wollte den Nachtwächter durch das Kammrad schieben und dabei ist er mir auf die Hand geknallt." Der Müllergeselle streckte Früllerk seine linke Hand hin. „Kannst du mir mein Halstuch drum binden, ich blute sonst alles voll. Und wenn du mir bei dem Balken hilfst, wäre das gut. Die Hand *piert* gewaltig."

Früllerk starrte entsetzt auf die verletzte Hand. Das war ja fast wie damals bei ihm selber. Alles voller Blut und auch das Halstuch war fast das Gleiche.

„Was ist mit dir? Kannst du kein Blut sehen?"

Früllerk schluckte: „Doch, doch. Es ist nur, ich, äh, ich hatte einmal einen ähnlichen Unfall. An den musste ich eben denken." Er knotete das Halstuch los und wickelte es so schnell wie möglich um die Hand des Gesellen. Ablenkend fragte er: „Hast du eben Nachtwächter gesagt? Was ist das?"

Der junge Mann starrte auf Früllerks Hand: „Die rote Narbe da, war das der Unfall? Das war sicher schlimmer als meine Schramme hier. Die wasch ich nachher mit Wasser aus und denn ist gut. Wer bist du eigentlich und woher hast du die dicke Narbe?"

„Ich bin Früllerk aus dem Günnemoor. Ich war früher Zimmermann in Bremen bis das mit meiner Hand passiert ist."

„Wie, du bist Zimmermann und weißt nicht, was ein Nachtwächter ist?"

„Ich war Schiffs-Zimmermann."

„Ach so, da kannst du das tatsächlich nicht wissen. Der stabile Balken hier, das ist der Nachtwächter. Mit ihm sichere ich die Mühle für die Nacht, damit sich die Flügel nicht selbstständig machen."

Gemeinsam schoben sie den Nachtwächter nun ohne Probleme durch das Rad.

Der Müllergeselle schien es eilig zu haben: „Die Meisterin wartet nicht mit der Abendkost. Aber wenn du wieder vorbeikommst, dann schau doch mal rein. Oder komm heute Abend in die Kneipe vorn bei der *Slott-Schüün*, dann *geev ik die 'n Brammwien ut*. Versprochen!"

Früllerk schüttelte mit dem Kopf: „Is' schon gut. Ich muss selber weiter", und verließ die Mühle so schnell es ging. Erst dicht bei seinem Kahn wurde er langsamer und holte tief Luft. Das Bild der blutenden Hand wollte ihm nicht aus dem Kopf. Er machte das Boot los, setzte Segel und fuhr das kleine Stück auf der Hamme zurück.

Unfall mit schweren Folgen

Vor sechs Jahren auf der Bremer Schiffswerft

Früllerk glättete zusammen mit seinem Freund Cord Hartwich eichene Planken. Jeder stand breitbeinig über eines der nebeneinander liegenden Holzbretter gebeugt und schlug geschickt mit der *Dechsel* die Unebenheiten des Holzes ab. Cord versuchte bei seiner Planke der Schnellere zu sein. „Na, so *sinnig* wie du arbeitest, da wird es wohl Nacht, ehe du deinen Teil fertig hast." Er beugte sich grinsend zu Früllerk herüber: „Ich bin ja nicht so. Warte, ich helf dir." Cord haute spielerisch mit seiner *Dechsel* nach Früllerks Brett. Früllerk wehrte den Schlag mit seiner rechten Hand ab. Beide lachten, weil die *Dechsel* im hohen Bogen in den Sand flog. „Das war ein guter Schlag, den solltest du bei den Planken auch mal probieren", spottete Cord, haute Früllerk auf die Schulter und ging seine *Dechsel* holen.

„Im Weitwurf mit der *Dechsel* bin ich aber besser als du." Immer noch schmunzelnd stellte sich Cord wieder über seine Planke. Früllerks Werkzeug lag zwischen den beiden Brettern.

„Cord, ich … Cord, du … ich glaube, ich bin verletzt. Meine Hand blutet." Früllerk hielt mit der linken Hand seine rechte fest. „Kannst du mir mein Halstuch darum binden?" Er hielt Cord seine ineinander liegenden Hände hin. Das Blut lief in einem dünnen Rinnsal auf die Planke.

Dem Freund verging schlagartig die Fröhlichkeit. „Du, das sieht schlimm aus. Tut das denn nicht weh?" Früllerk schüttelte den Kopf. Cord zog den Verletzten von den Planken weg und schaute sich die Hand genauer an. Auf der Handaußenfläche direkt unterhalb der vier Finger klaffte eine durchgehende Wunde. „Ich glaube, du musst zum Wundarzt gehen." Früllerk schüttelte zwar wieder mit dem Kopf, aber der Schrecken saß tief in ihm und langsam begann die Wunde doch zu schmerzen. Cord wickelte ihm das Halstuch um die rechte Hand. Das Tuch saugte sich sofort voll Blut, Früllerk hielt seine linke

Hand darunter. Ein kleiner roter See sammelte sich schnell darin. Er schwankte, ihm war schwindelig und übel. Cord übernahm nun die Führung. „Der Lehrjunge soll dich zum Arzt bringen, ich lass dich nicht allein gehen. Du kippst ja gleich aus den Holschen!“ Früllerk war es mittlerweile egal, die Wunde brannte höllisch und hörte nicht auf zu bluten.

Währenddessen war der Meister aufmerksam geworden. Er wickelte das Tuch ab und bestätigte Cords Ansicht. „Das sieht schlimm aus. Der Lehrjunge soll dich fortbringen. Arbeiten kannst du in den nächsten Tagen natürlich nicht. Ich bezahle dir noch den Rest der angebrochenen Stunde. Du bist ein wertvoller und guter Arbeiter gewesen.“

Gewesen – das Wort des Meisters dröhnte in Früllerks Kopf, denn heftige Kopfschmerzen waren noch zu den Schmerzen in der Hand gekommen. Gewesen … Ob der Meister glaubte, die Hand würde nicht wieder heilen? Es war ja seine rechte Hand, seine Arbeitshand. Früllerk stützte sich immer schwerer auf den Lehrjungen, der ihn nun fast schleppen musste.

Cord wäre gern selber mitgegangen. Er konnte es sich aber nicht leisten. Er brauchte das ganze Tagesgeld, seine Frau hatte gerade einen kleinen Jungen geboren, der bald getauft werden sollte. Deshalb war er doch so glücklich und darum hatte er Früllerk schon den ganzen Morgen gehänselt. Hätte er das man bloß nicht getan! Cord wusste um seine Schuld an dem Unfall.

*

Der Wundarzt hatte den tiefen Schnitt in Früllerks Hand versorgen können, die Wunde war gut verheilt. Die vier Finger hatten jedoch ihre Beweglichkeit eingebüßt. Inwendige Muskeln seien zerstört, diagnostizierte der *Medicus*, den Früllerk schließlich aufsuchte. Bis zu diesem niederschmetternden Urteil hatte er immer noch auf Heilung gehofft. Verbissen trainierte er danach mit der linken Hand, aber als Schiffs-Zimmermann konnte er nicht mehr arbeiten.

Cord Hartwich hatte sich für Früllerk immer wieder um eine gleichwertige Arbeit auf der Werft bemüht, sein Verantwortungsgefühl forderte es. Aber vergeblich. Nur ein absolut gesunder Mann, der mit beiden Händen richtig zupacken konnte, erhielt die Erlaubnis zur Arbeit.

Durch einen Verwandten aus dem Hannoverschen erfuhr Cord von einer frei gewordenen Stelle im Teufelsmoor. Sie hatte früher Cords *Schwestermann* Lüer Wendelken aus Ströhe gehört. Da Früllerk in seinem Beruf nicht mehr arbeiten konnte, bewarb er sich um die Stelle.

*

Energisch schüttelte Früllerk die dunklen Erinnerungen ab. Er war mittlerweile mit dem Kahn an seiner Anlegestelle angekommen und freute sich nun auf den Rest vom Labskaus. Line hatte den Topf für ihn neben dem kleinen Ofen stehen lassen.

Der Hochzeitstag

Line schmunzelte in sich hinein. Frau Pastor war gestern Abend respektvoll mit ihr umgegangen und nun auch nicht mehr herablassend. Vor der Hauptköchin eines Bremer Kaufmanns hatte sie wohl Hochachtung. Vormittags half Line in der Küche, die Hochzeit war ja erst am frühen Nachmittag. Da sie fröhlich und selbstverständlich jede Arbeit übernahm, gewann sie schnell das Herz des Dienstmädchens Metta. Die erklärte ihr, warum die Hochzeit so spät stattfand.

Im Moor auf den Bauernhöfen musste morgens zuerst die gesamte Hofarbeit erledigt werden, das Versorgen der Tiere, dazu kamen die Vorbereitungen für den Abend, denn bei Festlichkeiten blieb nur ein Knecht auf jedem Hof. Alle anderen halfen beim Kochen des Hochzeitsessens oder feierten mit. Außerdem war der Weg durch das Moor weit. Darum war zwei Uhr eine gute Zeit für Hochzeiten. Und auch für Beerdigungen.

*

Line war inzwischen unruhig geworden. Die Frau Pastor hatte wohl vergessen, dass sie noch mit ihr sprechen wollte. Als Line sie beherzt fragte, wurde Frau Pastorin wenig verlegen. „Ich wollte dir doch nur erklären, was in der Hochzeitsnacht mit dir geschehen wird. Aber da du aus dem Eltermannschen Haus kommst, weißt du sicher schon alles über das körperliche Zusammensein von Mann und Frau."

Line seufzte erleichtert auf: „Ach so, darüber weiß ich Bescheid. Unsere Abwaschfrau hat elf Kinder geboren, da wird in der Küche natürlich viel geredet. Frau Eltermann selber ist natürlich vornehm und zurückhaltend. Sie würde niemals darüber sprechen."

Frau Pastor guckte ganz verlegen bei Lines freimütiger Rede. Als wollte sie ablenken, zeigte sie auf einen breiten und hohen Schrank.

„Line, dort sind die Brautkronen. Früllerk hat die Leihgebühr schon bezahlt.“ Die Pastorenfrau schloss den Schrank auf und nahm eine schlichte Krone heraus. Sie war aus Pappe, mit Stoff überzogen und dicht benäht mit künstlichen Blumen, bunten Glasperlen und Flitter. „Schau mal, Line. Die große Brautkrone brauchen wir heute auch. Herr Pastor traut noch ein zweites Paar. Katharina, die Patentochter vom Sandvosschen Hof heiratet Nicolaus aus Tarmstedt, den Sohn eines reichen Bauern. Das wird ein ganz großes Fest auf ihrem elterlichen Hof hier in Worpswede, eine Fleischhochzeit.“

Line betrachtete die große Krone. Sie war golddurchwirkt und glitzerte und glänzte bei jeder Bewegung. „Die ist bestimmt sehr schwer“, meinte sie leise und ein wenig neidisch.

Frau Pastor tröstete sie: „Zu deinem Kleid passt die schlichtere viel besser. Du hast ja leider keine schwarze Festkleidung. Hier trägt jede Braut an ihrem Hochzeitstag ein neues Kleid aus selbst gewebtem und gefärbtem Stoff. Danach bleibt es fürs Leben das Sonntagskleid.“

Line sah an sich herunter: Sie trug ein hellblaues Kattun-Kleid mit Spitzenschürze, die Eltermannsche Schneiderin hatte es ihr erst vor zwei Jahren genäht. Dazu das bunte Brusttuch aus weichem Musselin, ein Geschenk der Frau Eltermann. Line glaubte sich wunderschön in ihrer Festkleidung, hier im Moor schien es plötzlich unpassend. Sie hatte nichts von einem schwarzen Kleid gewusst. Ihr Herz begann wieder zu klopfen. Nun würde sie sicher noch deutlicher als Fremde in der Kirche auffallen.

Frau Pastor steckte die schlichte Krone in Lines Haar fest. Noch während sie die Schleife band, erschien die zweite Braut mit ihrem Gefolge. Die Diele füllte sich rasch mit lauten, fröhlichen Menschen. Und Frau Pastor eilte mit der großen Krone zu der reich gekleideten Braut.

Line ging zur Seite und schaute in der *Butze* nach ihrem Weidenkorb. Sie hatte vor dem Frühstück Kaffee aus gerösteten echten Kaffeebohnen gekocht. Der Herr Pastor war darüber sehr erfreut gewesen. Echten Kaffee gab es nur an Feiertagen. Die große Kruke mit Kaffee stellte Line nun in ihren Weidenkorb, für ihre Gäste im Anschluss an die Trauung. Früllerk und sie konnten sich keine Fleischhochzeit leisten. Aber wenigstens Kaffee aus echten Bohnen sollte es geben. Und *Kloben* war auch reichlich im Korb. Es sollte eine gute Kaffeehochzeit werden.

Das Dienstmädchen stellte sich neben Line und stellte ihr leise und bereitwillig die Menschengruppe vor: „Die stattliche Frau, das ist Anna Sandvoss. Sie trägt schon wieder neue Kleider." Metta kam ins Schwärmen: „Der schwarze Rock hat mehrere Streifen Samtband, ach, wenn ich doch nur einen einzigen davon an meinen dunklen Sonntagsrock nähen könnte! Und der Saum hinten am Jackenschößchen ist mit echtem Silberband eingefasst. Und vorn die Silberknöpfe auf dem Mieder unter der Pelerine!" Die junge Magd seufzte: „Sie ist die reichste Bäuerin weit und breit. Ihr Mann ist schon lange tot, aber sie hat noch zwei Söhne, Jacob und Martin."

„Und wer von den beiden heiratet heute?", wollte Line wissen.

„Keiner von beiden", lachte Metta. „Anna Sandvoss ist die Patin der Braut. Trinschen … oh, nein, jetzt soll natürlich jeder Katharina zu ihr sagen … Also Katharinas Familie bewirtschaftet einen großen Hof hier in Worpswede. Natürlich wurde eine gute Partie für sie arrangiert. Obwohl – guck dir mal den Bräutigam an. Also schön ist der nicht gerade!" Metta kicherte und Line nickte zustimmend. Für sie war Früllerk sowieso der schönste Bräutigam der ganzen Welt.

„Aber", fuhr Metta fort, „der Bräutigam bringt gutes Geld mit in die Ehe. Das scheint für das Glück das Wichtigste zu sein. Und alle regen sich auf, weil die *Copulation* in der Kirche stattfindet."

Line musste lächeln. Bei Pastors hatte das Dienstmädchen wohl nicht oft Gelegenheit zu tratschen. Darum nutzte sie jetzt die Gelegenheit. Line ließ sie gewähren, so erfuhr sie viel über die Menschen ihrer neuen Heimat. „Wo findet denn sonst die Trauung statt? Ich kenne das aus Bremen nicht anders."

„Normalerweise auf dem Hof, auf dem das Paar wohnen wird", erklärte Metta mit wichtiger Miene. „Aber Anna Sandvoss setzt sich über alle Traditionen hinweg. Sie hat dem Herrn Pastor erklärt, dass es in der Stadt so Sitte wäre. Herr Pastor musste sich fügen. Auch den Tag hat sie bestimmt. Der 6. Juni war der Hochzeitstag von Trinschens, äh, Katharinas Eltern. Die Hofübergabe an Katharina und Nicolaus findet anschließend auf dem Hof statt. Es gab keinen männlichen Hoferben, darum heiratet der Bräutigam hierher. Er nimmt auch den Hof- und Familiennamen an. Und ihr dürft gnädigerweise ebenfalls heute heiraten. Anna Sandvoss hat es erlaubt.“ Metta lachte verschmitzt.

Das Mädchen schwärmte nun vom jüngeren Sohn der reichen Sandvoss-Bäuerin: „Martin, der ist überhaupt nicht hochnäsig. Der grüßt sogar, wenn er auf dem Weg in die Kirche an mir vorbeikommt. Als wäre ich nicht nur ein Dienstmädchen, sondern Bauerntochter. Immer ist er fein angezogen. Sein Hemdkragen leuchtet immer schneeweiß. Und seine Hände sind ganz weich, nicht so rau und hart wie die der anderen Männer.“

Line wurde aufmerksam: „Wann hat er dir denn die Hand gegeben?“

Die Wangen des Mädchens begannen zu glühen: „An Pfingsten vor einem Jahr, da war die Familie Sandvoss wieder einmal hier im Pastorenhaus eingeladen. Martin war der Einzige, der zu mir in die Küche kam. Er hat sich bei mir bedankt und gesagt, wie sehr er meine Arbeit schätzt. Er nahm meine Hände und hielt sie ganz fest. Er stand ganz dicht vor mir und ließ mich erst los, als die Frau Pastor in die Küche kam. Sie guckte mich nur scharf an, da bin ich schnell zur Seite getreten.“

Line lächelte das Dienstmädchen an: „Sei auf der Hut vor zu freundlichen Männern, Metta!“

„Das hat Frau Pastor dann auch gesagt, hinterher, als die Familie Sandvoss fort war.“ Metta war in ihrer Informationsflut nicht zu stoppen: „Jacob Sandvoss, der ältere Sohn, der macht mir Angst. Der spricht nicht mit den Menschen, der schimpft immer nur. Jedes Wort ist ein Befehl. Und wehe, alle rennen nicht sofort. Der ist genau wie seine Mutter.“

Metta schwärmte nun vom Großknecht auf dem Sandvoss-Hof. „Borchert ist natürlich nicht hier, er wird draußen an der Kirche sein oder sich um die Pferde kümmern. Du wirst ihn aber gleich erkennen. Er ist der Freundlichste und hat die besten und weißesten Zähne von allen. Er lächelt immer, selbst wenn er im Kirchstuhl sitzt. Und er erzählt lustige Geschichten, über die alle lachen müssen."

Line sah gerade Frau Pastor winken, Frülllerk stand bei ihr. Line atmete tief durch, drehte sich kurz zu Metta, die aber schon leise verschwunden war, und begrüßte jetzt sehr aufgeregt ihren Frülllerk.

Im Vorbeigehen sah sie, dass die andere Braut sie aus den Augenwinkeln taxierte und verächtlich die Mundwinkel herunterzog. Anna Sandvoss führte gebieterisch die Aufsicht. Alle gehorchten ihr aufs Wort – selbst die Frau Pastor.

*

Die Glocken im hölzernen Glockenstuhl läuteten. Draußen vor der Kirchtür bemerkte Line die neugierigen Blicke der anderen Gottesdienstbesucher. Sie zitterte und fühlte sich unsicher. Ihr Herz klopfte immer stärker. Neben der reichen Braut mit ihrer prachtvollen Krone kam sie sich schlicht und unscheinbar vor. Sie wusste ja, dass sie keine Schönheit war. Ihr mittelbraunes Haar war glatt nach hinten gekämmt und in einem Knoten festgemacht. Wie sehr hatte sie sich immer Locken gewünscht. Langweilig sah sie aus. Erst recht neben der reich geschmückten Katharina.

Beim Hineingehen flüsterte Frülllerk ihr ins Ohr: *„Ek heff di leef!"* und sah sie zärtlich an. Das gab Line ein bisschen Selbstbewusstsein und Mut.

Weit hinter dem Pastoren, dem selbstbewusst auftretenden Brautpaar und der großen Schar der Festgäste betraten sie die Kirche. Während des Traurituals schaute Frülllerk sie immer wieder liebevoll an und so konnte sie beherzt und freudig ihr Ja-Wort geben.

Nach dem Gottesdienst verließen sie die Kirche Arm in Arm. Das andere Brautpaar stand auf dem Vorplatz. Festlich gestimmt gratulierten die Menschen lautstark.

Line und Früllerk wurde nur stumm die Hand gedrückt. Männer in dunkler Kniehose, mit Hemd und Weste, Frauen im schwarzen Sonntagskleid mit vielen Kindern an ihrer Seite. Früllerk bat sie alle ein paar Schritte weiter an den Rand des Friedhofs. Dort standen mächtige Bäume, die in der Sommerhitze Schatten spendeten. Er holte den Weidenkorb und setzte ihn mitten in das kühle Grün. Trockene Baumstämme lagen wie Bänke dort.

Hans Sasse hatte inzwischen einen *Daubeneimer* mit Wasser vom Pfarrbrunnen geholt. Der *Sleev*, ein tief ausgehöhlter hölzerner Schöpflöffel mit einem Haken am Stielende, ersetzte einen Trinkbecher.

Line breitete ein Tuch auf dem Gras aus und holte ihre Köstlichkeiten hervor: Bremer *Kloben* mit vielen Rosinen und Korinthen, Zigarren und die Kruke *Brammwien*, die Cornelius Eltermann ihr vorgestern Abend als Hochzeitsgabe persönlich in die Küche gebracht hatte. Dazu der am Morgen gekochte Kaffee in der großen braunen Tonkruke und zwei Becher.

Früllerk goss aus der *Brammwien*-Kruke jedem einen ordentlichen Schluck in ein kleines Glas. Die Zigarren verschwanden in den Jacken der Männer. Line füllte die Kaffeebecher immer wieder nach. Aber die Klobenscheiben rührte keiner der Hochzeitsgäste so recht an. Die Kinder standen abseits und guckten sehnsüchtig. „*Nu man to, de Kloben bitt nich. De is egenbackt un smeckt fein!*“, rief Früllerk.

Der erste, der voller Genuss in die Klobenscheibe biss, war ein noch junger Mann, der sie vorher schon breit angelächelt hatte. Er besaß noch alle Zähne, das war bei seinem fortwährenden Grinsen zu erkennen. „Hm, noch besser als der Kuchen der Sandvosschen! Und die backt wirklich gut. Früllerk, lass deine Frau nicht zur Konkurrenz werden, du weißt, das kann unsere reiche Bäuerin nicht vertragen. Sie muss in allem die Beste sein.“

Line wunderte sich über die freimütigen Sätze und Früllerk fragte etwas erstaunt: „Was machst du denn hier, Borchert? Auch wenn ich dir den *Brammwien* und den *Kloben* gönne, du hast dich wohl zu uns verirrt!"

Wieder griente der Großknecht breit: „Tja, manchmal ist es besser bestimmten Menschen aus dem Weg zu gehen und manchmal ist es gut, sich bei anderen sehen zu lassen. So einfach ist das."

„Na, das ist ja eine seltsame Weltanschauung", antwortete Früllerk auf die unverständlichen Worte.

Geheimnisvoll schmunzelnd bat Borchert Line um ein zweites Stück *Kloben*.

Nach und nach probierten auch die anderen. Die älteren Frauen setzten sich auf die Baumstämme, zogen ihre dreieckigen Schultertücher zurecht und begannen miteinander zu *schnacken*.

Line hörte als Wortfetzen *de Fromde* und *de ut Bremen* und *dat Kleed*. Wieder begann ihr Herz heftig zu klopfen. Am liebsten wäre sie nun in Bremen in ihrer vertrauten Küche. Keiner sprach mit ihr, keiner hieß sie willkommen.

Dann aber hörte sie eine warme, klare Frauenstimme: *„Nu töövt doch eerst mol!"* Eine große, mütterlich runde Frau kam auf Line zu, herzliche braune Augen blickten sie an. Und mit den Worten: *„Ek bünn Louise, diene Nobersche"* drückte sie Line die Hand. „Hans hat mir schon von dir erzählt. Sicher ist dir hier alles fremd. Glaub mir, wenn ich nach Bremen müsste, ich könnte mich vor Angst gar nicht bewegen. Es ist sehr mutig von dir, hier ins Moor zu heiraten. Aber bald hast du uns alle kennen gelernt und dann ist es leichter, glaub mir."

Die Art, wie Louise das sagte, tat Line gut. Früllerk hatte ebenfalls jedes Wort mitbekommen, er strich heimlich über Lines Arm. Line lächelte Louise an und bot ihr als Dank noch eine Scheibe *Kloben* an.

„Dass du eine phantastische Bäckerin bist, wissen wir natürlich schon. Früllerk erzählte ja nur noch von dir. Sobald er einen von uns traf, lobte er dich: Line kann … und Line hat … und Line weiß … und Line, Line, Line. Mit dem Kuchen hat er absolut Recht. Und mit deinem Äußeren auch. Du bist wirklich so klein und zierlich, so, wie er immer von dir geschwärmt hat. Und obwohl das reiche Patenkind der Sandvossschen die große Brautkrone trägt, bist du die hübscheste Braut seit langem hier im Moor, so fein, zart und schmal ..."

„Ja, ja, so klein und zart, richtig *spiddelig*, wie soll die wohl Torf stuken? Die hat ja gar keine Kraft in den Armen", stichelte eine alte hutzelige Frau. „Da hätte Früllerk-Eenhand aber was Kräftigeres heiraten sollen."

Obwohl Line von allen begutachtet wurde und sich unbehaglich fühlte, war sie auch ärgerlich: Sie trug doch extra den dicht gefältelten Rock unter ihrem Kleid, damit sie etwas breiter wirkte! Und dass sie Kraft hatte, das konnte in Bremen in der Küche jeder bestätigen!

Die alte Frau kam ihr ein wenig unheimlich vor. Die unzähligen Falten in ihrem Gesicht waren tief schwarz, sie schien auch nur noch einen Zahn im Mund zu haben, der obere Eckzahn stand beim Sprechen schräg nach vorn. Sicher wackelte er schon. Ihre geröteten Augen tränten und sie wischte ständig mit dem Ärmel im Gesicht herum.

Louise beugte sich augenzwinkernd zu Line: „Lass dich nicht einschüchtern. Piss-Jule hat immer was zu nörgeln."

Line riss die Augen auf: „Piss-Jule, was ist denn das für ein Name?", flüsterte sie zurück.

„Geh mal ein bisschen dichter an sie ran, dann weißt du, warum sie so heißt." Louise grinste.

Line bot Piss-Jule noch ein Stück *Kloben* an. Ein durchdringender stechender Geruch nach Urin stieg wie eine Wolke aus dem dunklen Rock der alten Frau auf, die gierig das Kuchenstück aus Lines Hand riss.

„Vor Piss-Jule musst du dich in Acht nehmen", flüsterte Louise. „Die ist *achtertücksch*: Zu dir sagt sie etwas über einen anderen, vor anderen tut sie dann so, als hättest du es gesagt. Sie macht viel Ärger im Günnemoor. Geh' ihr am besten aus dem Weg, wenn du kannst. Sonst aber sind alle im Moor gut zu haben", erklärte sie laut und deutlich, sodass die kleine Frauengruppe es hören konnte.

Eine junge Frau widersprach Louise herrisch: „Jule hat Recht, warum soll sie nicht die Wahrheit sagen? Wenn von den Wunderdingen über die Fremde auch nur die Hälfte stimmt, dann muss die aus Bremen ja ein wahrer Übermensch sein. Köchin in einem reichen Haushalt, aber ins Moor heiraten. Dass ich nicht lache! Die ist ja viel zu jung! Und dann eine Figur wie ein Küken, da hätte Früllerk sich wirklich lieber eine richtige Frau nehmen sollen …“

„Dich wohl, was?“, entgegnete Louise scharf. „Wir wissen doch alle, wie du immer um Früllerks Hütte herumscharwenzelt bist. Du hättest ihn wohl ganz gern selber genommen, Clara, oder? Was tust du eigentlich hier? Warum hilfst du nicht bei der großen Hochzeit?“

Clara funkelte nur mit den Augen. Sie war groß und schlank, mit dem breiten Becken einer Frau, die viele Kinder gebären konnte. Line kam sich neben ihr noch kleiner und mickeriger vor.

Clara besaß herrlich dickes, honigblondes Haar, das sich jetzt in der Erregung vorn aus der Haube löste. Sie war eine hübsche Frau. „Ha, den Früllerk-Eenhand könntest du mir auf den Rücken binden, den wollte ich nicht.“

„Na, das hat sich aber im letzten Sommer ganz anders angehört.“ Hans Sasse kam mit großen Schritten in den Kreis der Frauen. „Du hast mich an dem Tag sicher nicht gesehen, ich stand zu tief in meiner Torfgrube. Zu hören war ich sicher auch nicht, aber deine Stimme war laut genug. Ich habe alles mitbekommen.“

„Phh, was kann ich schon gesagt haben?“

„Na ja, gesagt weniger, mehr so gesäuselt: Früllerk, ich hab dir ganz dicke *Bookwetenpannkoken* mit viel Speck gebacken. Und Buttermilch mitgebracht. Wir haben heute gebuttert, die Milch ist ganz frisch. Du musst doch Durst und Hunger haben! Und niemand versorgt dich.“ Hans sprach mit hoher piepsiger Stimme.

Die Frauen lachten und auch die Männer waren aufmerksam geworden und kamen näher. „Hans, *wat is mit di, büst du 'n Fru*?“ „*Jo*! *Ek heet* Clara“, piepste Hans wieder und alle lachten lauthals. Alle, bis auf Line, die sich unwohl fühlte und Früllerks Blick suchte.

Clara lief rot an und schrie die Runde an: „Ihr seid doch alle dummerhaftiges Moorvolk, mehr nicht!"

„Ho, ho, hör sich das einer an!" Hans antwortete mit seiner normalen Stimme. „Als du unbedingt Früllerk wolltest, da war er wohl keiner aus dem Moorvolk, oder? Warum hast du dich dann mit Grete gezankt?"

„Ich hab es nicht nötig, mich mit Grete zu zanken, mich mit irgendeinem aus dem Moor zu zanken. Was hab ich denn mit euch zu schaffen?" Clara warf ihr Stück *Kloben* hinter sich, stand auf und strich die weiße Schürze glatt. Sie strebte fort.

„Ach, und wer hat dann Grete mitsamt dem Korb einen Schubs gegeben?" Der Ärger in Früllerks Stimme brachte Clara zum Stehen. „Die arme Grete musste die Pannkokenstücke vom Boden aufsammeln. Und wer hat behauptet, Gretes Liebster würde nun dich lieben?"

Hans unterstützte Früllerk „Ja, und wer hat gedroht Claas Hüllen zu verführen?"

„Lass gut sein, Hans", mahnte Louise sanft.

„Nein, Louise, Clara ist damals zu weit gegangen. Sie nannte Claas einen langweiligen Schaufelhand-Mann. Das hat er nicht verdient."

„Clara, du gehst jetzt besser." Louise versuchte die kleine Hochzeitfeier noch zu retten. „Du kannst nicht abstreiten, dass du Früllerk gemocht hast. Aber seit heute ist er nicht mehr frei, also gib nun Frieden."

Ruckartig drehte sich Clara um und stapfte mit energischen Schritten davon. „Ihr werdet euch noch wundern. Ihr alle!"

*

Nach diesem Streit war die Kaffeehochzeit schnell beendet. Für den weiten Weg nach Hause in die Moorkaten gab es noch einen letzten Schluck aus der *Brammwienkruke*, dann verabschiedeten sie diemeisten mit einem kurzen Gruß. Auch Mimi, eine müde wirkende Frau, verabschiedete sich mit „*Mok good!*“ und ging dann mit langsamen Schritten hinter ihrem Mann fort.

*

Line wickelte verlegen den Rest des *Klobens* und die Tonkruken wieder in das Tuch und verstaute alles im Weidenkorb. Louise bemühte sich um Normalität und stellte Line die noch ausharrenden zwei Paare vor: „Das sind unsere Nachbarn zur anderen Seite, Anna und Jonny Mittelsteiner. Die sind auch noch nicht lange hier, erst etwas über ein Jahr. Sie stammen aus Spreddig, ganz in der Nähe.“ Die beiden nickten Line freundlich zu.

„Und das sind Gesche und Carl Vollmerding. Gesche erwartet in diesen Tagen ihr achtes Kind“, fügte Louise rasch hinzu, als sie sah, dass Lines Augen immer größer wurden.

Line hatte noch nie einen solch großen Menschen gesehen. Sie fühlte sich winzig neben der hochschwangeren, aber auch sonst sehr gewaltigen Frau. In den Füßen hatte sie Wasser, der Holschenrand schnitt tief in das Fleisch. Breitbeinig, die Fußspitzen auswärts gerichtet, stand Gesche mit durchgedrücktem Rücken da, alle Nachbarn überragend. Ihr dichtes aschblondes Haar widerstand dem Knoten. Es hing wie Borsten von ihrem hochroten Kopf herunter. Sie hatte einen breiten Mund mit dicken fleischigen Lippen.

Line hatte Mitleid mit Gesche. Als kleine, zierliche Frau konnte sie sich in einer Menschenmenge unsichtbar machen. Aber eine Riesin wie Gesche? Das wäre ja, als wollte sich der *Roland* auf dem Bremer Marktplatz verstecken.

So ganz wohl fühlte sie sich nicht in Gesches Nähe. Da Früllerk mit den Männern schon vorausging, blieb Line dicht neben ihrer neuen Nachbarin, neben Louise. Vorsichtig beguckte sie sich die Frau, die schon zweimal für sie eingetreten war. Louise war ebenfalls groß und kräftig gebaut mit breiten Hüften, sie hatte schon mehrere Kinder geboren, das war ihr anzusehen. Auch ihr Gesicht war rund unter der

Haube. Die Haare wurden schon grau. Hübsch war sie nicht, doch sie strahlte Gemütlichkeit und Entgegenkommen aus. Nur Früllerk besaß im Günnemoor einen Torfkahn. Zwar spotteten die Moorleute immer: „Der Früllerk mit seinem Kahn", aber heute freuten sich die Nachbarn, besonders die hochschwangere Gesche, über das Boot, in dem alle bequem fast bis zu ihrer Moorstelle fahren konnten.

Ein kleines Stück fuhr Früllerk die Hamme zurück und bog am Nadelkissen rechts in die Beek ein. Mit der Flut und einem leichten Wind segelten sie am ‚Breiten Wasser' vorbei, holten das Segel ein, kippten den Mast, fuhren unter der hölzernen Brücke am Altendamm hindurch, richteten Mast und Segel und kamen schließlich zu einem kurzen, sehr schmalen Stichkanal. Er war an seinem Ende überdacht. Links wie rechts stützten Balken ein strohgedecktes Dach. Die Wasserseite war offen, die drei Landseiten waren mit Holzbrettern verkleidet. Es war eine richtige kleine Hütte. Früllerk manövrierte den Kahn dort hinein und machte an der hölzernen Anlegestelle fest. „Den Bootsschauer haben Hans und ich hier am Ufer unserer Moorstelle gebaut", erklärte er Line, während er allen beim Verlassen des Bootes half. Im Schilf schnatterten Enten aufgeregt wegen der Störung.

Früllerk belud eine Torfkarre mit den beiden Weidenkörben und schob sie über den unebenen Boden. Nach kurzer Wegstrecke trennten sich die Nachbarn.

Wieder fragte Früllerk seine Line, wie schon so oft zuvor, ob sie sich wirklich sicher sei, mit ihm hier im Moor leben zu wollen. „Du hast ja deutlich gehört, wie die Frauen über dich reden. Die Moorleute sind ein eigenes Volk und Neuem gegenüber misstrauisch. Gemeinschaft unter den Nachbarn ist aber wichtig", erklärte er noch einmal. „Gerade hier in der Abgeschiedenheit des Moores. Wenn einer verletzt oder krank wird oder wenn die Frau im Kindbett liegt, braucht jeder den anderen." Früllerk meinte leise: „*Du bliffst jümmer de Fromde, de so anners snakt*. Ich bin schon Jahre hier und doch gehöre ich nicht wirklich dazu. Wir sind die Einzigen aus der Stadt, aus Bremen, das unterscheidet uns von allen."

Angst hatte Line ja, die Neue, die Fremde zu sein. Sie wusste, dass sich die Bremische Heimatsprache von dem Plattdeutschen im Moor unterschied. Dennoch sagte sie: „Wenn ich nur mit dir zusammen bin. Du bist hier, dann kann ich auch hier leben. Mit dir im Moor ist es tausendmal schöner, als ohne dich in Bremen."

Sie gingen hintereinander den fest getretenen *Pad* entlang. Line sah gespannt und neugierig nach vorn über das Moor. Tiefbraun und nass glänzend lag es da mit kleinen Inseln von Binsenhalmen und Wollgrastupfen dazwischen bis zum Horizont. Der Himmel hatte jetzt gegen Abend eine ganz eigenartige Farbe. „Es sieht aus wie das helle Blau der Eichelhäherfeder vermengt mit Taubengrau", überlegte Line. Sie hatte zu Hause in Bremen als Kind lange eine solche Feder als Schatz gehütet.

Ein schmaler Graben teilte das weite Moorstück. Line balancierte über ein breites Holzbrett, das als Brücke diente. Auf dieser Fläche sah das Moor anders aus, Heidekraut wuchs flächig auf beiden Seiten des *Pads*. Linker Hand standen mehrere Obstbäume. Vereinzelt leuchteten schon Kirschen rot. „Das ist eine süße Kirsche." Früllerk war Lines Blick gefolgt. „Sasses haben nur eine saure Sorte, die später reift. Darum lieben ihre Kinder diesen Baum und essen immer davon. Und wir haben noch mehr Obstbäume auf unserem Grundstück. Findorff hat das angeordnet. Es gibt genaue Vorschriften für das Haus, den Viehbestand und eben auch, dass Eichen, Kastanien und Obstbäume gepflanzt werden müssen. Hans Sasse hat zusätzlich noch Korbweiden gepflanzt. Im Winter macht er gute Körbe aus den Zweigen." Dann zeigte Früllerk mit der Hand auf ein winziges, windschiefes Gebilde: „Dort steht unsere Hütte."

Nun musste Line doch schlucken. Das sollte ihr zukünftiges Zuhause sein? Nur ein Dach aus Stroh und die Giebelwand aus aufgeschichtetem Torf. Die Holztür füllte fast die gesamte Vorderseite aus. Tapfer lächelte sie ihrem Mann zu. „Das wird unser Zuhause. Wir schaffen das zusammen. Du musst mir nur helfen."

„Line, so bald als möglich bekommst du ein richtiges Haus." Früllerk wurde ganz eifrig. „Eine Kate, so wie Sasses und schon mehrere unserer Nachbarn sie haben. Mit Fachwerk und einem richtigen Reetdach. Ich weiß schon genau, wie sie aussehen wird, in diesem Jahr muss aber die Hütte reichen“, schloss er lahm.

Früllerk schob die Torfkarre mit Schwung bis vor den Eingang. „Ich geh mal vor“, meinte er. „Es ist dunkel drinnen. Wir lassen die Tür auf und machen zuerst Feuer.“

So begann der erste gemeinsame Abend in der kleinen Moorhütte.

Ein elender Tag im Moor

Der Tag nach der Hochzeit

Als Line sehr früh am Morgen erwachte, klang ein Satz in ihrem Kopf nach: *„Ek heff di leef!“* Sie erinnerte sich ein wenig verlegen an die Nacht. Frünllerk war sehr behutsam und liebevoll zu ihr gewesen, aber inwendig brannte es doch ein bisschen. Sie fühlte sich unwohl, ihr war gar nicht wie einer jungen Braut zumute. Früllerks Liebesworte halfen jedoch.

Sie spürte ihren Mann auf dem Strohsack neben sich. Er schlief noch tief und fest. Die Luft in der Hütte war stickig und stark verräuchert. Es war dunkel, nur ein schwaches Glühen kam vom Feuer. Line meinte inzwischen keine Luft mehr zu bekommen. Vorsichtig stand sie auf und öffnete die Tür. Sie atmete die frische Morgenluft in tiefen Zügen ein.

Neugierig trat sie vor die Tür. Wie sah es hier auf der Moorstelle frühmorgens aus? Gestern war sie doch sehr erschrocken über die Hütte. Da hatte sie auf die Umgebung nicht geachtet. Lange Nebelstreifen, durchscheinend graublau, schwebten auf dunklem Boden, mehr war heute Morgen noch nicht zu erkennen. Line ließ die Tür weit offen und schlüpfte zurück unter die Decke. Früllerks Körper war warm. Sie rückte dicht an ihn heran, der Schlaf stellte sich aber noch nicht wieder ein. Alles war so fremd. Auch summten nun schon die ersten Fliegen um das Bett.

Line war kurz vor dem Einnicken, als sie eine laut bölkende Männerstimme vernahm: „Früllerk! Früllerk!“ Line schreckte hoch und rüttelte Früllerk wach. Beide sprangen aus dem Bett, als Fidi Fricke in den kleinen Raum stürmte. „Früllerk, *Grete liggt dood an'n Sandweg, kumm gau! Een hettt se dood mokt!*“

Das junge Ehepaar zog nur schnell etwas über. Beide Männer eilten mit großen Schritten in Richtung Sanddamm. Line hastete hinterher. Entsetzt und stumm standen sie dann schwer atmend vor der Leiche.

Line erwachte zuerst aus der Erstarrung. Sie kannte die junge Frau ja nicht. Und in Bremen war sie als Nachbarin schon öfter Beistand im Todesfall gewesen. Line war zwar ein wenig flau im Magen, dennoch zwang sie sich die Leiche genau anzusehen. „Leichen sind die wichtigsten Zeugen ihres Todes“, so dozierte Frau Eltermanns Bruder, ein bekannter Bremer *Medicus*, regelmäßig.

Grete lag auf dem Rücken, behutsam drehte Line ihren Kopf hin und her. Sie sprach laut zu sich selbst: „An ihrem Hinterkopf klebt Blut. Jemand muss ihr mit einem harten Gegenstand mit großer Wucht den Kopf eingeschlagen haben. Und sie wurde gewürgt. Hinten nahe der Wirbelsäule sieht man den Abdruck der Fingerkuppen, auf der linken Seite deutlicher und dunkler. Sie wurde von vorn gewürgt und danach von hinten erschlagen, furchtbar!“ Line lief es kalt den Rücken hinunter, ihr war elend zumute.

Fidi erinnerte sich an den Holschen, der im Graben gelegen hatte. Siedendheiß fielen ihm dann auch wieder seine Kaninchen ein. Er hatte sie einfach neben Grete liegen lassen. Verstohlen warf er einen Blick auf die Tiere. Ob Früllerk ihn wohl verraten würde?

Früllerk bemerkte es und lächelte: „Fidi, was du im Morgengrauen gemacht hast, geht mich nichts an. Bring die Tiere nur nachher in deine Kate, damit sie kein anderer sieht. Wir müssen Grete hier vom Damm fortbringen und dann sofort dem Amtmann Bescheid geben.“ Früllerk seufzte. „Ich fahr mit dem Torfkahn nach Osterholz zum Klosterhof, das geht schneller.“

„Hatte Grete Familie, einen Mann und Kinder?“, fragte Line. „Die brauchen ebenfalls Bescheid.“

Fidi versprach den Vater zu benachrichtigen. „Verheiratet war sie ja noch nicht, aber Claas Hüllen galt als ihr Bräutigam.“

Früllerk trug Grete über den Moorgraben und legte sie neben der Hütte im Schatten des Fliederbusches behutsam auf die Erde. Line holte ihr großes schwarzes Wintertuch aus dem Weidenkorb und deckte sie damit zu.

Dann bat sie beide Männer ein wenig zu essen. Der Tag würde noch lang werden, meinte sie.

In der Hütte erhielt jeder erst einmal einen tiefen Schluck aus der *Brammwienkruke*: „Damit das flaue Gefühl weggeht", erklärte sie. Dazu gab es für jeden eine dicke Scheibe *Kloben*.

„Smeckt as Himmelsmanna", lobte Fidi mit vollem Mund. Der *Kloben* war schnell aufgegessen, denn die Männer hatten es eilig.

„Line, du kommst zurecht?", fragte Früllerk aber doch noch besorgt. Line wurde trotz des gruseligen Morgens ganz warm ums Herz.

„Es ist gut. Geht ihr ruhig. Ich bleibe bei Grete."

*

Line versuchte die dunklen Gedanken zu vertreiben, die der Mord mit sich gebracht hatte. Wie schrecklich musste es für Gretes Familie sein? Weil praktisches Handeln gegen Niedergeschlagenheit half, begann sie sich in der Hütte einzurichten.

Sie öffnete weit die Tür. Die ersten Lichtstrahlen flirrten im Dunst. Jeder einzelne Sonnenstrahl fand seinen Weg zwischen dem Torfrauch und beleuchtete den unebenen Hüttenboden. Line erschrak. Frau Eltermann hatte Recht: Das war schon der Moorboden. Kein verstrichener, getrockneter Lehmboden, keine Holzbretter, nur die reine Erde, ein wenig mit dem Spaten glatt gestrichen. Sie seufzte tief: Jetzt war Sommer. Wie kalt und feucht würde der Boden wohl erst im Winter sein?

Ein Strahlenbündel erhellte das Bett gegenüber der Tür an der graden Rückwand der Hütte. Links vom Bett in der Dachschräge stand ein niedriges Regal. Dort hatte Früllerk beide Weidenkörbe abgestellt. Lines Aussteuer, ihre Kleidung und der Hausrat waren darin gut verstaut. Selbst wenn der Hüttenboden im Winter feucht werden würde, blieben die Körbe im Trockenen. In dem flachen Korb unter dem Regal lag Früllerks Kleidung: eine Hose, drei Hemden und einige Paar Socken. Dazu etwas Unterwäsche und ein Rasiermesser.

Rechts in der Schräge, direkt neben dem Bett, standen der Tisch und eine leichte Bank mit Füßen aus dicken Baumklötzen. Das Feuer war ein Rund aus Feldsteinen, in der Mitte eingetieft für die Glut. Etwas Torf glimmte noch. Ein geschmiedeter Dreifuß und eine Bratpfanne, ein abgedeckter irdener *Grapen* standen unter dem Tisch. Line zog den Topf vor und nahm den Deckel ab. Der *Grapen* war voller Spinnweben, Früllerk hatte ihn wohl noch nicht oft benutzt. Der Deckel entpuppte sich als irdener Teller. Er war schon sehr angeschlagen. Ein Spannungsriss lief durch die wellenförmige Bemalung.

Vorn rechts unter der Dachschräge lag ein dicker Baumstamm. Line besah ihn genauer. Ein Schnitt teilte ihn längs in Boden und Deckel. Line hob das Oberteil an und schaute darunter. Es war ein ausgehöhlter Stamm und noch zur Hälfte gefüllt mit Buchweizenkörnern. Offenbar ein Vorratsbehälter, der vor Mäusen und Feuchtigkeit schützen sollte.

Darüber hatte Früllerk, wie in der gegenüberliegenden Schräge, ein weiteres Regal angebracht. Darauf lagen Holzteller, unterschiedlich große Löffel, mehrere ineinander passende Schüsseln, ein Holzbrett und ein Messer.

Line entnahm einem ihrer Weidenkörbe den Henkeltopf, Frau Eltermanns Hochzeitsgabe. Er war randvoll mit Salz, das durch ein Wachspapier vor Nässe geschützt wurde. Der Topf weckte wehmütig die Erinnerung an ihre Bremer Küche. Immer schon hatte sie gerade diesen Topf gemocht. Er war alt und schon ein wenig abgestoßen, das grün aufgetragene Blumen-Motiv am Rand abgeplatzt und nur noch schwer zu erkennen. Dass Frau Eltermann ihr gerade diesen Topf geschenkt hatte … Lines Augen wurden feucht. Doch entschlossen zwinkerte sie die Tränen fort. Energisch fuhr sie mit der Erkundung fort. Vorn links war ein Teil der Hütte mit einer Art Zaun abgetrennt. Dort lag heller Torfmull hoch aufgeschüttet, einige dunkle Torfstücke und ein längs halbiertes, wie ein Trog ausgehöhltes Baumstück daneben. Das wirkte wie ein Tierkoben, aber in der Hütte, fast neben dem Bett? Sie fand keine Erklärung dafür. Früllerk hatte hier auch sein Zimmermanns-Werkzeug, dazu hölzerne Spaten, Schaufel, eine Sense und eine riesige Harke abgestellt.

Das Bett bestand aus einem flachen Holzkasten, erhöht durch vier Holzklötze. Die Strohunterlage war frisch, das hatte sie gestern Abend gerochen. Ein Unterbett war mit einem blaugrau karierten Stoff bezogen. Die Bettdecke hatte sie Früllerk zu Weihnachten mitgegeben. Sie hatte sie in Bremen genäht und mit guten Entendaunen gefüllt.

Entschlossen ordnete sie Kissen und Oberdecke. So, das Bett war gemacht. Aber – wohin mit dem Nachttopf-Inhalt?

Line ging mit dem Tontopf in der Hand um die Hütte nach hinten. Sie war froh, dass er im Weidenkorb beim Transport heil geblieben war. Denn Früllerk war ohne Nachttopf ausgekommen. Er hatte von einer Stelle nahe beim Haus gesprochen. Direkt neben dem Gemüseland fand sie den stark riechenden kleinen Haufen, der vor Fliegen nur so wimmelte. Line kippte den in der Nacht angesammelten Inhalt dazu.

*

Line umrundete die Hütte und blieb neben der Leiche stehen. „Grete, Grete, wer hat dir das nur angetan? Wir werden deinen Mörder versuchen zu finden“, sagte sie laut. Sie nahm das Tuch hoch und besah sich noch einmal Gretes Hinterkopf. Sie entfernte die Haube, das Haar war inzwischen steif vom trocknenden Blut. Line fühlte vorsichtig mit den Fingerspitzen durch das Haar. Einen eingedrückten Rand und ein Loch konnte sie ertasten.

Der Absatz des Holschens würde dazu passen, dachte sie und bettete Grete vorsichtig wieder auf den Boden. Die Würgemale am Hals waren jetzt deutlicher zu sehen. Links sehr viel dunkler als rechts am Hals.

Line untersuchte auch die Schürze. Sie war aus einem festen guten Stoff, in blau und schwarz, ganz klein kariert. Ein schönes Muster, dachte sie. In der Mitte der Seitennaht war eine Schleife aus Wäscheband gebunden. Sie schaute auf die entgegengesetzte Seite:

Es war nur zu sehen, wo das zweite Schleifenband gesessen hatte, Fadenreste hingen dort. Am unteren Saum war die Schürze eingerissen und der Stoff gezerrt. Dort hatte sie in den Wurzeln der Birke fest gehangen, Line erinnerte sich noch einmal an Fidis Bericht. Vorsichtig untersuchte sie auch Rock und Bluse der Leiche. Außer viel Sand gab es nichts Ungewöhnliches. Sachte deckte sie Grete wieder zu.

*

Sie blickte direkt auf das Strohdach, denn es reichte zu beiden Seiten bis fast auf den Moorboden. Früllerk hatte es repariert, einige hellere Stellen im Stroh verrieten das. Sie erkannte aber trotzdem Löcher und Gänge wie von Mäusen und ein Vogelnest. Eine Schwalbe saß oben auf dem First und zwitscherte zu ihr herunter.

„Na, bist du eine gute Fliegenfängerin für unsere Hütte? Ich wohne jetzt ebenfalls hier“, lächelte Line zu ihr hoch. „Du wirst dich schon an mich gewöhnen – oder ich mich an dich, und an alles hier …“, sagte sie immer leiser werdend mit wieder aufsteigender Beklemmung.

Sie ging ein paar Schritte und schaute sich um. Der Morgennebel war verschwunden. Um die Hütte herum wuchs Heidekraut, Moose und kleine Farne bedeckten den Grund. Winzige Wassertröpfchen glitzerten auf den Blättern in der Morgensonne. Ein tiefblauer Schmetterling flog an Line vorbei. Eine solche Farbe hatte sie noch nie an einem Insekt gesehen. Das ist bestimmt ein Moorfalter, dachte sie. Über die ganze Moorfläche verteilt hingen kleine, puschelig wirkende, schmutzig gelbe Büschel an biegsamen Halmen. Früllerk nannte es später Wollgras.

Ein ganzes Stück seitwärts der Hütte hatte Früllerk Torf gestochen. Zu Reihen aufgeschichtete Soden trockneten neben einer schwarzen, tiefen, wasserglänzenden Grube. Er hatte ihr erzählt, wie fleißig er in diesem Jahr schon gegraben hatte. „Ich musste doch die Tage aufholen, an denen ich wegen unserer Hochzeit unterwegs war“, neckte er seine Frau. „Aber im Ernst, ich bin durch die kaputte Hand langsamer als die anderen Männer. Ich kann den Spaten nicht so gut halten, er rutscht mir immer wieder aus der Hand. Darum habe ich abends einfach länger gearbeitet.

Nur Louise hat mit mir geschimpft, ich würde zu viel arbeiten. Sie hat mich immer gut mit Essen versorgt. Und Hans kam öfter abends und half mir, obwohl er den Tag über in seinem Torfstich gegraben hatte. Ich verkaufe dafür seinen Torf für ihn in Bremen. Wir haben schon großes Glück mit den beiden."

Line war sehr froh über Louise und Hans als Nachbarn und Freunde. Vor allem eine Frau in der Nähe zu haben, die Antwort und Rat in Frauendingen wusste, das war sehr beruhigend.

Obwohl sie die Weite im Moor schon während der Fahrt von Bremen erfahren hatte, staunte sie wieder über die Klarheit und Ferne des Himmels. Es war schön hier, ruhig und friedlich – und trotzdem lag etwas Bedrohliches in dieser Ruhe. Line dachte wieder an die Leiche im Haus und sehnte sich nun doch nach Früllerk, nach einem Menschen, mit dem sie reden konnte. Sie war noch nie in ihrem Leben so allein gewesen. In Bremen gab es eher zu viele Menschen.

Sie überlegte, wie weit die Kate der Nachbarn wohl entfernt war. Sie sah sich um: Außer ein paar Bäumen und Büschen war auf der Nachbarseite nichts zu erkennen. Sie sah auch keinen Pfad oder Weg dorthin.

Auf dem Sanddamm bemerkte sie plötzlich eine Bewegung. Eine Frau kam mit schweren Schritten und winkte schon von weitem. Es war Louise. Noch vom Damm aus rief sie: *„Moin, Line, kannst du mi helpen?"*

Line wunderte sich – sie hatte die Worte deutlich verstanden, obwohl Louise noch so weit entfernt war. Sie winkte zurück. Einsamkeit und Trübsal waren wie fortgeblasen. Sie überfiel Louise gleich mit einem Schwall von Worten: ob sie ein Stück *Kloben* wolle oder vielleicht sogar einen Schluck *Brammwien*.

Louise unterbrach Line: „Danke, aber ich muss wieder zurück. Frau Sandvoss hat mich geschickt. Weißt du, die Patin der anderen

Braut gestern. Frau Sandvoss will wissen, ob du gleich mitkommen und beim Wäschewaschen helfen kannst. Alle Knechte und Mägde des Hofes werden in der Heuernte gebraucht. Und Grete Koop, die eigentlich arbeiten sollte, ist nicht erschienen. Frau Sandvoss regt sich schon den ganzen Morgen auf: ‚Ja, ja, *allens to de rechte Tied, bloß denn is dien Leven wiet.* Grete hat es wohl nicht nötig zu kommen. Unsereins tut seine Pflicht und das gewöhnliche Volk nimmt sich nach der Hochzeit erst mal frei.'"

Line erklärte nach einer kleinen Pause ganz behutsam: „Louise, erschrick nicht, aber Grete ist tot." Entsetzt starrte Louise Line ins Gesicht. Line berichtete vom schrecklichen Fund am Morgen. Und auch, dass Früllerk schon nach Osterholz unterwegs sei. „Grete liegt hier bei uns am Haus unter der Dachschräge. Sie ist ermordet worden. Jemand hat sie erschlagen und wollte sie dann ins Wasser werfen. Ihre Schürze hat sich aber an einer Baumwurzel verhakt. So blieb sie mit den Füßen noch auf dem Sandweg liegen."

Louise musste sich auf den Schrecken erst einmal hinsetzen. In der Hütte lehnte sie nun auch einen *Brammwienschluck* nicht ab und begann dann leise zu erzählen: „Grete ist … war ein gefälliges und fleißiges Mädchen. Sie hat noch zu Hause beim Vater und den Geschwistern gewohnt. Die Mutter ist vor drei Jahren im Kindbett gestorben. Grete hat dann die Geschwister, auch den kleinen Säugling, versorgt, ist mit dem Vater ins Moor gegangen, hat uns allen immer geholfen und außerdem noch auf dem Sandvosschen Hof gearbeitet, wenn dort zusätzliche Magdarbeit gebraucht wurde. Es wird aber auch gemunkelt, dass sie die Männer sehr gern hatte. Obwohl sie einem Knecht versprochen war. Ich glaube sogar einem vom Sandvoss-Hof."

Line hörte schweigend zu.

Nachdem Louise sich ein wenig erholt hatte, meinte sie: „Line, komm du doch trotzdem mit. Frau Sandvoss ist streng mit ihrem Waschtag. Immer am gleichen Tag, alle vier Wochen. Aber sie muss ja auch nicht selber waschen, und sicher wird sie heute Nachmittag in Worpswede weiterfeiern. Line, komm mit, alles ist schon eingeweicht.

Und es gibt ein dickes Schwarzbrot als Lohn. Hans soll Frullerk Bescheid sagen, wo du bist. Er sticht Torf dicht am Damm, da müssen wir eh vorbei." Beruhigt nickte Line.

*

Auf dem Weg sprachen die beiden Frauen von Grete und Louise mutmaßte über den Mörder. Gretes scheußlicher Tod verband die neuen Nachbarinnen auf merkwürdige Weise. Louise hatte bisher keine Angst im Moor gehabt. Aber wenn jemand Frauen umbrachte? Line jedoch beruhigte sie und vermutete eher einen Mord aus Eifersucht.

Sie merkten während ihres Gesprächs schnell, dass sie sich gut verstanden. Die Sonne brannte inzwischen, Fliegen umschwirrten die beiden Frauen. Line schaute auf Louises Kleidung. Sie war mit Walnussschalen dunkelbraun gefärbt, der Bundfaltenrock, das enge Mieder, die Jacke mit dem kleinen Stehkragen und dem angerüschten Schößchen hinten. Sicher trugen das alle Moorfrauen, dazu eine blaugrau gestreifte Schürze. Line selber trug einen beigeblau gestreiften Leinenrock mit heller Kattunbluse, das war in Bremen in der heißen Küche das Beste und auch hier in der Sonne luftig. Ihre Schürze hatte sie in der Aufregung vergessen. Sicher fiel sie mit der fremden Kleidung auf dem Bauernhof erneut auf. Schon wieder fühlte sie sich unbehaglich.

Louise trug eine Art Hut aus hellem Stoff, Line kannte diesen Schutz aus Bremen, die Bauernmädchen, die Milch und Butter in ihre Küche gebracht hatten, trugen den *Weyhoot* gegen die Hitze. Unter dem Kinn wurde er gebunden. Louise lachte, als Line die Kopfbedeckung ansprach. „Hier bei uns im Moor heißt das *Sleierhoot.* Ich werde dir bald einmal zeigen, wie er genäht wird. Und so lange leihe ich dir meinen alten, der sieht zwar nicht mehr so gut aus, er ist aber besser als deine zarte weiße Batist-Haube, die wird während der Arbeit nur schmutzig und reißt sicher leicht ein."

„Das tragen in Bremen alle Frauen, wenn sie das Haus verlassen", verteidigte Line ihre eigene Kopfbedeckung.

„Du wirst merken, wie sehr die Sonne dir auf den Kopf brennt, wenn du Stunde um Stunde ohne Schatten arbeitest", erklärte Louise fast wie einem Kind. „So ein dünner Stoff schützt da nicht, glaub mir! Und die Augen beschattet deine Kappe auch nicht."

Line merkte erst jetzt, wie sehr sie die Augen zusammenkniff, um sich gegen das grelle Sonnenlicht zu schützen. Bei Louise stand der *Sleierhoot* so weit über der Stirn, dass die Augen im Schatten lagen. Den praktischen Nutzen sah sie ein, es würde ihr aber komisch werden, so fremde Kleidung zu tragen. Sie seufzte tief, sie würde sich schon an alles gewöhnen.

*

Links wie rechts auf dem Damm wuchsen Birken. Der Graben rechts neben dem Damm war tief. Dahinter hatte jedes Grundstück einen parallel zum Damm verlaufenden Streifen Grün. Vorweide nannte es Früllerk. Ohne diese Vorweiden gäbe es für viele Kolonisten kein Gras und damit kein Heu für die Kuh oder Ziege, die jeder hielt. Und ohne die Tiere würde der Dung fehlen, der für die Landwirtschaft so dringend nötig war.

Denn bäuerliches Ackerland sollte aus dem wilden Moor entstehen, aus Tagelöhnern sollten Bauern mit eigenem Grund und Boden werden, das war das erstrebte Ziel der königlichen Regierung. Darum hatten sie das Moor als Siedlungsplatz genehmigt. Darum gab es die Kontributionsfreiheit, die Befreiung vom Kriegsdienst.

König Georg hatte Geld gegeben, für die erste Anlegung von Grundstücken und den Bau von Gräben, Dämmen und des Kanals. Die Urbarmachung der einzelnen Flächen überließ er aber den Kolonisten. Und wurde es später landwirtschaftlich genutzt, würde das Königreich reichliche Steuerabgaben wieder zurückbekommen. 50 Jahre hatte Findorff veranschlagt, ob das eintreffen würde, musste die Zeit zeigen.

Louise und Line gingen den Sanddamm entlang. Die Fläche jeder Moorstelle lag, seitlich begrenzt durch Gräben, mit der schmalen

Seite eines Rechtecks am Damm, zog sich dafür aber lang gestreckt ins Moor hinein. Louise war Lines Augen gefolgt: „Der Herr Findorff achtet drauf, dass alle im Dorf die gleiche Grundfläche haben. 50 Morgen. Hier vorn am Damm entlang musste jeder zuerst Land als Vorweide trockenlegen." Sie zeichnete mit dem Finger eine Linie parallel zum Damm: „Dort wurde der erste Quergraben ausgehoben, damit die Vorweide schnell entwässert wurde."

So hatte es Früllerk Line ebenfalls erklärt.

„Die meisten hier im Günnemoor haben weiter hinten noch einen zweiten Graben ausgehoben. So ist es bei euch und bei uns auch." Louise wollte Line durch ihr Erklären die Fremdheit nehmen. „Dazwischen steht die Kate und durch kleinere Verbindungsgräben wurde Land für einen Garten und Felder entwässert. Noch weiter hinten, da, wo die geringelten Torfhaufen zu sehen sind, sticht jede Familie ihren Torf und erst ganz am Ende fließt die Beek."

Auf den Feldern wuchs eine Pflanze, die Line nicht kannte. Heute Morgen war sie ihr auf dem eigenen Land nur so nebenbei aufgefallen. Sie hatte einen aufrechten Stängel und herzförmige Blätter. „Louise, ist das Buchweizen?", fragte sie verlegen. Ihre neue Freundin schaute verwundert. „Ja, natürlich. Den kennt ihr in Bremen nicht?"

„Doch, doch, aber nur als Korn für Brei und Pfannkuchen. Wie *Bookweten* wächst, habe ich noch nie gesehen. Oh, Louise, ich weiß gar nichts von dem, was hier im Moor wichtig ist."

„Ist doch nicht so schlimm", Louise strich Line über den Arm. „Du hast einen klugen Kopf, du lernst bestimmt schnell. Und Früllerk und wir helfen dir doch."

Dankbar drückte Line Louises Hand. Die Erleichterung war ihrem Gesicht deutlich anzusehen.

„Dort wohnen unsere Nachbarn", erklärte Louise darum weiter. „Anna und Jonny Mittelsteiner, in der nächsten Kate Walter und Mimi Büttel und da wohnen Gesche und Carl Vollmerding. An Gesche kannst du dich sicher noch erinnern. Sie ist die größte Frau im Moor, größer auch als jeder Mann. Und auf der linken Seite gehört alles der reichen Familie Sandvoss. Darum hat der Damm auch auf beiden Seiten einen Graben. Die Familie wohnt schon mehrere Generationen hier und hat viel landwirtschaftliche Fläche. Das Land ist schon lange entwässert mit guten Weiden und viel Vieh."

Der Duft von frisch gemähtem Gras lag schon eine Weile in der Luft. Bei dem sonnigen Wetter würde es schnell trocknen.

Das regelmäßige Blöken der Kühe wurde immer lauter. Auf einer lang gezogenen Weide neben dem Damm grasten wenigstens 20 schwarz-weiße Tiere.

Zwischen dem saftigen Grün der Grasweide wuchsen Kuckuckslichtnelken und Weißklee. Die lilafarbenen Blüten der zarten Nelken waren schon fast verblüht, die weißen Kugelblüten des Klees konnte Line vom Weg aus nur als kleine Punkte erkennen. Auf dem Wegsaum wuchs Breitwegerich. Dass er als gutes Heilmittel gegen Insektenstiche half, wusste Line. Büschelweise standen Binsen wie breit gefächerte Speere zwischen den Pflanzen und dem Gras. Sie zeigten noch die Nässe des ursprünglichen Moorbodens.

Links zweigte ein weiterer Damm ab. Er führte über eine wuchtige Holzbrücke als langer Sandweg neben dem Graben direkt auf den Hof der Familie Sandvoss.

*

Line sah sich auf dem Hof neugierig um. Linker Hand die Scheune hatte in den einzelnen Fachen statt Lehm geflochtenes Buschwerk. Louise erklärte im Weitergehen: „Dort lagert der getrocknete Torf und dazu sperrige Gerätschaften für die Landwirtschaft."

Das mächtige Bauernhaus hatte als Blickfang einen hohen Giebel zum Innenhof. Eine große Fläche war mit Kopfsteinen gepflastert. Line staunte über die Größe des Hauses und die Weitläufigkeit der ganzen Hofanlage.

Das Fachwerk war blau, die Gefache dazwischen ochsenblutrot gestrichen, das dicke Reetdach wirkte stabil und schützend. Die

Langen Döör in der Mitte des Hausgiebels wurde durch einen massiven Balken senkrecht geteilt. Die Tür schien viergeteilt, nur der rechte untere Teil stand offen. Dahinter war es dunkel.

Oben links und rechts vom Tor-Balken stand ein biblischer Spruch in weißer Farbe: Was Gott thut, das ist wohlgethan. Darüber Namen und eine Jahreszahl.

Ebenerdig gab es rechts neben dem großen Tor eine winzig kleine Öffnung, wie ein Zwergentor, im Lehmfach sogar mit Kieselsteinen als Verzierung umrahmt. Line wollte gerade neugierig danach fragen, da stakste eine grau in grau gestreifte Katze durch das Loch in den Sonnenschein. Sie ging zielstrebig mit gerade hoch gerecktem Schwanz auf Louise zu, schnurrte laut und strich ihr um die Beine.

Louise lachte: „Ich bringe ihr immer etwas mit, wenn ich hier arbeite. Nein, Mule, heute hast du deinen Teil schon bekommen, Gräten und den Fischschwanz. Wo sind die Reste geblieben? Alles schon aufgefressen?“

Während Louise mit der Katze redete und sie streichelte, sah sich Line weiter um. Hier im Moor hätte sie solch ein beträchtliches Anwesen nicht vermutet. Der Hofplatz war sauber gefegt und aufgeräumt. Rechts standen mehrere große Gebäude, wohl für die Schweine und Schafe oder Ziegen, dazu ein Hühnerstall. Auch sie wirkten ordentlich und schmuck. Etwas weiter seitlich befand sich ein kleines Häuschen dicht am Graben, sicher das Plumpsklo. Einige Hühner pickten daneben nach Regenwürmern oder Grassamen.

Line wusste, Früllerk und sie brauchten ebenfalls Hühner auf ihrer Moorstelle. Sie seufzte: Es war ja kaum etwas da, sie hatten noch so viel anzuschaffen.

Begleitet von Mule gingen beide Frauen rechts um den Hausgiebel herum. Der Ziehbrunnen, ein mit Brettern verschalter Kasten und ein schwenkbarer Arm mit einem Holzeimer am Seil, erstaunte Line. Sie dachte, im Moor gäbe es keine Brunnen, das Wasser käme hier immer direkt aus dem Graben. Kopfsteine rund um den Brunnen gaben Trittfestigkeit und verhinderten Wasserpfützen. Alles wirkte genau durchdacht.

*

An der Hauswand standen die Bottiche mit der eingeweichten Wäsche. Anna Sandvoss trat aus der niedrigen Seitentür. Schon gestern war sie Line unnahbar erschienen in der Festkleidung. Auch heute saß ihre schwarze Haube fest im Haar, ein schwarzes Samtband war glatt um den Hals gebunden, sie trug trotz der Hitze über dem Mieder eine Jacke, deren viele kleine, mit glänzendem Stoff überzogenen Knöpfe bis zum Hals geschlossen waren. Der schwarze Rock war faltenlos gebügelt und wirkte glatt und streng. Ein breiter Ring mit mehreren Steinen blitzte am Finger. Es war deutlich: Die Hochzeitsfeierlichkeiten waren noch nicht beendet. Sicher würde sie wieder nach Worpswede fahren.

Louise brachte Line zu ihr. Herrisch fragte Anna Sandvoss, ob Grete sich inzwischen eingefunden hätte. Louise nickte verunsichert.

Line reichte der Bäuerin die Hand, die aber übersehen wurde. „Ich bin Line, wir haben uns gestern in der Kirche getroffen", erklärte sie. „Ich bin aus Bremen und habe Früllerk Grapenthien geheiratet. Wir waren das zweite Brautpaar." Anna Sandvoss zog nur die Augenbrauen ein wenig hoch. Es war deutlich, dass sie keine Eigeninitiative gewohnt war.

Durch die Tür erkannte Line im Dunkel des Hauses die Umrisse eines Mannes. Er schien die Situation neugierig und ein wenig respektlos zu beobachten. Line meinte in ihm den jüngeren Sohn zu erkennen. Das musste Martin sein, von dem ihr Metta im Pfarrhaus in Worpswede erzählt hatte.

Anna Sandvoss wiederholte scharf ihre Frage nach Grete. Da Louise verlegen wirkte, ergriff Line wieder das Wort. „Ihr dürft nicht erschrecken, Bäuerin, aber Grete wurde heute Morgen tot aufgefunden. Mein Mann ist schon unterwegs, um dem Amtmann im Kloster Bescheid zu sagen."

Die Bäuerin wich einen Schritt zurück. Ihr Sohn Martin zog hörbar die Luft durch die Zähne. Nach einer kurzen Pause sagte Line: „Grete lag auf dem Sanddamm in der Nähe unsere Hütte."

Martin kam so rasch aus der Tür gestürzt, dass er seine Mutter förmlich beiseite stieß. Hochrot im Gesicht packte er Line an den Armen und schüttelte sie: „Was hast du gesagt? Grete lag auf dem Sanddamm? Aber, ich hab' sie …" Seine Mutter rief ihn mit einem Satz zurück: „Martin, du vergisst dich." Und mit eisigem Befehlston: „Lass sofort dieses Weib los!"

Martin stieß Line von sich, dass sie rückwärts taumelte.

„Was hast du mit Grete zu tun?", herrschte Anna Sandvoss Martin an. Er holte tief Luft: „Natürlich nichts, Mutter" und zog sich in die Tür zurück.

Anna Sandvoss funkelte nun Louise an: „Deine neue Nachbarin kann doch Wäsche waschen? *Ek pass op bi de, de ik nich kenn!*"

Line verschlug diese Härte und Ungerührtheit angesichts des Todes einer jungen Frau beinahe die Sprache. Sie ignorierte die letzte Bemerkung darum und antwortete: „Selbstverständlich, sonst wäre ich nicht mitgekommen."

Ihre Aufmerksamkeit galt aber Martin. Er war aschfahl im Gesicht und sehr verstört. Seine rechte Hand war mit einem Leinenstück umwickelt und oben auf dem Handrücken verknotet.

An Anna Sandvoss vorbei fragte sie ihn: „Kanntest du Grete gut?" und rieb sich den rechten Oberarm, Martin hatte kräftig zugepackt. „*Wat geit di dat an*", antwortete er nach kurzem Schlucken und wirkte schon wieder ruhig. Nur seine Augen flackerten.

„Louise, du weißt, was zu tun ist, fangt endlich an. Es ist sowieso zu viel Zeit vertan. Gleich gibt es schon die Morgenkost." Anna Sandvoss drehte sich um und schob ihren Sohn zurück ins *Flett.* Line hörte sie aber noch fragen: „Hattest du was mit dieser Grete?" Martins Antwort verstand sie nicht mehr, seine Stimme aber klang, als ob er seine Mutter besänftigen müsse.

*

„*Kumm, Line*“, Louise zog Line mit sich zu den Waschbottichen. Ein Sack war rasch als Nässeschutz vor den Bauch gebunden. Gemeinsam wrangen sie die eingeweichte Wäsche aus.

Ein Knecht kam um die Hausecke, er sah Line neugierig an, gab ihr dann aber fest die Hand. Er stellte sich als Claas Hüllen vor und begrüßte sie als Neue im Moor.

Claas war ein großer, knochiger Mann mit auffällig langen Armen, die unter den zu kurzen Jackenärmeln hervorschauten. Er ging ein wenig nach vorn gebeugt, seine Arme mit Händen wie riesige Schaufeln schlenkerten dabei neben seinem Körper hin und her. Trotzdem wirkte er behäbig, sein Gesicht strahlte Freundlichkeit und die Offenheit eines Kindes aus.

Louise mochte ihm kaum in die Augen sehen. „Claas, du hast doch die Grete sehr gemocht?“, fragte sie vorsichtig. „Was heißt gemocht, ich will sie heiraten!“, meinte der Knecht. „Claas, wir müssen dir eine schlimme Nachricht sagen – Grete ist tot.“

Claas schüttelte den Kopf. „Ihr könnt mir viel erzählen. Gestern Abend habe ich noch mit ihr getanzt.“

Louise zeigte auf Line. „Fidi Fricke hat Grete heute Morgen auf dem Sanddamm gefunden. Früllerk ist mit dem Kahn nach Osterholz gefahren, dem Amtmann Bescheid sagen.“

Line sagte behutsam: „Claas, es stimmt leider. Und es ist noch schlimmer. Grete wurde ermordet.“

Claas wankte, Tränen schossen ihm in die Augen: *„Dat stimmt nie nich!“*, schrie er und eilte überstürzt davon.

Borchert, der Großknecht, kam um das Haus auf die beiden Waschfrauen zu: „Was hat denn Claas auf einmal? O, dich hab‘ ich gestern bei deiner Hochzeit gesehen“, sagte er zu Line und begrüßte sie mit Handschlag. „Dein *Kloben* hat besonders gut geschmeckt.“

Line antwortete: „Grete Koop ist heute Nacht ermordet worden.“

Borchert verzog sein Gesicht zu einem sehr breiten Grinsen. Gleichzeitig wirkte er fassungslos, das Grinsen war verzerrt, nicht fröhlich. Seine Gesichtsmuskeln schienen nicht in Ordnung zu sein. Hinter seinem Lachen war er sehr ernst, richtig erschrocken: „Wo habt ihr Grete denn gefunden?", stieß er heraus und sprach sofort weiter: „Claas hat sehr um Grete geworben. Sie kam oft hierher auf den Hof. Sogar nachts bin ich ihr schon begegnet."

Er erkundigte sich, ob etwas zu regeln sei. Line informierte ihn gerade über die Wege von Früllerk und Fidi, als ein weiterer Mann mit schweren, festen Tritten um die Hausecke kam. Borchert hielt ihn mit der linken Hand fest. „Jacob, ein Unglück ist geschehen. Claas ist ganz durch den Wind. Seine Grete ist tot."

Jacob, das war Jacob Sandvoss, der Erbe des Hofes, das wusste Line. In seinen Augen stand Erschrecken, äußerlich blieb er jedoch gefasst und ruhig und fragte kurz, fast bellend: „Wer weiß das?"

Line informierte auch ihn und erkannte mit Bewunderung an, wie schnell Jacob die Situation erfasste. Er war tatsächlich kein Mann der vielen Worte, wusste aber, was zu tun und zu regeln war. „Claas war mit Grete verlobt, er ist ein guter Knecht. Oben auf der Hille steht ein Sarg. Borchert, lass ihn holen und zu Grapenthiens Hütte bringen. „Gretes Vater kann den Sarg bei uns abarbeiten. Jetzt in der Sommerhitze ist Eile geboten." Borchert eilte sofort ins Haus.

„Du bist doch die Frau von Früllerk Grapenthien?" Line nickte nur.

„Sagt dein Mann auch dem Pastor in Worpswede Bescheid?" Diese Frage konnte Line nicht beantworten.

„Sorg dafür, dass ich Nachricht darüber bekomme. Wir müssen das regeln, das ist Christenpflicht", meinte er gerade, als seine Mutter hinter ihn trat.

„Was geht dich die neue Wäscherin und ihr Mann an?", schimpfte sie sofort aufgebracht. „Keiner arbeitet, alle stehen nur rum und schwatzen. Bring die Knechte wieder an die Arbeit. Bei den Mägden besorg ich das selbst." Jacob drückte seine Schultern nach unten und ging mit noch schwereren Schritten Richtung Tür.

„Wie lange wollt ihr denn noch herumstehen, die Wäsche wird nicht von allein sauber. Es ist doch immer das Gleiche: *Dumme Lüe bruukt een ton regeern!*" Anna Sandvoss war hochrot im Gesicht. Eilig beugten sich Line und Louise wieder über die Wäsche.

Erst, nachdem die resolute Bäuerin im Haus verschwunden war, fragte Line: „Wie kann eine Frau nur so unbeeindruckt und herzlos sein?"

„Die Sandvoss war schon immer so. Ihr verstorbener Mann Diederich war zwar rau und wortkarg, aber wenn er getrunken hatte, stöhnte er über ihre Kälte und Herrschsucht. Jacob leidet bestimmt genauso darunter. Er müsste inzwischen längst sein Erbe angetreten haben. Du hast ihn ja erlebt. Er macht nie viele Worte. Was in ihm vorgeht, weiß niemand. Hanken, der Alt-Knecht hat einmal angedeutet, dass Jacob seinem Vater ein Versprechen geben musste. Anna hat damals vor ihrer Hochzeit ein Abkommen getroffen, das Jacob ebenfalls erfüllen muss. Sie behält auch als Witwe das Sagen, solange sie es will und kann. Das musste Diederich ihr damals versprechen, sonst hätte sie ihn nicht geheiratet. Sie soll vor kurzem sogar gesagt haben: *„So lang, as ik den Dussel noch fastmoken kann, solang blifft dat mien Hoff!*"

Line verstand das nicht: „Was meinst du?"

„Der Dussel, das ist der Längsbalken in der *Langen Döör*. Er wird rausgenommen, wenn ein Erntewagen auf die Diele fahren soll. Sonst stützt er den breiten oberen Tragebalken der Tür. Der Dussel ist schwer und darum meint Anna Sandvoss: Solange sie ihn anheben und in das Tor einsetzen kann, bleibt sie Bäuerin auf dem Hof. Und du siehst ja welche Figur und auch Kraft und Durchsetzungsvermögen sie hat. Sie wird noch lange Jahre das Sagen auf dem Hof behalten. Und dabei ist sie doch eine Frau! Hier im Moor findet das keiner richtig, viele munkeln sogar, dass sie sich Martin an Jacobs Stelle wünscht."

Line wollte es genauer wissen. Während beide weiter Wäschestücke auswrangen, fragte sie: „Und warum mag Anna Sandvoss Martin lieber?"

Louise wusste es von den alten Frauen aus Worpswede: „Jacob ist nicht ihr eigenes Kind. Jacobs Mutter war Annas Schwester, die ist im Kindbett gestorben. Danach musste Anna Diederich heiraten. Sie war dann öfter schwanger, aber alle Säuglinge sind gestorben, bis auf Martin. Anna war immer gerecht zu Jacob, aber er ist nun mal nicht ihr eigenes Kind.

Jacob wurde schon in der Jugend schweigsam und schroff wie sein Vater. Schon ein Blick von ihm wirkt einschüchternd. Die Mägde auf dem Hof haben manchmal Angst vor ihm. Und alle im Moor sagen, er gibt Anweisungen wie seine Mutter, die beiden passen gut zusammen. Ich dagegen glaube eher, er ist wie sein Vater. Er macht nicht viele Worte, ist aber immer gerecht.

Anna Sandvoss dagegen hat überhaupt keine Gefühle, sie ist hochmütig. Die Menschen sind ihr egal. Vor gut zwei Jahrzehnten, als sie wohl dachte, nicht mehr Mutter werden zu können, da erst kam Martin auf die Welt und überlebte. So wurde er ihr Liebling. Sie hat ihm immer alles nachgesehen, nie hatte er Schuld. *Mien Kind deit sowat nich.* Der Satz gilt für sie bis heute. Verzogen hat sie ihn, er ist verwöhnt und zimperlich wie ein Mädchen. Die Männer achten ihn darum nicht sehr, die jungen Frauen und Mädchen aber sind ihm zugetan. Martin spricht sanft und leise, er lobt gute Arbeit oder das Wachstum im Garten, wenn er damit etwas erreichen will – du weißt schon, was ich meine. Und er soll tüchtig Erfolg haben. Er weiß auch seine Mutter mit zärtlichen Gesten und einem breitem Lächeln zu umgarnen. Du hast ihn ja schon ein wenig erlebt. Die Männer im Moor können nicht so schön reden. Sie sind manchmal derb und machen wenig Worte. Und so mögen wir sie auch“, meinte sie fast ein wenig trotzig.

Line überlegte laut: „Hat Martin sich eben nicht merkwürdig verhalten? Für mich wirkte er sehr angespannt.“

„Mir ist nichts aufgefallen, nur, dass er so dreist auf deine Brüste geschaut hat, *de Swienjak!* Aber dass Borchert bei der Todesnachricht ganz breit gegrinst hat, das finde ich schlimm. Der hat wohl vor nichts Achtung“, empörte sich Louise.

Bevor Line ihre Vermutung über Borchert erklären konnte, wurde zur Morgenkost gerufen.

Louise freute sich darauf und schwärmte: „Das Essen ist immer lecker. Wir bekommen während des Heuens außer *Bookwetenpannkoken* noch *Schönroggen*. Dieses feine Brot backt hier weit und breit nur Anna Sandvoss. Das ist ein Bremer Brot – ach, das weißt du sicher! Dazu gibt es Butter und sogar Honig. *Bookweten-Honnig*, hm, der schmeckt süß und herb. Und unser eigener Honig reicht immer nur zum Süßen. Wehe, wenn ich den fürs Brot freigeben würde. Meine Kinder – und mein Hans auch – würden den Jahresvorrat an Honig während einer einzigen Mahlzeit aufbrauchen. Aber hier genieße ich ihn natürlich sehr."

*

Seitlich im *Flett* stand der lange Tisch mit zwei Bänken. Line wurde von Louise vorgestellt. Zwei Mägde stießen sich mit dem Ellbogen an und tuschelten. Line erkannte Clara, die junge Frau von gestern. Clara strich sich über das eigene Kleid und zeigte dann auf Line. Line ahnte: Die Frauen lachten über sie, über die Fremde, die Bremerin.

Weil Anna Sandvoss nicht anwesend war, durfte noch nicht gegessen werden. „Und wenn dann die große Bäuerin satt ist, haben wir auch satt zu sein", griente Hanken, der Alt-Knecht.

Schon Hankens Vater war Knecht auf dem Hof gewesen, Hanken war in der Mägdekammer geboren, er hatte sein Leben lang für die Familie gearbeitet und erhielt inzwischen sozusagen sein Gnadenbrot. Er versuchte aber auf dem Hof zu helfen und erledigte zahlreiche Kleinigkeiten. So hatte er das Gefühl noch gebraucht zu werden. Er fühlte sich dem Hof gegenüber verantwortlich, was auch von allen anerkannt wurde. Als Einziger traute er sich darum seine Meinung zu sagen.

Hanken war nicht sehr groß, er ging vornüber gebeugt mit eckigen Bewegungen und schon steifen Armen. Auf dem Kopf wuchs nur spärlicher grauer Haarflaum. Sein Unterkiefer war weit noch vorn geschoben, und die Unterlippe reichte bis zur Nase hinauf. Ständig öffnete und schloss er den Mund rhythmisch mit einer mahlenden Bewegung und atmete dabei geräuschvoll ein und wieder aus. Seine Unterlippe legte sich dabei immer über die Oberlippe. Wenn er wie jetzt griente, wurden seine beiden letzten Zähne im Mund sichtbar.

Wichtiger war aber allen der Tod von Grete. „Wo ist denn Claas?", fragte Hanken. „Er ist auf der Diele und dengelt die Sensen, als wolle er sie zerschlagen", wusste eine der Mägde.

Louise wurde mit Fragen bestürmt, zeigte aber auf Line. Die erklärte, dass Grete tot auf dem Sanddamm gelegen hätte. Und dass der Amtmann schon von Früllerk Bescheid bekäme. *„Wat schall denn de Amtmann dorbie?"*, fragte Hanken, der Knecht.

„Grete ist erwürgt worden", platzte es aus Louise heraus. Entsetztes Schweigen wurde schnell durch laute und aufgeregte Rufe abgelöst.

Clara, die junge Magd, zeigte plötzlich mit dem Finger auf Line und wurde laut: „Vielleicht hat ja die Bremerin Grete erwürgt. Früllerk hatte bestimmt eine Liebschaft hier im Moor, da er ja nachts immer allein in seinem Stroh liegen musste. Es ist doch seltsam: In der ersten Nacht, die diese Fremde hier im Moor ist, stirbt ein Mensch. So was ist vorher nie passiert. Vielleicht ist die Bremische eine Hexe."

Alles verstummte und die Blicke folgten Claras ausgestrecktem Zeigefinger. Line wollte laut auflachen, ein Kloß im Hals verhinderte jedoch den Ton.

Louise legte ihre Hand beruhigend auf Lines, aber bevor sie ihr auch nur ein Wort zuflüstern konnte, donnerte eine Stimme in die Stille: „Clara, du schweigst still! Untersteh dich, so ein Gerücht in die Welt zu setzen!" Jacob Sandvoss war unbemerkt hereingekommen. „Ich warne dich, Clara! Es gibt keine Hexen mehr. Und niemand erwürgt in der eigenen Hochzeitnacht eine Fremde."

Clara war zusammengefahren und sah mit hochrotem Kopf verlegen auf die Tischplatte vor sich. Alle starrten mit offenem Mund auf den Hoferben. So nachdrücklich sprach er selten.

„Ist ja schon gut", brummte Hanken. Er allein traute sich ein Wort zu sagen. „Hexen gibt es nicht mehr. *De Pastor hett dat ook all mol seggt.* Und Line, in deiner Hochzeitsnacht hattest du doch sicher anderes zu tun, nicht wahr?“ Line und auch alle anderen atmeten dankbar bei Hankens Ablenkung auf.

Jacob ließ sich auf seinen Stuhl fallen. Die Tür ging auf und mit verkniffenen Gesichtern kamen Anna Sandvoss und Martin herein. Die beiden hatten wohl gestritten.

Herrisch setzte sich die Bäuerin an ihren Platz und gab den Befehl, den Honigtopf wieder fortzunehmen. „Heute ist schon genug Zeit vertrödelt worden“, tadelte sie und begann eine Scheibe Brot mit Butter zu bestreichen. „*To goodet Eeten mokt fuul*“, unterstrich sie ihre Entscheidung wieder einmal mit einem Sprichwort.

Keiner sprach mehr ein Wort, alle versorgten sich empört und auch enttäuscht mit *Bookwetenpannkoken* und vor allem mit Brot und stopften schnell große Bissen in sich hinein, wenn auch ohne die leckere Honig-Süße.

Line bestaunte die Geschwindigkeit, mit der die *Schönroggen*-Scheiben verschwanden. Louise tunkte das Brot in die Milch, damit es weich wurde und kaute überwiegend auf der linken Seite. Sie hatte schon viele Zahnlücken. Für jedes Kind ein Zahn, hieß es in Bremen.

*

„Warum fehlt Claas?“ Anna Sandvoss wies fragend auf den leeren Platz des Knechts. „*Bloß wenn upp 'n Disch steit de Pann, Magd un Knecht wat eeten kann.* Und ohne Essen arbeitet ihr noch schlechter. Heute steht ja wohl nur halbe Arbeit auf dem Plan. Ich hätte niemanden von euch mit zur Hochzeit nehmen sollen. Dabei dachte ich, dass ihr nach der Belohnung durch so viel Essen und Trinken fleißiger seid. Aber weit gefehlt, am Abend satt tanzen, nach ausgiebiger Prügelei mit zerschlagenen Gesichtern ins Bett fallen und am anderen Morgen nur herumstehen und reden. ‚*Hebbt se sik ok düchtig kloppt?*‘ Mehr scheint euch nicht zu interessieren. Hanken, hol Claas sofort her!“

„Aber Bäuerin“, Hanken traute sich wieder als Einziger zu widersprechen, er kannte Anna, seit sie als junge Frau ins Moor gekommen war. „Claas muss erst den Tod von Grete begreifen. Der hat keinen Hunger. Er braucht sicher das Alleinsein. *Sowat hett de Pastor ook all mol seggt.*“

„Blödsinn, Mannsvolk weiß es nicht besser. Ich kenne mich mit Tod und Trauer aus. *Eeten is good bi Hartpien. Eeten un drinken holt Liev un Seel tosomen.* Und wer weiß, vielleicht hat er selber ja Grete aus Eifersucht getötet.“

„Mutter, jetzt gehst du zu weit!“ Jacob erhob wieder seine Stimme. „Streu du nicht auch noch Verdächtigungen aus. Lass Claas in Ruhe. Die Knechte sind außerdem meine Sache.“

Unbeachtet war leise die Seitentür geöffnet worden. Obwohl Anna Sandvoss Luft holte, um Jacob scharf zu erwidern, kam kein Laut aus ihrem Mund. Alles starrte auf Gretes Vater, der zusammen mit Fidi Fricke verlegen in der Tür stand.

Jacob stand sofort auf und reichte dem älteren Mann die Hand. „Koop-Vadder, *go man sitten.* Wir wissen schon von deinem schweren Verlust. Was können wir für dich tun?“

Koop-Vadder wischte sich mit dem Handrücken über die Augen. Ihm kamen die Tränen, Jacobs Stimme hatte so weich geklungen. „Ich will nur Dank sagen wegen …“, die Stimme gehorchte ihm nicht mehr. Er räusperte sich und zog durch die Nase hoch. „Ich … danke für den Sarg. Ich arbeite ihn ab, so bald ich kann.“ „Das hat Zeit“, Jacob legte ihm seine Hand auf die Schulter. „Erst mal muss der Pastor Bescheid kriegen. Willst du selber zu ihm gehen oder soll ich dafür sorgen?“

Koop-Vadder räusperte sich wieder und wusste keine Antwort. Ganz leise begann er zu reden: „Fidi und ich haben Grete schon nach Hause geholt. Fidi meinte, wir könnten ruhig Früllerks Torfkarre nehmen. Grete rutschte uns aber immer wieder runter …“ Koop-Vadder schossen wieder die Tränen in die Augen. „Sie war mit einem Tuch zugedeckt, als wir kamen. Damit haben wir sie dann festgebunden. Fidi meinte, das Tuch gehöre Früllerks Frau. Sie wird wohl nicht böse sein, sie kriegt das Tuch ja wieder zurück."

Line erhob sich, ging zu ihm und nahm seine Hand: „Ich bin Line, Früllerks Frau, Koop-Vadder. Alles ist gut, so, wie du das gemacht hast." Sie wandte sich Jacob zu: „Vielleicht braucht Koop-Vadder einen Schluck zu trinken? Hast du denn überhaupt schon was im Magen?", fragte sie den älteren Mann, erschrak dann aber über ihre Dreistigkeit. Sie hatte in diesem Haus ja nichts zu bestimmen.

Und natürlich bestätigte Anna Sandvoss sofort diesen Gedanken: „Übernimmt jetzt schon eine Fremde das Sagen hier am Tisch?"

Jacob drehte sich nicht einmal zu seiner Mutter um, zwischen den Zähnen knirschte er nur hervor: „Ja, wenn von uns keine Gastfreundlichkeit zu erwarten ist."

Anna Sandvoss antwortete nicht darauf. Immer wieder musterte sie nachdenklich Martin, der sein Brot nur auf dem Tisch hin und her schob. Beide waren am Geschehen nicht wirklich beteiligt.

Jacob nickte mit dem Kinn Richtung Hanken und zeigte mit einem Kopfnicken auf das kleine Schränkchen, das an der Wand hing. Hanken wusste Bescheid. Er holte daraus eine *Brammwienkruke* und einen Tonbecher.

Koop-Vadder hustete beim Trinken und wollte keinen zweiten. „Der vernebelt mir den Kopf", entschuldigte er sich. Die Scheibe *Schönroggen*, die Line ihm inzwischen dick mit Butter bestrichen hatte, nahm er aber dankend an.

Fidi Fricke erklärte, dass sie den Knechten mit dem Sarg begegnet waren. Grete lag inzwischen schon in ihrem letzten Bett bei Koops in der Kate. Die Nachbarinnen hatten sie gewaschen und hergerichtet. Sie trug ihr Sonntagskleid und die weiße bestickte Schürze. Auch die Totenwache war schon geregelt.

Hanken forderte nun alle auf, wieder an ihre Arbeit zu gehen. Line wäre gern geblieben, um das Geschehen weiter zu beobachten. Alle Sandvosschen Familienmitglieder verhielten sich ganz anders, als ihr berichtet worden war.

Louise zog sie mit sich nach draußen. Obwohl beide sehr aufgewühlt waren, sprachen sie nicht und wandten sich sofort der Arbeit zu. Sie hatten noch viele Wäschestücke auszuwringen.

Das verschmutzte Wasser trugen sie in den Bottichen zum Graben. Louise holte einen Eimer klares Wasser vom Brunnen, mit dem sie den verbliebenen Sand und die Erde aus den Holzgefäßen herausspülten.

Locker schichteten sie dann die Wäschestücke in die Bottiche und breiteten ein sauberes Tuch darüber. Louise kannte sich aus und holte die Buchenasche, sie traute sich jedoch nicht ins Haus und war froh, als in diesem Moment Borchert vorbeikam. Mit einem breiten Grinsen war er sofort bereit, kochendes Wasser von der Feuerstelle zu holen.

Louise schüttelte den Kopf über den Großknecht: „Line, guck, er lacht schon wieder fröhlich. Der Mann scheint keinen Anstand zu besitzen."

„Louise, ich glaube, du irrst dich. Borchert hat irgendetwas mit seinem Gesicht. Ich glaube nicht, dass er lacht. Er kann nicht anders. Da scheint etwas an seinen Gesichtsmuskeln kaputt zu sein."

„Woher weißt du das, bist du ein *Medicus*?" Borchert kam zusammen mit einem Knecht. Zwischen sich trugen sie den schweren *Grapen* mit kochendem Wasser.

„*Een Fru as Medicus, wa?* Hä, hä!"

„Filz-Fidi, *wees still!*" Borchert hob mit dem Knecht den Eimer an und sie gossen das Wasser über die Asche. In dieser Lauge musste nun die Wäsche ziehen.

„Was weißt du schon?", forschte Borchert sofort bei Line weiter. „Ich bin nun mal ein fröhlicher Mensch. Auch die Trauer um den Tod eines Menschen geht vorbei. Wer kennt in zehn Jahren noch Grete Koop …"

„Ihr Vater und Claas", konnte Line sich nicht verkneifen.

„Line, du bist fremd hier", Borchert sprach sehr ernst, obwohl sein Gesicht lachte. Er griente von einem Ohr zum anderen. „Die

Menschen hier im Moor kennen mich und schätzen meine Fröhlichkeit. So soll es auch zukünftig bleiben. Du kannst sehr guten *Kloben* backen, du kannst aber nicht in die Herzen der Menschen hier im Moor blicken. *Behol dine Grappen*, ich warne dich. Steck deine Nase nicht in meine Angelegenheiten!"

Line war trotz der sommerlichen Wärme und direkt neben den heißen Wäschebottichen kalt geworden. Nur Borcherts verzerrtes Grinsen nahm seinen Sätzen die Schärfe.

Sie drehte sich zu Louise, die aber stand schon an einem Bottich und meinte nur leichthin: „Nimm den Großknecht nicht ernst. Der hat bisher alles mit einem Lachen abgetan. Wie du gemerkt hast, auch den Tod. Das ist ein Bruder Leichtfuß. Der ändert sich nicht."

Line war sich nicht sicher, schwieg aber und begann zu arbeiten …

*

Bei der Mittagsmahlzeit waren weder Anna Sandvoss noch ihre beiden Söhne anwesend. Hanken führte als Alt-Knecht die Aufsicht. Immer wieder war zu hören: *„De Pastor hett dat ook all mol seggt*", wenn Hanken seinen Weisheiten Nachdruck verleihen wollte. Line bemerkte zwei Männer, die sich grinsend anstießen und auf den Alt-Knecht zeigten: „Hanken-Pastor!"

Da auf einer Heuwiese nahe am Hof gearbeitet wurde, waren alle, froh über den Schatten und die Kühle, ins Haus gekommen. Hochrot waren die Gesichter der Frauen unter dem *Sleierhoot* und allen Männern war durch den Rand des Strohhutes eine staubige Linie in die Stirn gezeichnet. Natürlich redete man die ganze Zeit über den Mord und stellte die unterschiedlichsten Vermutungen an.

„Trotzdem ist jeder Löffel fleißig bei der Arbeit", beobachtete Hanken. „Die frische Erbsen-Suppe mit Speck und Klütjen schmeckt aber auch *allerbest*." Er freute sich ebenfalls, denn die Suppe konnte er gut mit dem Gaumen zerdrücken und schlucken. Der Geschmack war unübertrefflich und zum Nachtisch gab es auch noch leckere Fruchtsuppe aus getrockneten Apfelschnitzen. Anna Sandvoss war eine hervorragende Köchin, das wusste jeder hier im Moor.

Hanken war während des Essens froh, dass Clara schweigsam war und nicht wieder versuchte Line etwas anzuhängen. Nur Jacob oder die Bäuerin waren in der Lage sie mundtot zu machen. Hanken hatte schon einmal erlebt, wie Clara zum eigenen Vorteil Schlimmes über eine andere Magd verbreitet hatte. Dabei ist sie eine so adrette und hübsche junge Frau. Sie hat es doch gar nicht nötig anderen gegenüber so missgünstig und boshaft zu sein, dachte der alte Mann. Sie sollte besser heiraten und ihr Augenmerk auf eine Familie richten. Mit der vielen Arbeit und Verantwortung vergehen ihr dann bestimmt die Flausen.

Die Bremerin Line dagegen gefiel Hanken. Wie fürsorglich sie sich um Koop-Vadder bemüht hat! Und wie gewandt sie mit Worten umgehen kann – obwohl ihre Sprache ein wenig fremd ist. Line erregt Aufsehen im Moor. Ihr Kleid ist ungewöhnlich, aber es steht ihr gut. Nur, sie ist so klein und zierlich, ob sie die schwere Arbeit wohl schaffen wird? Hanken bekam richtig väterliche Gefühle für die jung Verheiratete. Und dann in der Hochzeitsnacht, am ersten Ehemorgen eine Leiche sehen, die arme *Deern*. Und ganz im Stillen dachte er: Und dann gleich Anna Sandvoss ertragen müssen! Und sofort beim ersten Essen angefeindet werden – *se deit mi leed*.

Line spürte Hankens Blick und als sie ihn anschaute, blinzelte er ihr liebevoll zu. Claras bloße Gegenwart verursachte Line Herzklopfen. Und auch Borcherts Nähe erinnerte sie deutlich an seine Warnung. Schon gleich am ersten Tag hier im Günnemoor war sie von zwei Menschen angegriffen worden. Das hatte sie nicht gewollt.

Inzwischen machte sie sich auch Sorgen um Frülllerk: Wo ist er jetzt wohl? Ob er erfährt, dass ich hier auf dem Hof bin? Hoffentlich bekommt er etwas zu essen. Wo bleibt er denn so lange? Aber wahrscheinlich ist der Weg nach Osterholz sehr weit oder der Amtmann hat nicht gleich Zeit für ihn gehabt und er musste warten, beruhigte sie sich ein wenig.

Es kitzelte an ihren Beinen, Line zog sie schnell weg und guckte nach unten. Ach, das ist ja nur die Katze. Mule bemerkte Lines Aufmerksamkeit und guckte sie unverwandt an. Hübsch sieht sie aus, mit den langen spitzen Ohren und den kleinen Härchen oben dran, wie winzige Puschel. In Bremen hatte Line immer eine Katze im Haus-Hof gehalten, schon wegen der Mäuse. Frau Eltermann war nach anfänglichem Zögern einverstanden gewesen und hatte gemerkt, wie angenehm der Mäuse-Mangel war. Line mochte aber auch das lustig Verspielte der Tiere und vor allem den Stolz, die Unabhängigkeit. Eine Katze in unserer Hütte, das wäre schön, dachte sie, während sie Mule vorsichtig ein Stück Speck aus der Erbsensuppe nach unten reichte.

Mordanzeige in Osterholz

Früllerk war mit gutem Wind nach Osterholz gesegelt. Er fuhr rechts in den Fangstaken-Graben hinein und machte den Kahn am Damm fest.

Unterwegs überkam ihn das schlechte Gewissen, weil er Line gleich an ihrem ersten gemeinsamen Morgen allein gelassen hatte. Wäre er doch nur bei ihr geblieben! Andererseits wusste er, dass er der Einzige war, der den weiten Weg so schnell bewältigen konnte. Und er war einer der Wenigen, die keine oder kaum Angst vor der Obrigkeit hatten. Obwohl er immer noch der Bremer, der Fremde hieß, war er inzwischen schon öfter Fürsprecher der Kolonisten gewesen. Er unterschied sich von den wortkargen Männern, die aus der Gegend stammten und vorher in der Regel Knecht gewesen waren. Er hatte in der Stadt auf der Werft und durch seinen Beruf Selbstvertrauen gewonnen und gelernt, sich mit Worten auszudrücken.

*

Im Klosterhof ließ er sich von einem Knecht, der sich als Dierk vorstellte, zum Haus des Amtmanns führen.

Dieser saß hinter einem breiten Tisch, auf dem allerlei Papiere lagen. Schon vor der Tür hatte Früllerk seine Mütze abgenommen. Er machte einen Diener, wartete dann aber auf den Gesprächsbeginn. „Nun, was willst du von mir und meiner kostbaren Zeit?", fragte der Amtmann streng.

Früllerk musste sich erst einmal räuspern, er fühlte sich plötzlich doch unsicher in der Gegenwart des hohen Herrn. „Entschuldigt auch vielmals, Herr Amtmann, ich komme, einen Mord zu melden."

„Einen Mord, du meine Güte, weißt du, was du da sagst?"

„Entschuldigung, Herr Amtmann …"

„Ist schon gut mit Entschuldigung und Herr Amtmann", brummte der Amtmann. „Nun sag endlich, was passiert ist!"

Frühlerk räusperte sich wieder: „Ich bin Frühlerk Grapenthien aus dem Günnemoor. Heute Morgen fand Fidi Fricke, auch ein Moorkolonist, die Magd Grete auf dem Sanddamm. Meine Frau hat sie untersucht und festgestellt, dass …"

„Wie, deine Frau hat festgestellt? Kannst du nur das wiederholen, was deine Frau dir gesagt hat? Bist du ein Weiberrock oder hast du dir die tote Frau auch selber angesehen?"

„Doch, doch!" Frühlerk merkte schnell, dass der Amtmann keine hohe Meinung von Frauen hatte. „Herr Amtmann, Fidi Fricke und ich haben eindeutig den Tod der jungen Grete Koop festgestellt. Sie ist stark gewürgt worden und ihr wurde der Hinterkopf mit einem harten Gegenstand, wahrscheinlich ihrem eigenen Holschen, eingeschlagen."

„Wo ist die Tote jetzt?"

„Wir haben sie in den Schatten meiner Hütte gelegt und mit einem Tuch zugedeckt, es ist ja so warm heute!"

„Und wie bist du so schnell hierher gekommen?"

„Mit meinem Torfkahn. Er liegt im Fangstaken am Damm."

„Du hast ein Boot?" Anerkennend nickte der Amtmann.

„Ja, ich habe es selber gebaut. Es ist ein *Halb-Hunt-Kahn*. Ich war vor meinem Unfall Zimmermann auf einer Bremer Werft." Frühlerk zeigte, wenn auch ungern, seine rechte Hand.

„Und dann bist du nicht zum Bettler geworden, sondern hast sogar eine Moorstelle bekommen? Donnerwetter, das ist eine Leistung!", lobte der Amtmann.

„Wenn der Tod von dir so eindeutig als Mord beschrieben wird, dann könnt ihr die junge Frau einsargen. Mein Amtsdiener kommt dann in den nächsten Tagen vorbei und untersucht den Fall. Der Mörder muss ja wohl hängen!"

Frühlerk fragte ganz erschrocken: „In den nächsten Tagen erst? Aber solange haben wir einen Mörder im Moor. Und vielleicht mordet er noch mehr unserer Frauen. Herr Amtmann, ich kann den Amtsdiener mitnehmen und auch wieder zurückbringen, wenn Ihr damit einverstanden seid."

„Papperlapapp, ich kann ihn jetzt nicht entbehren. Und in einigen Tagen muss er sowieso nach Düfelsmoor. Da kann er leicht weitergehen. Wer ist denn gestorben? – eines Moorkolonisten Tochter. Und nun Schluss, ich habe zu tun!"

So wurde Früllerk verabschiedet.

*

Er fand Dierk, den freundlichen Knecht, am Weg. Nachdem ihn der Amtmann so schnell fortgeschickt hatte, war er einem kleinen Schnack nicht abgeneigt.

Er fragte Dierk, ob er wisse, wo man im Ort Tiere kaufen könne, ein Ferkel vielleicht. Das wollte er Line mitbringen. Als sie plötzlich Hilferufe hörten, lief Dierk sofort los, Früllerk folgte ihm über den großen Klosterhof in den Gartenbereich. Aus einem der Gebäude drang Lärm und Geschrei.

„Halt ihn auf! Halt ihn doch auf!" und „Nimm die Mistforke, er ist ja total wild geworden."

„Sieh dich vor, er wird dich verletzen."

Als Früllerk in der Tür erschien, hatte sich Dierk schon beherzt an der Jagd auf einen hochbeinigen Eber beteiligt. „Mach die Tür zu!", schrie ein älterer Mann. Früllerk schloss blitzschnell die Tür, denn der Eber kam den langen Gang entlang auf ihn zugerast. Er schäumte vor Wut und die Flocken spritzten von seinen beiden hochragenden Hauern. Früllerk wurde es siedendheiß: Was, wenn ihn der Eber zerfleischen würde? Vor Angst wusste er einen Moment nicht, was er tun sollte.

Die kleinen Schweinsaugen waren rot unterlaufen und wild rollend auf ihn gerichtet, da fiel Früllerks Blick auf ein Brett, das zersplittert auf dem Boden lag. Er bückte sich blitzschnell, riss das Brett hoch und schlug es dem Eber mit aller Gewalt flach auf den Kopf. Benommen bremste das Tier in seinem Galopp. Dierk öffnete rasch eine Kobentür. Sofort war auch ein junger Knecht mit der Mistforke neben ihm und stieß den Eber durch die Tür.

Im Koben schüttelte sich das Schwein und war ruhig. Der Knecht schob den Riegel vor: „So, das war's. Der Schlag mit dem Brett war gut", lobte er Früllerk. „Wenn so ein Eber erst einmal in Wut gerät, kann ihn eigentlich nichts bremsen."

Der ältere Mann war inzwischen ebenfalls herangekommen und klopfte Früllerk auf die Schulter: „Wunderbar hast du das gemacht. Der Eber hätte auf dem Hof ziemlich viel Unheil angerichtet. Er hat mit seinen Hauern die Futterklappe auf der einen Seite total aus der Verankerung gerissen und ist ausgebrochen. Alles ist kaputt, ich weiß gar nicht, wer das jetzt so schnell wieder in Ordnung bringen kann."

„Ich bin gelernter Zimmermann", antwortete Früllerk, dem das Lob peinlich war. Er hatte schließlich nur aus Angst gehandelt. „Wenn ich mir die Futterklappe einmal ansehen soll?"

Der ältere Mann zog Früllerk förmlich durch den Gang nach hinten.

Holz und gut geschmiedete Eisennägel waren in unterschiedlichen Größen vorhanden. Früllerk hatte keine Mühe, die Technik der Futterklappe wiederherzustellen. Mit der handfertigen Hilfe des jungen Knechts und unter der genauen Beobachtung des alten Mannes war der Schaden nach zwei Stunden behoben.

„Donnerwetter", lobte der ältere Mann. „Du bist nicht nur ein guter Schweinebremser, du bist auch ein sehr guter Zimmermann. Wo hast du dein Handwerk gelernt?"

„In Bremen auf einer Schiffs-Werft. Nach einem Unfall musste ich jedoch dort aufhören und nun sitze ich auf einer Moorstelle im Günnemoor." Früllerk zeigte dem alten Mann seine Hand.

„Und was führt dich hierher nach Osterholz? Willst du uns Torf verkaufen?", erkundigte sich der ältere Mann weiter.

„Nein, nein, ich habe gestern geheiratet und heute Morgen fand ein Nachbar eine ermordete Frau auf dem Sanddamm dicht bei meiner Moorstelle. Da ich ein Boot besitze, habe ich dem Amtmann Bescheid gegeben."

„*Junge di*, das sind mal buntgemischte Neuigkeiten. Da bist du wohl schon lange auf den Beinen?", fragte der ältere Mann weiter. „Wann hast du denn zuletzt gegessen?"

„Naja", Früllerk wurde ganz verlegen. "Meine Frau gab mir ein Stück *Kloben* mit."

„*Kloben*, ei sieh mal an, das ist aber leckere Kost! Da magst du unsere Mittagskost wohl gar nicht, *Schangarsten* und ein ordentliches Stück Brot mit Speck? Komm mit uns, Früllerk, das Essen ist gleich fertig."

Bei den Worten des alten Mannes merkte Früllerk, wie hungrig er war. Froh über die Einladung ging er gemeinsam mit den Männern zum Essen.

Dierk begann die Tischrunde sofort zu fragen, wo Früllerk denn wohl ein Ferkel bekommen könne. Der ältere Mann lächelte und meinte: „*Marks Müüs?* Du hast bei uns wohl die vielen Ferkel gesehen und möchtest eines haben?"

Früllerk blieb fast der gute *Schangarsten* im Hals stecken. Vor Verlegenheit kam zuerst kein Wort heraus. Dass der Mann ihn aber auch so falsch verstand. Er schluckte und widersprach nur leise: „Nein, nein, es ist ganz anders. Meine Frau ist doch andere Verhältnisse gewohnt. Sie war Köchin in Bremen. Dort war alles modern und hier in der kleinen Moorhütte ist es so einfach. Bisher wurde ich von meinen Nachbarn verköstigt. Darum ist in meiner Hütte auch kein Vorrat. Und da ich nun schon hier in Osterholz bin, habe ich meinen Geldbeutel eingesteckt und hoffe hier ein Ferkel und Hühner, Mehl und Speck zu kaufen." Früllerk war ganz elend zumute. Ihm wurde beim Erzählen wieder so richtig deutlich, was er seiner Line zumutete.

Der ältere Mann bemerkte seine Beklemmung: „Ist schon gut, Früllerk. Ich mache dir einen Vorschlag: Weil du heute so selbstverständlich geholfen und so gut gearbeitet hast, gebe ich dir ein Ferkel. Als Gegenleistung kommst du vor Erntedank für eine Woche und arbeitest als Zimmermann in der Kirche. Damit ist das Schwein dann bezahlt."

Früllerk guckte ihn ungläubig an, er glaubte seinen Ohren nicht zu trauen.

„Du kannst mir ruhig vertrauen, ich bin Magnus, Siegmar Jochimsons Vater, mein Wort wird dir wohl genügen, oder?"

Früllerk sah Magnus nur weiter mit großen Augen an.

„Mein Sohn ist der Amtmann hier in Osterholz, das weißt du wohl nicht?"

„Nein", mehr brachte Früllerk nicht heraus. Wie dumm er sich doch anstellte. Er hätte eigentlich merken müssen, dass Magnus auf dem Klosterhof etwas zu sagen hatte.

Magnus schmunzelte wieder angesichts Früllerks Verlegenheit und sagte: „Speck und Mehl gebe ich dir als Dank für heute mit. Nur bei den Hühnern weiß ich keinen Rat."

Dierk, der gerade am letzten Happen Brot mit Speck kaute, fiel ein: „Meine Patin, die Witwe Grimm, wohnt doch im Bavendam'schen Backhaus. Sie hält viele Hühner und lebt vom Eiertausch. Vielleicht verkauft sie Früllerk welche. Aber sicher nur gegen bares Geld." Er sah Früllerk fragend an, der sofort nickte. Geld hatte er dabei. „Es sind aber bremische *Taler* und *Grote*. Ob die Witwe Grimm das wohl nimmt?"

„Sie kann es bei mir eintauschen, das bestell ihr!", entschied Magnus.

Der Weg zum Hof der Familie Bavendam war nicht weit. Das wäre was für Line, dachte Früllerk, als er das Backhaus erspähte. Bestimmt gibt es jemanden im Moor, der einen Ofen bauen kann.

Die Witwe freute sich über Grüße ihres Patenkindes Dierk und war bereit Früllerk fünf Hühner zu verkaufen. Einen Hahn hatte sie jedoch nicht für ihn. „Vielleicht bei deinem nächsten Besuch", meinte sie und bot ihm noch eine Mettwurst an. Früllerk kaufte auch die, band die Hühner an den Füßen zusammen und trug sie über die Schulter gelegt zum Amtshaus zurück.

Dort wartete Dierk schon auf ihn, Früllerk erhielt einen kleinen Beutel ungemahlenen Weizen, eine gute Speckseite, einen großen Kanten Schwarzbrot und ein gar nicht so kleines Ferkel. Dierk hatte die Erlaubnis, Früllerk zum Boot zu begleiten, denn allein hätte er nicht alles tragen und dazu das Schwein treiben können.

Der alte Mann kam noch einmal vorbei. „Früllerk, wir haben von der hohen Obrigkeit in Hannover einen Ackerwagen voller kleiner länglicher Früchte mit vielen Knubbeln dran bekommen. Der Befehl lautete, sie unter den Großbauern zu verteilen. Diese Früchte sollen sich in der Erde vermehren. Fast jeder Bauer hier im Umkreis wehrte sich jedoch gegen dieses *neemodsche* Zeug. Kaum jemand hat auch nur eine Hand voll dieser *Tartuffels* genommen. Ich schenke dir einen Sack voll, wenn du sie pflanzt. Vielleicht kennt deine Frau diese Frucht ja schon aus Bremen. Und sicher kann sie anderen Frauen dann auch zeigen, wie sie gekocht werden. Einen zweiten Sack voll gebe ich dir zum Kochen und Ausprobieren mit."

Früllerk wollte natürlich dem alten Mann den Gefallen tun. „Ich will das Pflanzen gern versuchen, aber ist es nicht schon zu spät in der Jahreszeit?"

Der alte Mann gab ihm Recht, bat aber doch um den Versuch.

Nur mit Hilfe einer Schubkarre schafften Dierk und Früllerk alles zum Torfkahn.

Erst nachdem Säcke und Tiere im Boot gut verstaut waren, griff Dierk in seine Jackentasche und zog verschämt ein Kätzchen hervor. „Früllerk, nimm bitte die Katze mit. Wir haben auf dem Hof schon so viele. Und die Nachbarn haben selber genug. Einige Frauen im Ort meinen sogar, Katzen wären teuflisch oder verhext und dulden sie nicht auf dem Hof. Du wirkst so anders, so aufgeschlossen, du hast bestimmt keine Angst vor einer Katze, oder?"

Dierk zeigte das kleine Tier, das sich in seine Hände geschmiegt hatte und leise schnurrte. „Guck mal, sie braucht nur noch etwas

Milch jeden Tag, sie ist schon entwöhnt. Sie kann auch schon Mäuse fangen – glaub' ich jedenfalls." Dierck begann zu lachen. Die Katze war selber nur etwas größer als eine ausgewachsene Maus.

Früllerk lachte herzlich mit. Ihm wurde beim Anblick des kleinen Tieres ganz warm ums Herz. Er wusste, wie sehr Line ihre Katze in Bremen verwöhnt hatte. „Was meine Frau für Augen machen wird, wenn ich mit all meinen Schätzen nach Hause komme", antwortete er Dierk.

Eine Katze zum Trost

Der zweite Abend noch der Hochzeit

Mit dem Kätzchen in der Jackentasche und den Hühnern über der Schulter rief er schon vom Weg zur Hütte nach Line. Verwundert beschleunigte er seinen Schritt. Da hatte er gedacht, sie würde alle Augenblicke nach ihm Ausschau halten, und nun hörte sie ihn gar nicht.

Ob ihr etwas passiert war? Siedendheiß schoss es ihm in den Sinn: Der Mörder läuft hier ja frei herum! Er begann das letzte Stück zu rennen und riss die Hüttentür auf. Nichts. Keine Line.

Voller Sorge ließ er die Hühner in den Koben plumpsen. Flatternd und schreiend verlangten sie losgebunden zu werden.

„Was ist denn hier los?"

Früllerk drehte sich blitzschnell um. Es war nicht Line, Hans stand grinsend in der Tür. „Du suchst doch wohl nicht deine Frau? Die ist dir wohl gleich am ersten Tag davongelaufen!"

„Ach Hans, du bist es", Früllerk machte einen tiefen Stoßseufzer, um sein rasendes Herz wieder zu beruhigen, „weißt du, wo Line ist?"

„Darum bin ich ja gleich gekommen, als ich den Spektakel hörte." Hans machte die Tür zu und band erst mal die Hühner los. Er streute eine Hand voll *Bookweten* in den Koben, damit die Tiere sich beruhigten. „Ich soll dir bestellen, Line ist mit Louise beim Sandvosschen Hof und hilft bei der Wäsche. Aber sag mal, wo hast du denn die Hühner her?"

„Im Boot ist auch noch das Ferkel angebunden, das muss ich gleich holen. Und guck mal, was in meiner Tasche sitzt!" Früllerk holte das Kätzchen heraus und ließ es hinunter.

„Na, das sind ja Neuigkeiten", wunderte sich Hans. „Bisher war deine Hütte leer und einsam, aber kaum bist du eine Nacht verheiratet, da drängelt ihr euch gleich in dem kleinen Raum." Hans schüttelte den Kopf und griente, er freute sich für Früllerk, musste ihn aber doch ein bisschen foppen.

„Hans, du warst schon mit in Bremen. Solch eine Unterkunft kann ich Line nicht bieten kann. Aber sie soll es doch trotzdem gut haben bei mir", entgegnete Früllerk.

„Ich weiß", antwortete Hans tröstend. „So, wie ihr euch lieb habt, schafft ihr das auch. Dir fällt ständig etwas Neues ein und Line hat sicherlich auch gute Ideen. Sollst mal sehen, bald geht es euch gut. Und über die Katze wird sie sich bestimmt freuen."

Früllerk war inzwischen ruhiger geworden. „Hilfst du mir mit dem Schwein? Ich habe auch noch Lebensmittel gebracht."

Gemeinsam, wie sonst auch immer, versorgten die beiden Freunde das Boot und die Tiere.

*

Line und Louise hatten am Nachmittag auch die feinen Wäschestücke gewaschen. Das Leinen war geklopft und gespült und musste nun auf der Bleiche ausgebreitet werden. Mit der Schubkarre fuhren sie den großen Holzzuber voller Wäsche auf die Wiese neben dem Haus und breiteten die Leinentücher aus. Louise ging zur Pumpe, um Wasser zu holen. Die Wäsche musste immer wieder begossen werden und blieb auch über Nacht liegen.

Line hörte plötzlich erregte Stimmen. Suchend schaute sie sich um. Es war niemand zu sehen. Eine Männerstimme jammerte: „Was soll ich denn machen? Hanken weiß ganz sicher, dass Grete und ich … Wenn der Amtsdiener das erfährt, gerate ich doch in Verdacht." Nun sprach eine Frau: „Der Amtsdiener wird sich hüten, meinen Sohn anzuklagen. Überlass den nur mir, ich regel das schon." Das war eindeutig Anna Sandvoss' Stimme.

Line horchte verwundert. Sie hatte heute Morgen schon einmal erlebt, dass im Moor Stimmen sehr weit trugen. Aber das wussten doch alle. Die beiden mussten schon sehr aufgebracht sein, um das zu vergessen. Nun hörte sie Martin: „Und dann die Neue aus Bremen … wie die mich ausgefragt hat. Die ist mir viel zu neugierig. Aber du musstest sie ja unbedingt als Waschfrau hier behalten."

„Das ist nicht deine Sache. Spann jetzt an, wir müssen wieder zum Hochzeitsmahl nach Worpswede fahren."

Louise kam den Weg durch den Gemüsegarten zurück und die Stimmen schwiegen.

*

Am Abend gingen die Nachbarinnen müde über den Sanddamm nach Hause. Louise verabschiedete sich: „Das war ein aufregender Tag. Einen Mord gab es hier noch nie. Line, noch was: Von der Milch eurer Kuh, die ja bei uns steht, gehört dir ein Teil. So ist es mit Früllerk abgemacht. Ich schick' nachher eins der Kinder rüber. Sonst habt ihr heute Abend und morgen früh ja gar nichts zu trinken. Und du musst sagen, wann du die Kuh zu euch nehmen willst."

*

Früllerk ging seiner Line mit großen Schritten entgegen und nahm sie fest in die Arme: „Als ich nach Hause kam und du warst nicht da – ich hab solche Angst gehabt. Ich dachte, der Mörder wäre auch zu dir gekommen."

„Und dabei war ich den ganzen Tag unter den gestrengen Augen der Frau Sandvoss. Ich war aber nicht gern dort, glaub mir." Lines Beklommenheit des ganzen Tages brach sich jetzt Bahn. „Du, die Magd, die Clara, die gestern auf der Hochzeit so böse geredet hat, die hat mir heute vorgeworfen, ich hätte Grete ermordet, aus Eifersucht. Oder ich sei eine Hexe, weil doch in meiner ersten Nacht hier ein Mensch getötet wurde. Und der Sohn, der Martin, hat gemeint, ich sei neugierig und Borchert, dem Großknecht, war es gar nicht recht, dass ich gesagt hab', seine Gesichtsmuskeln seien kaputt, darum würde er immer grinsen. Der hat gesagt, ich soll meine *Grappen* für mich behalten, das klang fast wie eine Drohung. Aber Jacob, der Hoferbe hat mich in Schutz genommen und Koop-Vadder war auch da und ich habe ihm einfach …"

„Halt, halt, halt! Das ist zu viel und zu schnell auf einmal. Ich glaube, das musst du mir während der Abendkost nach und nach erzählen. Gehst du denn morgen wieder auf den Hof?", fragte er.

Line merkte jetzt, nachdem sie alles auf einmal bei Früllerk abgeladen hatte, wie müde sie war. „Louise sprach von einem ganzen Schwarzbrot als Lohn. Das können wir gut gebrauchen", antwortete sie nun leise.

Früllerk drückte Lines Körper in seinem Arm ganz fest an sich: „Line, ich hab'eine Überraschung für dich. Nein, nicht eine, ganz viele. Wart mal ab!" Er griff in seine Jacke und drückte Line ein flauschiges Bündel in die Hand.

„Eine Katze! Oh Früllerk, das ist ja eine Katze!" Lines Gefühle forderten ihren Tribut, wurden plötzlich übermächtig und liefen über. Die Anspannung der ganzen letzten Tage brachen als krampfartiges Schluchzen hervor.

Früllerk nahm beide, seine Frau und die Katze, in den Arm. Er war verwirrt und ein klein wenig enttäuscht. Die Überraschung war ihm wohl nicht so besonders gut geglückt. Er ließ Line aber erst einmal weinen.

Energisch maunzte da das Kätzchen an Lines Brust und begann sich zwischen den beiden Körpern hochzuarbeiten.

Line begann unter Tränen zu lächeln. „O Früllerk, du hast mir eine Katze mitgebracht." Sie wurde schon wieder ganz eifrig: „Guck mal, sie ist ja dreifarbig! Und sie hat so ein kuscheliges Fell. Und einen Fleck direkt an ihrem kleinen Maul. Und … O, ich hab dich so lieb!"

Das Kätzchen war an Lines Hals sitzen geblieben und miaute und schnurrte. So gefiel Früllerk seine Überraschung schon eher, jetzt schnurrte er fast wie die Katze: „Ist ja gut! Nimm sie man mit in die Hütte. Dort erwartet dich noch mehr."

Neugierig geworden öffnete Line die Tür und blieb wie angewurzelt stehen. Früllerk schob sie von hinten sanft an und schloss die Tür.

Line machte nur riesengroße Augen: In dem abgetrennten Teil, der ihr heute Morgen so merkwürdig fremd vorgekommen war, schnüffelte ein Schwein im Torf. Es war wirklich ein Koben.

Auf der Holzstange saßen Hühner, der Tisch war gedeckt mit Brot, Mettwurst und Speck.

„Früllerk, wo hast du das alles her?" Line konnte sich vor Staunen kaum beruhigen. „Du hast heute ja wohl noch viel mehr erlebt als ich!"

„Hm, wir haben uns eine Menge zu erzählen, glaube ich. Wir wollen mal hören, wessen Erlebnisse schauriger waren, deine oder meine." Früllerk freute sich spitzbübisch und weidete sich an Lines staunenden Augen.

*

Erst nach der Abendkost fragte Line behutsam: „Aber Schwein und Huhn direkt neben dem Bett? Bist du sicher, dass wir so schlafen können?"

„Line, das ist hier in den Hütten so üblich. Das Schwein ist ja noch nicht sehr groß, vielleicht baue ich vor dem Winter noch einen Anbau. Aber du und ich, wir beide, wir bauen uns eines Tages eine Kate mit einer Diele. Und einem Anbau, unten für das Schwein und oben für die Hühner."

Beide dachten an die gemeinsame Zukunft und versuchten den schlimmen Tag zu vergessen. Verschmitzt meinte Früllerk: „Wenn es dir gar zu fremd oder unangenehm ist, eine andere Möglichkeit gibt es natürlich noch …"

Line schaute ihn fragend an.

„Wir können natürlich das Schwein mit ins Bett nehmen und die Hühner auf die Bettkante setzen."

Line prustete laut vor Lachen und schubste ihren naseweisen Liebsten blitzschnell von der Bank. Früllerk sprang auf, hob Line genauso schnell hoch und warf sie aufs Bett. Er begann sie zu kitzeln, bis sie vor Lachen beide atemlos waren.

So endete der zweite Abend.

Weil du eine Hexe bist!

Am nächsten Tag

Ha, heute hast du keinen Fürsprecher im Hoferben!" Aggressiv und provozierend stand plötzlich Clara neben dem Waschbottich, Auge in Auge mit Line. „Die gesamte Sandvoss-Familie ist ausgefahren und nur der alte Hanken-Pastor glaubt hier die Aufsicht führen zu können."

Bevor Line auch nur den Mund öffnen konnte, hatte Louise ihr Wäschestück in die *Balje* geworfen und sich drohend neben Clara aufgebaut. „Clara, du kannst es wohl nicht verknusen, dass Frülllerk dich zurückgewiesen hat, was? Und deinen Ärger und die Eifersucht lässt du nun an Line aus."

„Pah, Eifersucht, das hab ich überhaupt nicht nötig! Ich bekomme immer den Mann, den ich will. Und den einhändigen Frülllerk hab' ich nie gewollt. Außerdem hab' ich bereits einen Liebsten, nicht so einen *Muffelkopp* wie Frülllerk und keinen Moormann, sondern schon etwas Besseres. Ihr werdet es bald erleben."

„Und was willst du dann von mir?" Line war heute viel mutiger als gestern. Und da Louise ihr beistand … „Warum greifst du mich an?"

„Weil du eine Hexe bist, darum! Kaum bist du hier, wird jemand ermordet. Auch wenn es nur recht ist, dass es die dusselige Grete getroffen hat."

„Meinst du nicht, der Mörder hat Schuld?" Ein bisschen von oben herab klang Lines Satz.

Claras Stimme wurde nun richtig laut: „Was weißt du denn schon? Du hast Grete ja nicht mal gekannt. Hinter jeder Hose war sie her, sogar hinter meinem …" Erschrocken hielt sie mitten im Satz inne. Diese Line brauchte noch nicht zu wissen, mit wem sie sich bald verloben würde.

„Ach, dann hattest du also Sorge, dass dich neben Frülllerk noch ein zweiter Mann nicht will? Weil Grete hübscher war als du, vielleicht?"

Louise stand immer noch an ihrem Platz und freute sich, wie ärgerlich Clara wurde.

„Ich bin viel hübscher als Grete. Ihr habt doch gar keine Ahnung", schrie Clara mit überkippender Stimme. „Ich bin richtig froh, dass Grete tot ist, so, nun wisst ihr's!"

Und mit Schwung riss Clara den Waschbottich hoch, kippte Wäsche und Wasser auf Line, drehte sich um und stelzte ins Haus.

Hanken war gerade um die Ecke gekommen. Er hatte das Geschrei bis auf den Wäscheplatz gehört: „Line, was ist denn mit dir? Du bist ja patschnass!"

„Das war Clara." Auch Louise war erschrocken über Claras Ausbruch und begann nun die einzelnen Wäschestücke von der Erde aufzusammeln.

Line stand nur da, das Wasser lief immer noch an ihr herunter. Wie gut, dass es nur das warme Wasser für die Wollwäsche war und nicht das heiße Waschwasser von gestern.

„Line, du kommst mit ins Haus, du brauchst trockene Sachen", entschied Hanken und zog Line mit sich.

*

Noch etwas verlegen strich Line an dem viel zu großen Kleid herum, die Weite hatte sie mit dem Taillenband der Schürze zusammengebunden. Das schmale, kurze Band in Kniehöhe war ihr allerdings fremd. Es leuchtete ihr jedoch ein: Beim Bücken würde sonst die Schürze nach vorn in den Schmutz fallen. Das war praktisch.

Line bedankte sich und ging in ihren noch feuchten *Holschen* mit der nassen eigenen Kleidung in der Hand wieder zu Louise. „Na, sollen wir deine Sachen gleich mitwaschen?" Louise lachte. „Gib her, ich mach' das für dich, du siehst ja noch ganz *witschen umme Nees* aus. Clara kann ein rechter *Deubel* sein. Sie ist übrigens weggelaufen und noch nicht wieder zurück." Mit dieser Neuigkeit wandte sie sich Hanken zu, der nachgucken kam, ob jetzt alles seine Ordnung hatte.

Nun wurde der Altknecht richtiggehend wütend. „Clara sollte heute das Mittagessen kochen. Die *verdeubelte Deern*, es ist doch höchste Zeit. Für die Knechte und Mägde soll es heute *Speckpannkoken* geben. Ich hab heute Morgen extra schon Korn mit der Handmühle gemahlen. Wer kocht denn nun?“

Line versuchte ihn zu beruhigen: „Hanken, ich kann das wohl tun, aber dann braucht Louise noch jemanden für die Wäsche.“

„Bisher durfte immer nur Clara kochen, wenn Anna Sandvoss nicht da war. Aber wenn Clara verschwunden ist ... Kannst du denn Pfannkuchen aus hellem Brotmehl backen? Dazu soll es Kirschsuppe geben, mit Klütjen und so einem besonderen Gewürz.“ „Du meinst *Canehl*, nicht wahr, Hanken?“, erkundigte sich Line. Sie wurde ganz aufgeregt und freute sich ihre Kochkunst zeigen zu können. „Sag mir, wo alles steht und für wie viele Personen ich kochen soll. Hab‘ keine Sorge, Hanken, es ist nicht das erste Mal, dass ich unter Zeitdruck koche. Komm mit!“ Sie zog Hanken hinter sich her und hätte Louise beinahe vergessen.

„Geh du nur, ich wasche bis zum Mittag eben den Rest allein“, beruhigte ihre Nachbarin sie. „Ich freue mich schon auf dein Essen. Und *Speckpannkoken* mag hier jeder gern. Back also reichlich!“

*

Beim Essen fehlte Clara. Keiner wusste, wo sie abgeblieben war. Auch Claas Hüllen war nicht gekommen. Er hatte sich kurz vorher bei Line einen Kanten Schwarzbrot erbeten. Und als sie ihm zusätzlich einen Pfannkuchen anbot, rollte er ihn, so heiß, wie er war, zusammen und ging mit schweren, langsamen Schritten Richtung Garten.

Borchert war ebenfalls später in die Lucht gekommen. Er berichtete von Koop-Vadder, der ihn aufgehalten hatte. „Der ist ja total niedergedrückt. Es ist schon bewegend, wie sehr er sich Gretes Tod zu Herzen nimmt. Das Beileid wünschen gebietet da schon Anstand und Höflichkeit.“ Es sah schon ein wenig wunderlich aus, wie er mit breitem Grinsen und bedauernder Stimme über die Gefühle von Gretes Vater sprach.

Nachdem er aber alles über Clara erfahren hatte, schimpfte er über die *vermuckte Deern*. Neben Hanken hatte er als Großknecht schließlich die Verantwortung dem Bauern gegenüber. Line lobte er vor allen anderen am Tisch und dankte ihr für das lecker zubereitete Essen. Seine gestrige Drohung schien er vergessen zu haben.

*

Vor der Mittagsruhe fragte Hanken Line, ob sie die Abendkost ebenfalls vorbereiten würde. „Alle haben deine *Pannkoken* sehr gewürdigt, es ist keiner übrig geblieben. Und deine Kirschsuppe … hm, die war lecker!"

„Aber hoffentlich nicht besser als die der Bäuerin", witzelte Line.

„Anna Sandvoss ist die beste Köchin hier im Günnemoor und zwar schon seit vielen Jahren. *Dat hett de Pastor ook all mol seggt.* Sie backt auch das beste Brot weit und breit. Und diesen Status will sie sich bestimmt von niemandem nehmen lassen. Lass lieber mal etwas anbrennen, sonst hast du bald mit ihr Ärger."

Line holte vernehmlich Luft. Dieser Vorschlag ging nun gegen ihre Köchinnen-Ehre – etwas mit Absicht anbrennen lassen – nein so was! Da Hanken ihr jedoch so freundlich gesinnt war, lenkte sie ab: „Hanken, wo kann Clara nur sein? Sie ist inzwischen schon mehrere Stunden fort."

„Ach, lass die dumme *Deern* doch. Wenn sie ausgemuckt hat, wird sie schon wieder auftauchen. Sie ist schon oft lange unterwegs gewesen. Dann hat sie mit Stille-Catharine, einer alten Frau hier im Günnemoor, Kräuter gesammelt oder *Bickbeeren* gesucht. Wenn sie heute Abend wieder da ist, tut sie, als wäre nichts gewesen."

Line kümmerte sich um die Abendkost und half Louise dann beim Einsammeln der Wäsche von der Bleichwiese. Zu zweit pressten sie die großen Leinenstücke auf der großen Kaltmangel und legten alles zusammen. Louise wollte gern vor dem Abend nach Hause und für ihre Familie sorgen. Hanken schickte Line auch mit fort. „Du bist erst zwei Tage verheiratet. Früllerk wird sich freuen, wenn ihr miteinander Abendkost nehmt."

Er gab Line genauso wie Louise ein ganzes Schwarzbrot. „Hanken, das steht mir nicht zu. Louise hat zwei Tage länger als ich auf dem Hof gearbeitet."

„Das ist wohl wahr, aber du hast heute mit deiner Kocherei dem ganzen Hof einen großen Dienst erwiesen. Nimm nur, du hast es dir verdient."

*

Auf dem Heimweg erinnerte Louise Line an die Beerdigung am nächsten Tag. „Ich weiß", antwortete Line, „Früllerk hat Koop-Vadder angeboten Grete mit dem Kahn nach Worpswede zu transportieren. Koop-Vadder wollte jedoch nicht. Er sagte was von Tradition und Brauch und so."

„Ja, Line, das wird hier sehr ernst genommen. Hier im Moor gibt es kaum Neues und der Beerdigungsbrauch ist schon so alt. Früllerk hat dir sicher gesagt, dass wir alle morgen zuerst ins Trauerhaus gehen."

„Ja, das weiß ich, aber Früllerk wusste nicht so genau, was die Frauen dort zu tun haben. Er meinte nur, es gibt 'nen ordentlichen *Schluck* und vielleicht auch Zigarren, wenn Koop-Vadder sich das leisten kann."

„Ich bin schon früh da, denn ich habe versprochen mich mit um den dicken Reis zu kümmern. Eigentlich ist Gesche Vollmerding ja als Nachbarin zuständig, aber ihr Kind kann jeden Moment kommen, da habe ich ihre Arbeit übernommen. Wir bereiten als direkte Nachbarn Essen und Trinken vor und sehen auch nach der Leiche."

Line ließ es sich von Louise genau erklären und versprach ebenfalls früher zu kommen und beim Entkernen der Rosinen für den dicken Reis zu helfen.

Frülllerk erwartete seine Liebste schon sehnsüchtig. Er hatte den ganzen Tag das kleine Feld, das von seinen Vorgängern noch brachlag, für die *Tartuffels* umgegraben. Er hatte auch das Schwein und die Hühner versorgt, sich sogar gewaschen und auch schon das Feuer angefacht.

Line begann zu husten, als sie von draußen in die Hütte kam, alles war voll bläulichem Dunst. In Bremen gab es einen Rauchabzug in der Küche, hier musste sie sich wohl erst an die Räucherei gewöhnen.

Die kleine Katze lag zusammengerollt mitten auf dem Bett und wurde ausgiebig gestreichelt und geknuddelt. Früllerk lachte: „Da habe ich wohl etwas verkehrt gemacht, als ich die Katze mitbrachte. Mich knuddelst du nicht so, ich muss wohl eifersüchtig auf die Katze sein!“

Prompt wuschelte Line ihrem Mann mit den Händen durch die Haare, kraulte seine Bartstoppeln und kitzelte ihn in den Ohren. Müdigkeit und Anspannung waren bald vergessen.

Das Moor trägt Trauer

Freitag vor Pfingsten, am 10. Juni

Am Beerdigungstag trug Line ihr Hochzeitskleid und auch Früllerk hatte seinen Sonntagsanzug angezogen. Beide wollten Koop-Vadder an diesem schweren Tag beistehen und so gingen sie schon früh über den Sanddamm zu seiner Kate.

Nach einem festen, wortlosen Händedruck für Koop-Vadder, der vor der Tür saß, gingen beide in die Kate, um an der Leiche ein stilles Gebet zu sprechen. So war es Brauch.

Das junge Ehepaar rang in der Hütte nach Luft. Da es seit Tagen sehr warm und schwül war, konnten sie verstehen, warum die Trauernden nicht in der Moorkate neben dem Sarg saßen, sondern draußen vor der Tür. Grete war kein schöner Anblick mehr und sie roch schon sehr. So schnell es der Anstand zuließ, verließen Line und Früllerk den Raum. Draußen merkte Line, wie übel ihr geworden war. Beide waren froh über den *Schluck*, den Louise ihnen einschenkte.

„Line, hilfst du mir den Tisch hier draußen zu decken? In der Kate ist einfach nicht genug Platz“, sagte sie mit einem Blick auf Koop-Vadder.

„Louise“, flüsterte Line, „kann der Sarg denn nicht geschlossen werden? Ich dachte, ich werd‘ ohnmächtig da drinnen.“

„Nein, das geht nicht. Jeder muss am offenen Sarg beten, danach etwas essen – und trinken natürlich. Kurz bevor wir den Trauerzug formieren, wird der Sarg zugemacht. Vorher nicht … Line, die Rosinen liegen in der kleinen braunen Schale dort. Soll ich dir eine Haarnadel zum Entkernen geben? Wenn du die Rosinen nachher zum Reis getan hast, schmeckst du ihn dann noch einmal ab, ja? Und wenn die Dorfleute kommen, reichst du jedem Mann eine Zigarre und bietest allen einen *Schluck* an. Magst du das übernehmen? So siehst du alle wieder und lernst sie gleich besser kennen.“

Frullerk stand mit den Männern etwas abseits der Kate und sah über das Moor. Gesprochen wurde nicht viel, jeder paffte seine Zigarre. „*Keen sowat mokt?*“ Das war die einzige Frage, die bisher gestellt worden war. Und nur Früllerk hatte darauf geantwortet: „Der Amtmann schickt in den nächsten Tagen seinen Diener. Der wird sicher jeden befragen wollen.“

„*Mi ok?*“, fragte Koop-Vadder, der sich dabei tüchtig räuspern musste.

Da keiner etwas zu sagen wusste, beruhigte Früllerk den trauernden Mann. „Du brauchst keine Angst zu haben. Der Amtsdiener fragt dich sicher nur nach dem Alltäglichen. Wie fleißig Grete war, vielleicht auch noch, wo sie am Todestag gewesen ist. Auf dem Sandvoss-Hof bist du von Jacob und Borchert doch auch schon befragt worden. Schlimmer wird das auch nicht.“

„Jacob, der war sehr liebevoll mit mir, so kannte ich ihn gar nicht. Aber Borchert, ne, der hat noch überhaupt nicht mit mir gesprochen. Der hat mir noch nicht einmal das Beileid zugesprochen.“ Koop-Vadder fühlte sich durch Früllerk beruhigt und wirkte erleichtert.

„Anna Sandvoss *kummt*“, gab Hans mit einem Kopfrucken Bescheid. Die Bäuerin hatte entschieden, Koop-Vadder mit ihrer Anwesenheit beim Essen Ehre zu erweisen, da Grete regelmäßig für sie gearbeitet hatte. „Das ist Christenpflicht“, hatte sie auf dem Hof immer wieder betont. Und nur Hanken dachte sich im Geheimen: Wenn es heute *Schietweer geev*, wäre es wohl die Christenpflicht eines anderen geworden. Dann hätte sie mich mit nach Worpswede geschickt. So viel ist mal sicher.

Er war froh, dass er den weiten Weg nicht mitgehen musste, seine Beine wollten nicht mehr so wie früher. Er wusste, er war alt. Schließlich hatte er schon mehr als sechs Mal zehn Jahre auf dem Buckel.

Anna Sandvoss hatte Koop-Vadder aufrichtig und fest die Hand gedrückt. Genau wie Line blieb sie ebenfalls nur so lange, wie es der Anstand erforderte, am Sarg stehen. Dann strebte an die frische Luft und wollte auch nur ein klein wenig vom dicken Reis probieren.

Die Frauen begrüßte sie nur mit einem Kopfnicken und stellte sich dann herrisch vor Line auf: „Na, da haben wir ja die Frau, die glaubt gut kochen zu können. Speck-Pfannkuchen kann jede noch so dumme Frau backen. Kirschsuppe ist wohl auch kein Problem und *Canehl* kennen, das macht noch lange keine gute Köchin aus. Sicher haben dich nur die Männer gelobt. Borchert vor allem. Der schmeichelt jeder neuen Schürze am Anfang, da kannst du dir ja tüchtig was drauf einbilden." Und mit immer schärfer werdender Stimme: „Du bist für das Verschwinden meiner besten Magd verantwortlich."

Alle Frauen hatten sich gleichzeitig der Bäuerin zugewandt. In dieser Stunde so laut zu sprechen, erschreckte sie alle. „Was ist denn geschehen?", traute sich jedoch nur Louise leise zu fragen.

„Na, Clara ist doch gestern nach dem Streit mit Line verschwunden und bis heute ist sie nicht wieder aufgetaucht." Das waren wieder laute, fast schrille und anklagende Worte.

„Bäuerin", versuchte Louise zu besänftigen, „Line hat nichts gemacht. Clara hat Line immer wieder angegriffen und sie dann mit dem Waschwasser übergossen. Line trifft überhaupt keine Schuld."

„Du sei still, *dumme Lüe glövt veel*", herrschte sie Anna Sandvoss an. „Ich weiß es besser. Und wenn du Widerworte gibst, dann hast du deinen letzten Arbeitstag bei mir gehabt."

Louise sog erschrocken die Luft durch die Zähne ein. Wenn sie die regelmäßige Arbeit auf dem Sandvoss-Hof nicht mehr hätte, dann würde es ihrer Familie schlecht gehen. Wie viel Brot hatte sie schon für ihre Kinder erarbeitet. Louise schwieg eingeschüchtert.

Nun wurde Line jedoch böse. Ihrer neuen Freundin so ungerechtfertigt zu drohen, das ging zu weit. „Frau Sandvoss, Louise hat mit der ganzen Geschichte nichts zu tun. Dann nehme ich schon lieber alle Schuld auf mich."

Anna Sandvoss kniff befriedigt die Lippen aufeinander, herrschte anschließend aber alle Frauen an: „So, nun seht zu, dass ihr heute noch zum Friedhof kommt! Und seid gefälligst leise, schließlich ist das hier ein Trauerhaus!"

Trotz dieser Ungerechtigkeit schwiegen alle. Keiner wollte es sich mit der einzigen Bäuerin im Günnemoor verderben. Line wurde von Louise zurückgehalten. „Sei still", zischelte sie der neuen Moorbewohnerin zu. Und nachdem Anna Sandvoss wieder Richtung Sanddamm unterwegs war, „verdirb es nicht für uns alle! Du kennst sie noch nicht. Sie ist sehr obstinat und setzt immer durch, was sie will."

„Aber das ist doch ungerecht!"

„Ja, schon, aber *gegen enen Backoben kannst nich gegenan hojohnen.*"

„Will noch jemand die Tote sehen?" Hans fragte, wie es üblich war und erhielt das erwartete Kopfschütteln.

Jeder der Moormänner erhielt noch einen letzten *Schluck*, die Zigarrenglut wurde behutsam gelöscht und der verbliebene Rest in die Westentasche gesteckt. Die Nachbarn machten sich bereit den Sarg zu schließen.

Während die Männer den Sarg an die langen Trage-Stangen banden, wuschen die Nachbarinnen noch eben die letzten Schalen und *Kümpe* auf.

*

Der Weg nach Worpswede war weit. Alle waren aber froh über die Jahreszeit, denn nur bei Trockenheit waren die Dämme passierbar. Beim Dorf Düfelsmoor über die Hamme-Brücke Richtung Hüttenbusch, an Vieh, Neu St-Jürgen und Überhamm, an den wenigen Weyerdeeler Häusern vorbei bis zum Friedhof.

*

Line fühlte sich schwach und elend. Noch jetzt auf dem Heimweg war sie wütend über die Ungerechtigkeit der Bäuerin. Sie hatte keine Möglichkeit erhalten, sich zu rechtfertigen. Für Anna Sandvoss war das Thema erledigt. Sie schien sich keine Gedanken zu machen, wo Clara jetzt wohl war. Line hatte erfahren, dass die Magd schon mehrmals so lange fort gewesen war. Sie hätte ihre Patin besucht oder sie sei bei Stille-Catharine gewesen, das sagte sie jedes Mal als Entschuldigung für ihr langes Fortbleiben, erklärten die Moorfrauen.

Piss-Jule hatte natürlich wieder neugierig zugehört, wer was sagte. „Warum bildest du dir denn auch so viel auf deine Kocherei ein, Line aus Bremen? Da kann ja jede von so weit weg kommen und behaupten die Beste zu sein. Bloß stimmen tut das selten, wenn niemand es nachprüfen kann." „Jule!" Louise wurde ärgerlich. „Wie kannst du so was behaupten?"

„Wieso, ich wiederhole nur. Ich hab gehört, wie Anna Sandvoss genau das zu Martin sagte."

Louise drehte sich zu Line um: „Jetzt hast du dir Anna Sandvoss zur Feindin gemacht. Widerworte kann sie überhaupt nicht ab. Wir wissen das alle und sind still."

„Das kann ich aber nicht. Wenn ich im Recht bin, dann muss sie das doch einsehen."

„Das wird sie niemals tun. Sie droht eben vorher und spätestens dann ist jeder still."

„Ich vorhin ja auch. Aber das ist doch nicht gerecht! Clara hat mich angegriffen und ich werde dafür angeklagt und beschuldigt. Und muss auch noch nachgeben."

„Line, das ist es aber nicht allein. Da steckt noch mehr dahinter. Vielleicht hat Anna Sandvoss schon vorher gehört, dass du eine wirkliche Köchin bist. Von jemandem, dem sie glauben muss. Und nun hat sie Angst um ihren Ruf als beste Köchin."

Aber auch diese Erklärung half Line nicht. Sie war ärgerlich, auf die Bäuerin und auf sich selbst. Sie hatte auch noch keine Gelegenheit gehabt mit Früllerk darüber zu sprechen. Die Männer gingen im Trauerzug miteinander. Auch während der Beerdigung standen sie getrennt von den Frauen.

Line erlebte das erste Mal eine Beerdigung im Moor. Sie wunderte sich, dass mit dem Sarg einmal um die Kirche herumgegangen wurde.

Das war wohl auch so Brauch hier. Die Glocken, die in einem hölzernen Gestell hingen, läuteten die ganze Zeit dazu. Der Pastor hielt eine Andacht und sprach ein Gebet. Erst dann wurde der Sarg von den Nachbarn in die Erde gesenkt. Line kamen dabei selber die Tränen, so traurig wirkte Koop-Vadder. Ein ums andere Mal schnäuzte er sich und strich seinen Kindern immer wieder über die Köpfe.

Er bedankte sich anschließend beim Geistlichen, wie es sich gehörte und lud wieder in seine Kate zum Nachessen ein.

Auf dem Heimweg gab es keinen geordneten Menschenzug mehr. Einige Männer waren noch in Worpswede geblieben, sicherlich in einer der Kneipen, wie Louise mit spitzer Zunge erklärte. Die meisten gingen jedoch den weiten Weg wieder zurück.

Wie viel Milch gibt eine Kuh ?

Am Tag nach der Beerdigung

Gegen Morgen wurde Line wach. Ihr Mund war trocken und sie hatte Durst. Vom Rauch vielleicht oder mehr wohl vom *Brammwien*, den sie gestern gegen ihre Gewohnheit sehr reichlich getrunken hatte. In Koop-Vadders Kate hatte es nach dem langen Heimweg noch Essen und vor allem *Schluck* gegeben. Selbst Früllerk hatte viel getrunken. Er war aber gleich mit ihr nach Hause gegangen, nachdem die ersten sich von Koop-Vadder verabschiedet hatten.

Line war es zu laut und zu fröhlich geworden. Nur wenn Koop-Vadder sich die Augen wischte oder schnäuzte, waren alle für einen kurzen Moment still.

Keiner hatte nach dem Mörder gefragt. Es wirkte, als wäre es ein ganz gewöhnlicher Sterbefall gewesen. Der Mörder war aber doch noch mitten unter ihnen!

Line überlegte, ob sie aufstehen sollte. Sie musste jetzt unbedingt etwas trinken. Vorsichtig wand sie sich aus Früllerks Umarmung.

„Bist du wach?“, fragte er. Line ließ sich in seinen Arm zurücksinken. „Ich habe so einen trockenen Mund. Ich hol‘ uns etwas zu trinken.“

Sie reichte Früllerk den Becher mit Moorwasser. Es schmeckte abgestanden und war keine große Erfrischung. „Buttermilch wäre jetzt besser“, meinte Früllerk. „Unsere Kuh steht noch bei den Sasses. Wir holen sie bald zu uns. Dann kannst du aus der Sahne Butter und Buttermilch machen.“

Line lächelte: „Aus der Sahne von einer Kuh gibt es nicht unendlich viel Buttermilch. Bier wäre gut. Nur wo kriege ich hier Brauhefe her? Aber vielleicht kann ich Kräuter finden, die als Tee aufgegossen besser schmecken als das pure Moorwasser.“

„Das ist eine gute Idee. Dabei kann dir sicher Stille-Catharine helfen. Die weiß, wo die einzelnen Kräuter wachsen.“ Früllerk drückte seine Frau an sich.

„Wer ist Stille-Catharine?“, wollte Line wissen. „Ich habe ihren Namen schon mehrfach gehört.“

„Sie ist die weise Frau, die geheime, eben die *stille* Frau hier im Günnemoor. Catharine Lahmann kennt sich mit Krankheiten und Heilmethoden, mit Kräutern und Tränken gut aus und sie gilt als beste *Mudder Griebsch* im weiten Umkreis.

Nachdenklich sprach Früllerk weiter: „Hast du gehört, dass Clara noch nicht wieder zurück ist? Sie ist schon eine merkwürdige Frau. Das ist in diesem Jahr öfter vorgekommen. Jedes Mal kommt sie zurück, als wäre sie überhaupt nicht fort gewesen. Dass Anna Sandvoss das duldet, wundert mich.“

Line war nun richtig wach. Sie ärgerte sich immer noch über die Vorwürfe der Bäuerin. Früllerk wusste davon ja noch gar nichts. Hellwach berichtete sie von der Anschuldigung und redete sich, wieder einmal, die Anspannung des vergangenen Tages von der Seele.

„Line, in den nächsten Tagen bleibst du doch hier auf unserer Moorstelle, nicht wahr? Oder hast du jemandem irgendetwas versprochen?“

Line verneinte, also sprach er, behutsam seine Worte abwägend, weiter: „Line, wenn du mir noch ein paar Tage beim Torf hilfst, dann haben wir für dieses Jahr genug. Dann ist wieder aufgeholt, was ich bisher nicht geschafft habe.“

„Du meinst, weil du so oft nach Bremen gekommen bist und weil du Hochzeit gehalten hast?“

„Ja, auch. Und dann Gretes Tod und die Fahrt nach Osterholz und nun die Beerdigung. Da kommt Tag um Tag zusammen. Und ich bin nun mal nicht so schnell wie die anderen.“

„Du meinst wegen deiner Hand?“

„Hm … Und außerdem haben die Nachbarn Frau und Kinder zum Sodenaufstapeln. Gut nur, dass es schon die ganzen Wochen so heiß ist. Der Torf würde sonst nicht mehr trocken. Denn er braucht schon seine Zeit, bis er brennbar ist.“

„Früllerk, ich wünsch mir sehr für uns zu arbeiten. Auf dem

Sandvoss-Hof war ich ja auch, um die Leute kennen zu lernen und schneller heimisch zu werden. Aber das ist auch anstrengend. Mein Herz hat den ganzen Tag wie doll geklopft. Ich war abends davon erschöpft, nicht von der Arbeit."

„Na, sicher doch auch, weil du gleich angegriffen wurdest, oder?"

„Ja, das kam noch dazu. Ich möchte jetzt erst mal nur hier bei uns sein und dir helfen. Das ist es doch, was wir beide gewollt haben, nicht?" Sie guckte ihren Mann mit so bittenden Augen an, dass der sie einfach in die Arme nehmen musste.

Stechen und Ringeln

Mitte Juni

Gleich am nächsten Morgen verlangte Line: „Zeig mir mal, wie du Torf stichst! Ich muss sehen, wie dir die Hand rutscht. Vielleicht finden wir eine Lösung.“

Früllerk stieg in die Torfgrube, Line folgte ihm und betrachtete sein Arbeiten kritisch von allen Seiten.

Früllerk schnitt zuerst mit dem Torfmesser im Abstand der Sodenbreite senkrechte Einschnitte. Jeder Soden hatte nach dem Trocknen ungefähr die Größe eines Backsteins. Parallel zur Grubenkante musste er danach die glitschig matschige Wand in der Länge der Soden schneiden. Durch einen waagerechten Einstich mit dem Torfspaten stach er darauf den Soden von unten durch, gab dem Holzgriff des Spatens einen Schlag, der Soden brach dann sauber ab.

Es gelang ihm jedoch nicht, den Torfsoden mit dem hölzernen Spaten, der *Spedelschipp*, mit genügend Schwung durch eine halbe Spatendrehung hoch hinauf über den Rand zu werfen. So hatte sie es bei Hans gesehen. Früllerks persönliche Technik bedeutete doppelte Arbeit. Er ließ den abgegrabenen Soden auf ein Brett plumpsen und war die Reihe voll, zog er das Brett über eine schmale Schräge im senkrechten Torfschnitt nach oben. Dort baute er immer sechs Soden zu kleinen Stuken zum Trocknen auf. Das war sonst Frauen- und Kinderarbeit. Line wusste, das würde in Zukunft ihre Arbeit sein und passte genau auf, wie Früllerk die Soden legte.

„Früllerk, ich glaube, ich weiß, was hilft. Zieh dein Hemd aus, ich probier was aus.“

Sie nähte nun einen Streifen Stoff so an seinen Hemdärmel, dass er den hölzernen Stiel des Torfmessers oder des Spatens hindurchschieben konnte. Rasch lief sie zur Grube: „Hier, fang auf. Probier mal, ob es geht!“

Tatsächlich. Das Torfmesser rutschte nicht mehr aus Früllerks Hand.

„Du bist die Beste!“ ein größeres Lob wusste er nicht. „Kommst du nun und hilfst mir? Ich bin schließlich jetzt der Schnellste!“

*

Line war vor Arbeit noch nie *bange* gewesen. Obwohl sie oft verulkt wurde, dass sie so *„lütt“* und *„dürr“* sei, war ihr Körper doch sehnig und zäh. Durch das Scheuern der Fußböden im Bremer Haushalt, später durch das Heben der schweren *Grapen* und Töpfe, das Schneiden, Stampfen und Mahlen der Lebensmittel waren ihre Armmuskeln stark und kräftig geworden.

Sie hatte aber vorher nicht gewusst, wie viel Gewicht ein nasser Soden hat. Früllerk warf ihr während der folgenden Tage die von ihm mit dem Spaten abgestochenen Soden zu. Mit der Schiebkarre brachte sie den nassen Torf zum Trockenplatz und stapelte ihn dort zu langen Stuken auf. Er hatte ihr genau gezeigt, wie sie stapeln musste, damit Sonne und Wind die Soden trocknen konnten.

Das Ringeln ging besser, denn der schon gut abgetrocknete Torf war wesentlich leichter. Lines erster Ringel wurde zwar nur eine sehr schiefe Pyramide, aber Früllerk lobte trotzdem: „Bau rund und so, als wenn du Backsteine stapelst. Du lernst das, *wees man nich bang.* Auch so trocknen die Soden. Und wart‘ man, wie später ein großer Klick gestapelt wird, das zeig‘ ich dir, dann kannst du das auch bald allein.“

In den darauffolgenden Tagen meinte Line jedoch, ihr Rücken, die Hände und Arme würden zerbrechen und der Muskelkater war fast unerträglich. Vor Schmerzen konnte sie kaum den Teig für die *Bookwetenpannkoken* rühren. Selbst die Bratpfanne erschien ihr zu schwer. Sie biss jedoch die Zähne zusammen, schließlich hatte sie es so gewollt.

*

Abends, wenn es etwas kühler wurde, saßen Line und Früllerk gern draußen. Sie stellten die Bank an die Giebelseite der Hütte und lehnten ihre schmerzenden Rücken daran. Seit Gretes Beerdigung hatten sie keinen Nachbarn und keinen anderen Menschen gesprochen.

Sie machten sich gegenseitig auf die Wolken, die untergehende orangerote Sonne und dann auf die ersten Sterne aufmerksam. Die Fledermäuse flogen dicht an ihnen vorbei und fingen Mücken. Der tiefe, dumpfe Laut der Rohrdommel, Früllerk nannte sie Moorochse, war zu hören.

Er erklärte seiner Line das Moor. „Hier ist, durch die miteinander verbundenen Gräben, das Moor nicht mehr so nass wie da hinten." Früllerk zeigte mit dem Finger auf die weite Fläche: „Vom Sanddamm-Graben aus haben unsere Vorgänger breite Gräben, die *Scheeden*, bis zur Beek gegraben. Sie begrenzen unser gesamtes Land. Quer, parallel zum Sanddamm, verlaufen weitere Gräben. Sie heißen *Grüppen*. In allen Gräben sammelt sich das Wasser und entwässert so unser Land. Und für unsere Tiere sind die Gräben wie ein Zaun, sie können nicht hinüber. Auf der Fläche außerhalb der Gräben musst du sehr aufpassen. Geh' nur dort, wo der *Pad* zu sehen ist. Überall sonst kannst du im Moor versacken. Jetzt im Sommer durch die große Hitze sieht die Oberfläche trocken aus, aber das ist trügerisch. Darunter sind weite Torfbänke und dazwischen große Moorlöcher, in denen eine Kuh verschwinden kann. Das Moor ist gefährlich."

Line nickte. „Ich hole frisches Wasser zum Kochen und Trinken da an der Seite aus dem Graben. Es ist dort aber inzwischen sehr matschig und glitschig durch die vielen Fußtritte. Kann man da schon einsacken?"

Früllerk schüttelte den Kopf. „Nein, nein, keine Angst. Ich werde aber dort Heidekraut auslegen, dann ist es nicht so klebrig an den Holschen."

Beide genossen das Miteinander sehr. Die ständige innere Anspannung in Line war weniger geworden. Sie begann sich ganz langsam zu Hause zu fühlen. Sie liebte Früllerk wirklich von Herzen und das dunkle Moor mit dem tiefen Himmel, der am Horizont durch mattgrünen Baumbestand begrenzt wurde, hatte sie trotz der beinahe unerträglichen Hitze begonnen zu mögen.

Am Sonntag verwöhnte Früllerk seine Liebste und dazu die direkten Nachbarn, denn zum Gottesdienst nach Worpswede fuhren alle miteinander ganz bequem im Torfkahn.

Morgen wollte Line die Kuh von Sasses holen. Sie freute sich auch auf ein Gespräch mit Louise und war neugierig zu erfahren, wann Clara wieder zurückgekommen war. Sie hatte obendrein erwartet, dass der Amtsdiener vorbeikommen und Fragen stellen würde. Der Muskelkater war inzwischen auch fast verschwunden, so würde sie morgen von Louise lernen die Kuh zu melken. Das hatte sie in Bremen als Köchin natürlich nicht gebraucht. Die Milch war ihr jeden Morgen von einer Bauersfrau frisch in die Küche gebracht worden.

Mahlen wie in Afrika

Ende Juni

Das heiße Wetter hielt an.

Früllerk hatte Lüer Wendelken in Ströhe auf der *Geest* versprochen ihm beim letzten Heuen, aber vor allem bei Holzarbeiten und Reparaturen zu helfen. Er erhielt als Lohn Heu für die Kuh. Früllerk musste dafür mehrere Tage fort bleiben und sorgte sich um Line. Sie meinte allerdings, sie könne sich zur Not ja eines der Sasseschen Kinder ausleihen. Aber sie sei schließlich nicht allein, so mit der Kuh, dem Schwein, auch den Hühnern und vor allem mit der Katze.

Am Abend bevor Früllerk zur *Geest* fuhr, wollte Line von dem *Bookweten* aus dem ausgehöhlten Baumstamm mahlen.

Schon morgens hatte sie Früllerk zugesehen, als er die notwendige Menge der kleinen dreieckigen Körner gut anfeuchtete. „Nicht zu sehr, sie sollen nicht im Wasser schwimmen“, zeigte er seiner Frau. „Die Samenschale um den Kern herum soll ein wenig aufquellen. Anschließend trocknen wir die Körner, bis die Schale aufspringt. Heute geht das in der Sonne gut.“

Line hatte auf dem Sandvoss-Hof die Handmühle gesehen, war sich aber sicher, dass sie dort niemals ihr Korn mahlen dürfte. Früllerk lachte und gab ihr absolut Recht. Er meinte: „Sogar wenn die große Bäuerin es allen anderen Moorkolonisten gestatten würde, bei dir gäbe es eine Ausnahme. Du hast ihren Martin auf Grete angesprochen. Selbst wenn sie sich gut kannten, hat das keine Bedeutung, Grete war schließlich nur eine Magd. Und dann hast du auch noch Luise in Schutz genommen, als Anna ihr gegenüber *füünsch* wurde. Widerworte verträgt sie nicht.“ Früllerk redete sich mehr und mehr in Rage: „Anna will die Macht über alle behalten, nicht nur auf ihrem Hof, sondern im ganzen Moor. In den umliegenden Dörfern ist es üblich, dass mehrere Bauern miteinander eine Handmühle halten.

Aber Anna Sandvoss hat eine eigene, die sie mit niemandem teilt. Sie lässt damit kleinere Mengen Grütze oder Mehl nur für den täglichen Bedarf ihres Hofes mahlen. Die großen Säcke mit Brotgetreide gehen zur Windmühle in der Osternheide. Sie werden besteuert und die *Metze* einbehalten." Während er redete, hatte sich Früllerk wieder etwas beruhigt. Er gab Line einen flachen Stein. „Das ist die Unterlage noch von den Vorbesitzern unserer Hütte. Die Frau hat damit jeden Tag den *Bookweten* gemahlen. Auf den Stein streust du eine kleine Hand voll vom getrockneten und aufgeplatzten *Bookweten*", erklärte er ihr. „Und mit diesem ovalen abgerundeten Stein rollst du ganz behutsam darauf hin und her. Der *Bookweten* soll noch nicht Mehl werden, aber so reibst du die Schale ab."

„Und muss ich dann alle Schalen einzeln herauspulen?" Line fand das alles sehr umständlich.

Früllerk lächelte: „Beinahe. Du schüttest alles in den großen flachen Strohteller und stellst dich damit in den Wind. Na ja, viel Wind ist heute nicht gerade. Du wirfst die Körner hoch und fängst sie wieder auf, immer wieder. Ich zeige dir, wie das geht. Die leichten Schalen, Sand, Dreck und andere Samenkörner fliegen dabei weg, die Kerne des *Bookweten* sind schwerer und fallen in den Strohteller zurück. Wenn denn noch Schalenreste drin sind, die kannst du dann mit den Fingern herauspulen. Die Schale kann man nicht mitessen, die macht Bauchschmerzen.

Und erst danach schüttest du die Kerne wieder auf den Stein und mahlst sie. Mit dem abgerundeten zweiten Stein reibst du immer so hin und her über die Körner und drückst auch mit beiden Händen darauf. Das ist nicht so schwer. Der *Bookweten* ist spröde und zerspringt leicht. Und wir sind ja auch nur zwei Personen. Louise muss für ihre Familie mehr mahlen. Sie hat dafür von Hans einen Baumklotz ausgehöhlt bekommen. Mit einer Eisenstange zerklopft sie in der Höhlung die Körner. Das ist etwas bequemer als das Reiben auf dem Stein. Stille-Catharine benutzt sogar ihre Suppenkelle, in der sie die Körner mit einem Flintstein zerdrückt. Hier im Moor hat jede

Kolonistenfrau ihre eigene Art zu mahlen. Jeder benutzt das, was vorhanden ist. Aber glaub‘ mir, alle blicken neidisch auf die große Handmühle der Bauern.“

Line übte sich im Mahlen und es ging besser, als sie dachte. „Früllerk, das ist genauso, wie es Frauen mit schwarzer Hautfarbe machen“, sagte sie nachdenklich.

„Menschen mit schwarzer Hautfarbe, davon hat einmal ein *Fahrensmann* in Bremen erzählt. Wir haben ihn damals ausgelacht, so was gibt es doch gar nicht. Aber später hörte ich noch öfter davon. Weißt du was darüber?“

„Die Eltermannschen Söhne haben doch einen englischen Hauslehrer. Der hat das aus einem Buch vorgelesen. Er erklärte den Jungen, dass ein Schiff viele Wochen zu diesen Menschen segeln muss. Und dort wachsen Tee und Kaffee, auch Pfeffer und Ingwer, *Canehl*, all die Gewürze, die wir in Bremen kaufen können. Manches kommt noch von weiter her, aus einem noch ferneren Land, ich hab’ den Namen vergessen. Die Jungen kamen einmal in die Küche und zeigten mir ein gemaltes Bild in dem Buch. Eine Frau war ganz schwarz, überall, Früllerk, sie hatte nichts an, sie war splitternackt. Die Jungen grinsten, weil ich mich geniert hab. Die Frau kniete auf der Erde und mahlte mit genauso einem Stein wie diesem. Der älteste Junge uzte mich sogar und meinte: ‚Na, Line, das wäre aber Arbeit, alles Korn, das du in der Küche brauchst, auf diese Art zu mahlen, hm?’ Wir haben tüchtig gelacht dabei.“

Line war richtiggehend verblüfft, wie sehr sich ihr Leben hier im Moor von dem in Bremen unterschied. Aber sie hatte es so gewollt und so ganz allein mit Früllerk war sie sehr glücklich – trotz der ungewohnten Arbeit und den Muskel-Schmerzen.

Ein Fisch mit Fingern

Einige Tage später

Früllerk war auf dem Heimweg und sehr zufrieden. Sein Boot war hoch beladen mit Heu – sicher so viel, dass es der Kuh für den ganzen Winter reichen würde. Er hatte versprochen zum Herbstbeginn für Lüer Wendelkens Nachbarn ebenfalls Reparaturarbeiten zu übernehmen. Als Lohn hatte er sich Runkelrüben ausbedungen. Somit war das Winter-Futter für die Kuh gesichert.

Von Beta Wendelken, der Bäuerin, hatte er ein Rezept für Bier auswendig gelernt. Dafür hatte er ihr das Schloss an ihrer Aussteuertruhe wieder gangbar gemacht. Da der Stiel ihres *Sleevs* brach, während er dort war, hatte er am Abend einen neuen Kochlöffel genau nach ihrem Wunsch mit einem extra langen Stiel geschnitzt, eine Mettwurst gab es als Dank dafür mit. Line würde wieder Augen machen.

Er freute sich unendlich auf sein Zuhause. Noch bis vor wenigen Wochen war er überall lieber geblieben als auf seiner Moorstelle. Hans Sasse hatte ihn schon einen *Slöpendriever* genannt. Jetzt zog es Früllerk mit Macht nach Hause.

Weit war es nicht mehr. Da sich, wie in den ganzen Sommer-Wochen kein Lüftchen regte, musste er staken. Dicht am Ufer erkannte er die Grenze zu seinem Moorstück. Wie eine Böschung war an einer Stelle das Ufer der Beek etwas erhöht. Früllerk hatte im letzten Jahr überlegt, ob er dort seine Anlegestelle bauen sollte. Sie war ihm dann aber doch zu weit von der Hütte entfernt gewesen. Ein schmaler Fußpfad zeichnete sich aber im Heidekraut landwärts ab.

Etwas Helles, ein Stein, kreisrund, fiel ihm in dem braunen und trockenen Heideboden auf. Davor war der Boden zum Wasser hin zerfurcht und aufgewühlt. Er blickte schärfer dorthin. Merkwürdig, dachte er, als hätte ein Wildschwein hier gewühlt. Aber so dicht am Wasser gibt es doch nichts Essbares. Er stakte mit dem Kahn auf die Stelle zu. Falls es eine Bisamratte ist, muss ich wiederkommen und eine Falle aufstellen. Das Fell kann Line bestimmt gut gebrauchen.

Früllerk fuhr noch ein wenig dichter ans Ufer, der kreisrunde helle Fleck hatte ihn neugierig gemacht. Zu dicht an die Böschung durfte er nicht kommen. Er sah angestrengt ins Wasser, um nicht auf Grund zu laufen. Tief unten bewegte sich etwas im Wasser hin und her.

Was ist das denn für eine Wasserpflanze, dachte Früllerk. Die sieht fast aus wie Menschenhaar! Bläulich schimmerte es daneben und noch tiefer schwamm ein Fisch mit Fingern dran, so immer hin und her wie eine Hand. Das ist ja eine Hand! Früllerk erschrak zutiefst. Nur schemenhaft erkannte er noch tiefer einen Körper. Auf der anderen Seite glitten ebenfalls Finger hin und her. Die zweite Hand war in dem braunen Moorwasser der Beek kaum noch zu erkennen.

*

Line überfiel ihn mit vielen Neuigkeiten, redete und redete, streichelte dabei sein Gesicht und wuschelte durch seine Haare. Sie schien sich unbändig zu freuen ihn wiederzusehen.

„Du hast bestimmt *duchtigen* Hunger. Magst du ein paar von unseren eigenen Eiern? Die Hühner sind sehr fleißig. Mit Speck? Und ein Stück Brot, frisch aus der Pfanne? *Us eegen Brot*, wenn es auch kein richtiges ist. Ich wusste ja, dass du kommst und hab darum so wie die Leute früher Brotteig gären lassen und dann in der Pfanne gebacken. Wie gut, dass unsere ehemalige Köchin in Bremen mir das einmal gezeigt hat, für Notfälle."

Line redete wie aufgezogen: „Und stell dir vor, Clara ist immer noch nicht wieder zurück. Anna Sandvoss ist inzwischen doch ärgerlich. Und Gesche Vollmerding hat ein ganz winzig kleines Mädchen geboren. Es ist ganz schnell, fast von allein gekommen. Stille-Catharine hat gemeint, aus Gesche purzeln die Babies immer so heraus. Jedes Jahr bekommt sie eines. Hoffentlich bekommen wir auch Kinder. Und Früllerk, ich kann schon richtig gut melken. Schrecklichen Muskelkater hatte ich in den Händen. Du bekommst gleich einen großen Becher frisch gekühlter Milch. Ich muss sie nur noch eben aus dem Graben holen. Und zur Abendkost nachher gibt es frischen Fisch, Bratfisch. Hans Sasse hat ihn mir gebracht. Louise meint außerdem, dass ich *Bookwetenpannkoken* schon fast so gut backen kann wie sie. Und ... Was hast du denn, du siehst so komisch aus? Früllerk, was ist denn, du bist ja ganz *wittschen umme Nees*, bist du krank oder schwach vor Hunger?"

„O, Line, hör bitte auf vom Essen zu reden. Mir ist so elend. Ich hab eben eine schaurige Entdeckung gemacht. Du, ich hab eine Leiche gefunden. Ertrunken in der Beek. Sie liegt ganz tief unten und ihre hellblonden Haare schwimmen hin und her, sie bewegen sich, als würde sie noch leben. Ich konnte ihren Körper nicht erreichen und auch mit dem Staken bekam ich sie nicht zu fassen. Ich muss Hans Bescheid sagen, der kann ein wenig tauchen und zusammen kriegen wir sie sicher heraus. O, Line, das ist ein so furchtbarer Anblick! Und einen Augenblick lang dachte ich, du bist das. Aber deine Haare sind ja nicht hellblond."

Line nahm ihren Früllerk ganz fest in die Arme und strich ihm sehr behutsam über das Gesicht: „Früllerk, das schlimme Bild verschwindet nicht so bald. Es hilft nur, immer wieder darüber zu reden. Aber jetzt müssen wir uns wohl zuerst um die Leiche kümmern."

„Line, du nicht, das ist so entsetzlich!"

„Früllerk", versuchte ihn seine Frau zu beruhigen, „Früllerk, du weißt doch, dass ich schon so viel gesehen habe. Ich mag dich jetzt nicht allein lassen." Liebevoll blickte sie ihren Mann an.

„O, Line, es ist gut, dass du da bist!" Früllerk drückte sein Gesicht an Lines Hals, als wolle er das Bild in seinem Kopf zerdrücken. „Ich möchte dich jetzt auch bei mir haben. Komm mit zu Sasses."

*

„Früllerk, was machst du für ein Gesicht? Du siehst aus, als hättest du eine Wasserleiche gesehen." Stille-Catharine saß vor der Kate im

Schatten und half Louise, die breitbeinig auf einem Schemel sitzend in ihrem Schoß die ersten Erbsen auspahlte.

Früllerk war richtiggehend erschrocken: „Catharine, woher weißt du das?“

„Clara ist also ertrunken?“, fragte Louise, ruhig und doch drängend. „Ich weiß nicht, wer es ist. Ich habe einen Körper an meinem Grenzabschnitt direkt am Ufer der Beek im Wasser gefunden.“ Früllerk stand das Bild deutlich vor Augen, ihm wurde schon wieder ganz elend.

„Und ihre blonden Haare trieben im Wasser. So habe ich es heute Nacht geträumt. Ich konnte nur nicht erkennen, wer es war und bin darum zu Louise gekommen, um zu erfahren, ob Clara inzwischen wieder zurück ist.“ Stille-Catharine nickte nachdrücklich: „Diese Träume entsprechen immer der Wahrheit. Ich weiß nur nicht, ob es aus der Vergangenheit oder der Gegenwart ist oder ob es erst noch geschehen wird. Und wo hast du sie hingebracht?“, forschte sie weiter.

„Die Leiche liegt noch im Wasser, ich konnte sie nicht erreichen, darum sind wir gekommen. Hans kann doch tauchen. Ihr müsst mir helfen.“

*

Louise hatte ihre älteste Tochter Guste den Vater holen geschickt. Auch ihre beiden Jungen, Lüttsche-Hans und Fritz kamen sofort mit. Ein solches Erlebnis konnten sie sich doch nicht entgehen lassen. Und ihnen nach kam Piss-Jule gewuselt, so schnell es ihre Holschen zuließen.

Hans verdrehte die Augen Früllerk gegenüber und meinte leise: „Sie hat einen Riecher für Neuigkeiten. Sie kam an meiner Moorstelle vorbei, weil sie jemanden zum *Schnacken* brauchte, und als sie hörte, dass du Clara gefunden hast, na, da war sie nicht aufzuhalten. In einer Stunde weiß es das ganze Günnemoor. Wart’s nur ab!“

„Wie hast du die Stelle gefunden?“, wollte Hans von Früllerk wissen.

„Ein kreisrunder, fast weißer Fleck leuchtete im Heidegras, als ich mit dem Boot vorüberfuhr. Da ist schon länger ein ausgetretener *Pad*, ich denke, das ist der Treffpunkt für ein Stelldichein. Weißt du, da, wo das Ufer etwas höher und trocken ist, wie eine Böschung. Ich hatte dir den Platz mal gezeigt, bevor wir die Anlegestelle gebaut haben.“

Lüttsche-Hans und Fritz waren natürlich als Erste vorn, nachdem sie die Ortsbeschreibung mitgehört hatten. Aber sosehr sie sich auch abmühten, im Wasser war nichts von einer Leiche zu erkennen.

Line und Louise traten erst gar nicht so dicht an das Wasser heran. Und Piss-Jule hatte nicht so schnell folgen können, sie rief immer wieder von weit hinten: *„Töövt op mi! Töövt doch!“*

Line besah sich das aufgerissene Heidekraut genauer. Es schien ein Kampf stattgefunden zu haben. Das Heidekraut war heruntergetreten und die Abdrücke sahen wie die von Holschen aus. Einige Büschel lagen ausgerissen herum und zum Wasser hin war der Boden zerfurcht und aufgewühlt.

Hans hatte Joppe und Hemd, Holschen und Strümpfe abgelegt und war ins Wasser gestiegen. Aber sosehr er sich auch anstrengte, er konnte keinen Körper erkennen. „Bist du dir sicher mit der Stelle?“, fragte er Früllerk.

„Es muss genau hier sein, hier ist der Heide-Boden aufgerissen und eine Furche zieht sich bis zum Wasser. Als wäre etwas entlanggeschleift worden. Ein heller Fleck muss auch da, weiter hinten, zu sehen sein.“ Früllerk zeigte mit dem Finger darauf.

Lüttsche-Hans und Fritz fanden den Fleck. Es war ein Stein. Sie säuberten ihn von der Erde und entfernten auch das Heidekraut um ihn herum. Ein großer gerundeter Stein mit einer regelmäßigen glatten Oberfläche, als wäre er bearbeitet und geschliffen worden. Nur um den Rand herum lief eine kleine Erhöhung wie eine Kante. Die beiden Jungen gruben und versuchten den Stein aus dem Boden zu heben. Er saß tief, schon in der Torfschicht. Sie setzten natürlich ihren ganzen Ehrgeiz in ihre Arbeit und lösten den Stein. Er war schwer, beide trugen ihn zusammen und ließen ihn über den Rand der Böschung Piss-Jule direkt vor die Füße fallen. Die sprang zurück und begann zu zetern, sie wollten sie wohl erschlagen oder ihr Herz still stehen lassen. Louise schimpfte der Form halber ein klein wenig mit ihren Kindern, denn der überstehende Teil der Böschung war bröckelig und lose. Sie achtete aber mehr auf ihren Mann. Hans war inzwischen bis zum Bauch ins Wasser gewatet und stocherte mit einem Zweig in der Beek herum.

„Ich muss wohl tauchen, dabei habe ich doch zu Pfingsten schon gebadet", scherzte Hans, um seine Frau und auch sich selber zu beruhigen. Louise ahnte die Sorge ihres Mannes und lächelte ihm aufmunternd zu, bevor er weiter in die Beek schritt. Das Flussbett wurde schnell tiefer, er holte Luft und verschwand.

Bange Sekunden vergingen. Keiner sprach oder bewegte sich. Alle starrten nur auf den Fleck im Wasser, an dem Hans verschwunden war. Hörbar atmete Louise aus, als Hans ein kleines Stück entfernt wieder am Ufer auftauchte. „Hast du was gefunden?", fragte sie sogleich, wusste aber schon die Antwort. Hans stand da mit erstarrtem Gesicht, die Mundwinkel tief nach unten gebogen.

„Ja, ich kann zwar in dem moorigen braunen Wasser nicht weit sehen, aber ich hab das hier gefunden." Er hielt etwas blaugrau Kariertes hoch. „Ich glaube, es ist eine Schürze", meinte er. „Ich tauche noch mal", und warf den Stoff mit Schwung ans Ufer.

Nachdem Line ihn ausgewrungen hatte, es war eine Alltagsschürze, folgte wieder eine bange Zeit.

„Hilf mir, Früllerk", keuchte Hans beim zweiten Auftauchen, „der Körper ist so schwer wie Steine." Er zerrte und riss an der Hand in seiner Hand.

Lüttsche-Hans und Fritz waren schneller als Früllerk. Beide genossen die Spannung der Stunde. Mit großen Sätzen sprangen sie in den Fluss, angelten mit den Händen neben ihrem Vater im Wasser und erwischten Stoff. Gemeinsam schleppten und zogen sie einen Frauenkörper und legten ihn auf den Rücken ans Ufer.

Alle stießen einen Schrei aus und Piss-Jule hielt sich unaufhörlich weiterkreischend die Hände vor das Gesicht. Es war ein grauenhafter Anblick: Aufgedunsen und weiß waren Gesicht, Beine, Arme und Hände, alles, was nicht vom Kleid bedeckt war. Nur an dem dicken, honigblonden, fast goldenen Haar war Clara überhaupt zu erkennen.

Louise versuchte ihre Kinder vor dem Anblick zu schützen und befahl ihnen barsch zur Hütte zurückzugehen und die Torfkarre zu holen. Guste weinte leise vor sich hin und auch ihre sonst so verwegenen Brüder gingen bereitwillig mit – nur schnell von dem grausigen Fund weg. Piss-Jules unentwegtes Schreien verstärkte das Gefühl von Bedrohung und Tod noch.

Während das Wasser aus Haaren und Kleidung lief, zogen Früllerk und Hans Clara hoch bis in das Heidekraut. Nun erst wurde deutlich, warum sie so schwer war: Ein flacher Stein, eine halbe Armlänge im Durchmesser, war mit dunklem Stoff an ihren Füßen befestigt. Line versuchte den Fetzen aufzuknoten, es ging aber nicht. Hans reichte ihr sein Messer und behutsam, ohne die aufgeschwemmte Haut zu berühren, durchtrennte sie den Stoff.

Es war Claras Haube. Der Stein war kreisrund, er hatte nahe am Rand eine Vertiefung und direkt in der Mitte ein Loch, dort war die Haube hindurchgezogen und dann an ihren Füßen befestigt worden. Das Gewicht hatte ihren Körper tief im Wasser gehalten.

„Das war eindeutig Mord", grübelte Früllerk laut und Hans nickte.

Line erschrak gewaltig. Der Mörder tötete also weiter – und sie war mehrere Tage allein auf der Moorstelle gewesen. Der Amtsdiener war immer noch nicht gekommen. Trotz ihrer Furcht musste sie darum die Leiche genauer anschauen. Wie war Clara gestorben? War sie ertrunken oder wie Grete auch erwürgt worden?

Lines ganzer Körper erschauerte, während sie Clara vom Kopf bis zu den Füßen genau betrachtete. „Kannst du etwas erkennen?" Früllerk trat neben seine Frau und berührte sie zart an der Schulter. Er wollte ihr bei dem scheußlichen Tun nahe sein.

Line lehnte sich ein wenig gegen ihren Mann und wies dann auf Claras Hals. „Ich glaube, sie ist genauso wie Grete gewürgt worden. Ob sie schon tot war, als sie ins Wasser kam, weiß ich allerdings nicht. Aber hier am Hals sind offensichtlich Fingerspuren. Obwohl sie nicht verfärbt sind, die Haut ist dort jedoch ein klein wenig dicker aufgequollen."

Nur Hans versuchte von oben, aus dem gleichen Blickwinkel wie Line, die Striemen zu erkennen. „Ja, ich kann das auch sehen. Da links am Hals ist das besonders deutlich. Aber dann hat der Mörder Clara ja von hinten erwürgt."

„Vielleicht hat sie schon auf der Erde gelegen. Seht mal, ihre Nase und ihr Kinn sind zerschrammt." Das Gesicht war schneeweiß, kreuz und quer von schmalen Streifen durchzogen. Die Haut war an einigen Stellen tiefer eingeritzt und dort sahen die Hautfetzen noch heller aus. Das Blut war natürlich ausgewaschen. Line konnte den Blick in Claras Gesicht jedoch nicht länger ertragen. Sie drehte sich Früllerk zu und er legte seine Arme um ihre Schultern. Ihm war im Moment egal, ob andere seine Zärtlichkeit sahen.

„Wenn ich den weißen Fleck, der im Heidekraut von der Sonne angestrahlt wurde, nicht bemerkt hätte oder zu einem anderen Zeitpunkt dort vorbeigesegelt wäre, dann läge Clara wohl auf ewig im Wasser." Früllerk erschauerte und sein Kinn war kantig vorgeschoben. „Da muss ich wohl wieder zum Amtmann nach Osterholz. Oder war der Amtsdiener inzwischen schon da?"

Louise räusperte sich und verneinte die Frage gedrückt. Auch ihr war schnell klar geworden, dass der Mörder gefährlich war. Jede Frau könnte sein nächstes Opfer sein.

Piss-Jule hatte inzwischen ihr unbändiges Kreischen eingestellt. Es kostete sehr viel Kraft und da ihr niemand Aufmerksamkeit geschenkt oder Einhalt geboten hatte, ebbte ihr Geschrei langsam ab. Sie schluckte noch einige Male, atmete tief ein und aus und machte Anstalten zu gehen. „Ich muss nun auch weiter", begründete sie ihren unvermittelten Abgang. „Hab noch den Topf mit Suppe auf dem

Feuer.“ Sie ging langsam rückwärts und hob dabei ihre Röcke weit hoch, als hätte sie Angst die Leiche zu berühren. Nachdem Piss-Jule den kleinen, kaum sichtbar ausgetretenen Pfad im Heidekraut erreicht hatte, drehte sie sich eilends um und hastete mit dem ihr typischen Wuselgang Richtung Sanddamm.

„Oh“, stöhnte Hans, „jetzt dauert es nur Augenblicke, dann hat dieses vermaledeite Weib das ganze Günnemoor alarmiert und jeder wird kommen, um die Leiche zu sehen und um kluge Ratschläge und Weisheiten von sich zu geben.“

„Wir müssen schnell überlegen, was wir mit Clara machen“, drängte Louise aufgeregt.

„Was wird Anna Sandvoss sagen, wenn wir ihr die Leiche ins Haus bringen? Schließlich war es ihre Magd und irgendwer muss wohl die Beerdigung anordnen. Auch Claras Patin braucht Bescheid und selbstverständlich ihre Eltern oder Geschwister und der Herr Pastor“, überlegte Hans.

„Und ich fahr‘ besser gleich morgen früh nach Osterholz.“ Früllerk ärgerte sich jetzt schon ein wenig über den erneuten Zeitverlust.

Hans aber widersprach ihm: „Früllerk, das lass man lieber die große Bäuerin bestimmen. Wenn du ihr nicht die Entscheidung überlässt, dann kann sie sehr unangenehm werden. Und Line hat sie eh schon auf dem *Kieker*. Dazu bist du grade erst nach Hause gekommen. Du hast doch sicher genug damit zu tun, das Heu vom Boot schaffen. Und der Amtsdiener müsste doch auch jeden Tag kommen.“

Früllerk akzeptierte sofort diese Überlegung. Es gab viel Arbeit – aber nur sich selber gegenüber gestand er ein, dass er wegen Line bleiben wollte. Er hatte sich bei Lüer Wendelken in Ströhe so sehr nach seiner Frau gesehnt. Und dazu kam jetzt auch die Angst, sie allein zu lassen, solange der Mörder nicht gefasst war.

Erleichtert atmete auch Line auf. Bis der Mörder im Gefängnis in der Hundestraße saß, war es als Frau sicher nicht gut, allein zu sein. Außerdem wollte sie Früllerk doch erst einmal so richtig verwöhnen und besonders freute sie sich darauf ihm zu zeigen, was sie inzwischen alles konnte und geschafft hatte. Aber der zweite Mord nagte ebenfalls in ihren Gedanken. Wer hatte eine Beziehung zu Grete und ebenfalls zu Clara gehabt? Und warum hatte er sie beide getötet? Oder waren es vielleicht zwei Mörder? Nein, nein, das glaubte sie denn doch nicht, das wäre zu abwegig. Line fielen nur Claas Hüllen und Martin Sandvoss ein. Grete war mit Claas verlobt gewesen. Und sie hatte immer wieder auf dem Sandvoss-Hof ausgeholfen. Clara war Magd dort gewesen und beide waren deutlich hübscher als die anderen jungen Mädchen im Moor. Die jungen Frauen hatten sicher miteinander konkurriert. Wahrscheinlich wusste Louise mehr darüber. Und sicher hatte Früllerk auch eine Meinung dazu, schließlich war ihm Clara ja einige Zeit nachgelaufen.

Zuerst aber mussten beide Frauen ihren Männern helfen, Clara fortzuschaffen. Lüttsche-Hans und Fritz kamen mit der Torfkarre langsam näher. Louise ging den beiden Jungen entgegen, nahm die Karre selber in die Hand und schickte ihre Kinder wieder fort.

Keiner mochte die aufgedunsene Leiche anfassen. Die Männer sahen sich an, nickten und atmeten tief durch. Hans nahm Claras Hände, Früllerk die Füße, mit einem Schwung hoben sie den Körper auf die Torfkarre. Line band die herabhängenden Gliedmaßen mit der Haube und der Schürze zusammen. Jeder hatte danach das Bedürfnis die Hände mit Heidekraut im Beek-Wasser zu scheuern. Früllerks Blick blieb an dem Stein hängen.

Line kam seiner Frage zuvor: „Den Stein müssen wir mitnehmen. Schließlich ist er ein Beweismittel. Und der andere Stein ebenfalls, denn nur durch ihn hast du die Stelle überhaupt bemerkt. Und außerdem scheint da im Heidekraut ja ein Kampf stattgefunden zu haben. Wir legen beide bei uns an die Hütte, dann sind sie schnell vorzuzeigen."

Die Männer hoben jeder einen Stein auf und legten sie auf Claras Brust und Bauch. „So rutscht sie beim Fahren nicht runter."

„Dieser Platz ist schnell wiederzufinden", überlegte Line vorausschauend. „Wenn der Amtsdiener den Ort sehen will, kann ihn jeder von uns führen. So zerwühlt und ausgerissen wie das Kraut ist … und das kreisrunde Loch im Torfboden ist ebenfalls unübersehbar."

*

Stumm schoben Früllerk und Hans ihren grausigen Fund bis zum Sanddamm. Louise und Line gingen mit langsamen Schritten hinterher, fassungslos über den erneuten Mord.

„Line, ich glaube, es ist besser, du bleibst hier. Anna Sandvoss ist bestimmt aufgebracht, wenn wir ihr Clara bringen. Wenn du aber dabei bist, dann wird es sicherlich noch schlimmer. Dich kann sie nicht verknusen. Alle *kuschen* vor ihr, denn alle sind wir von ihr abhängig."

„Ich bin nicht von ihr abhängig – und Früllerk auch nicht." Line wurde sofort wütend bei dem Gedanken. „Wer ist sie denn schon, doch nur eine reiche Bäuerin! Ich habe schon viel reichere und vornehmere Menschen kennen gelernt, aber so hochmütig waren nur wenige zu mir."

„In der Stadt ist das auch sicher ganz anders", Louise versuchte einzulenken, „aber hier hat nun mal der oder die Reichste das Sagen. Du wirst dich daran gewöhnen müssen, Line."

„Ich werde ihr aus dem Weg gehen, so oft ich kann, mehr aber nicht", entgegnete Line trotzig und schwieg danach nur, weil die Karre vor ihnen so rumpelte und es schwer war, dagegen anzuschreien.

An der Hütte bot sie als kleinen Halt einen Schluck *Brammwien* an, den auch Sasses dankbar annahmen. „Das war jedoch das Ende", bemerkte Line und hielt die Kruke über Kopf. „Wir haben den letzten Rest getrunken. Louise, wenn Früllerk und ich hier bleiben, dann lass mich wenigstens die Abendkost vorbereiten. Für uns alle, auch für eure Kinder. Hans hat mir sowieso viel zu viel Fisch gebracht." Sie versuchte zu lächeln.

Hans nickte, er schlug gleichzeitig vor, seine großen Jungen könnten beim Entladen des Bootes helfen. „Louise, du hilfst mir dann aber mit der Torfkarre und beschützt mich vor dem Ansturm von Fragen." Line akzeptierte die Entscheidung, sie wäre aber doch gern mitgegangen. Vielleicht würde sie den Mörder an seiner Reaktion erkennen. „Hans, dann müsst ihr beiden auf die Gesichter der Einzelnen achten, wenn sie die Leiche sehen. Und hinterher ganz genau berichten. Vielleicht benimmt sich einer ungewöhnlich."

„Ganz sicher wird sich Anna Sandvoss ungewöhnlich benehmen. Eine unersetzliche Magd ist von uns gegangen, so sagt sie immer, unersetzlich. Aber du hast Recht, Line, wir werden auf alles achten, vielleicht verrät sich der Mörder ja. So geht es jedenfalls nicht weiter: Alle paar Wochen ein Mord hier im Günnemoor." Hans' sonst so offenes Gesicht wirkte grimmig und hart.

Kleiner Stein, großer Stein

Am Abend, nachdem Clara gefunden wurde

Obwohl Line beinahe ein Festessen zubereitet hatte, blieben alle bedrückt und niedergeschlagen, selbst die kleineren Kinder spürten die Beklemmung der Großen und würdigten das Essen ohne viele Worte.

Erst nachdem alle satt waren und Louises Älteste, Guste, die Kleinen zum Schlafen in die Kate der Sasses gebracht hatte, besprachen sie das entsetzliche Geschehen und redeten es sich von der Seele. Lüttsche-Hans und Fritz saßen einige Zeit dabei, hörten jedoch nur zu. Sie erlebten das erste Mal in ihrem Leben, dass ihre Eltern sie wie Erwachsene ernst nahmen und in ihrer Gegenwart etwas Wichtiges besprachen.

Line war sich nicht sicher, glaubte aber, dass der Mörder nur Frauen, mit denen er eine Liebschaft angefangen hatte, ermordete. Louise wollte sie mit einem Scherz die Angst nehmen. „Fidi Fricke wird ja wohl nicht irgendwo eine *Mietsche* haben? Er ist viel in der Nacht unterwegs, aber doch sicher aus anderen Gründen, oder?"

Früllerk unterstützte seine Frau: „Fidis *Mietsche* heißt eher *Ontvagel* oder *Kaninken*. Es geht ganz sicher um verschmähte Liebe. Der Mörder muss vom Sandvoss-Hof stammen. Wie viele Männer gibt es dort überhaupt? Lasst sie uns doch mal durchgehen."

Hans zählte auf: „Jacob und Martin Sandvoss. Hanken als Alt-Knecht, Claas Hüllen und Borchert, der Großknecht. Dann der Knecht mit dem unaussprechlichen Namen und Filz-Fidi."

Louise lächelte: „Lass Bonifatius das nur nie hören. Unaussprechlicher Name, der Herr Pastor hat es doch erklärt: Bonifatius ist der Name eines Heiligen. Und alle nennen ihn doch sowieso nur Fati. Dabei grinst er dann sehr, weil er doch keine Kinder hat. Wer weiß, vielleicht war er der Mörder."

Hans schüttelte den Kopf: „Nein, ich glaub nicht. Ich war dabei, als er wie ein Kind weinte, nachdem ein Kalb ertrunken war." Hans biss sich anschließend fast auf die Zunge. Oh Mann, da hatte er ablenken wollen und nun war ihm dies verwünschte Wort ertrunken herausgerutscht.

Line wollte wissen, wer Filz-Fidi denn sei.

„Filz-Fidi hat bestimmt keine *Mietsche*, selbst wenn er sich im Geheimen eine wünschen würde. Seine Haare sind wohl noch nie gekämmt worden. Darum heißt er so. Sie sind total verfilzt und voller Läuse. Zu jeder Zeit, auch beim Essen, wischt er seinen *Schnodder* in den Ärmel." Louise prustete beinahe hinter der vorgehaltenen Hand. „Selbst das hässlichste Mädchen würde ihn nicht wollen und wenn er der einzige Mann der Welt wäre."

„Aber könnte er gemordet haben, weil er zurückgewiesen wurde?" Line glaubte es freilich selber nicht. Einen Mord aus Verzweiflung ja, aber gleich zwei und dazu die beiden hübschesten Mädchen weit und breit? Außerdem schien Filz-Fidi, nachdem was Louise über ihn sagte, egal zu sein, wie er aussah. Und das widersprach all ihrer Erfahrung. In Bremen hatte Line erlebt, wie fein sich Männer aus Liebe machten, die sonst nur einmal im Jahr badeten und sich frische Kleidung gönnten. Filz-Fidi war bestimmt nicht der Mörder. Blieben also die beiden Sandvoss-Brüder und der Großknecht. Und natürlich Claas Hüllen.

Borchert hatte in Früllerk seinen Verteidiger: „Der Großknecht ist heimlich mit seiner Base verlobt, in Spreddig, dem Dorf, aus dem sein Vater stammt. Nachdem ich das erste Mal in Ströhe gewesen war, verriet Borchert es mir und bat mich Grüße zu bestellen. Die Hochzeit ist fürs kommende Jahr geplant. Und auch mit Anna Sandvoss ist bereits abgesprochen, dass seine Zukünftige als Groß-Magd ins Günnemoor kommt."

Louise tippte auf Jacob, der sei sowieso undurchschaubar und immer so kurz angebunden. „Wenn ich eine junge *Deern* und auf dem Hof Magd wäre, hätte ich Angst vor ihm. Wenn er etwas befiehlt und es geschieht nicht augenblicklich, dann wird er sehr böse. Und falls ihn ein Mädchen abgewiesen hat, da kann er leicht zum Mörder geworden sein."

„Oder Martin." Line erinnerte sich an die Reaktion des jungen Bauernsohnes während der Todesnachricht. Aschfahl war er und seine Augen flackerten.

Line wusste inzwischen auch, dass ihm die Mädchen sehr zugetan waren. Martin konnte mit Worten, seine Stimme war sanft und leise, er lobte gute Arbeit. Line fielen die Worte am Waschtag im Garten wieder ein: „Hanken weiß ganz sicher, dass Grete und ich …" Das war eindeutig seine Stimme. Er hatte auch gesagt: „Wenn der Amtsdiener das erfährt, gerate ich doch in Verdacht." Jacob war ebenso verdächtig. Als er von Gretes Tod erfuhr, stand in seinen Augen zwar Erschrecken, äußerlich blieb er jedoch gefasst und ruhig. Seine Frage: „Wer weiß das?", hätte auch der Mörder stellen können.

Und Borchert? Line wollte gerade ihm gegenüber gerecht sein, denn obwohl er ihr Angst einflößte, glaubte sie zu wissen, warum er das getan hatte: Borchert wollte den Grund seiner ständigen Fröhlichkeit nicht preisgeben. Keiner sollte wissen, dass er einen körperlichen Defekt besaß. Wer weiß, wie oft er als Kind deswegen gehänselt worden war? Aber vielleicht hatte Clara ihn ebenfalls wegen seiner ständigen Fröhlichkeit verhöhnt. Sie überlegte ja nicht lange, sondern sagte sofort, was sie dachte. Line hatte das schon zu spüren bekommen. Und sie wusste inzwischen auch, wie Borchert drohen konnte, wenn ihm etwas nicht gefiel. Er konnte sicher schnell handgreiflich werden. Aber was war mit Grete? Hätte sie sich getraut, den Großknecht wütend zu machen? Ein Liebesverhältnis zwischen Borchert und Grete? Nein, sie war schließlich Claas Hüllen anverlobt und wenn sie auch noch etwas mit Martin hatte, drei Männer wären wohl doch zu viel.

Und Claas Hüllen als Gretes Verlobter? Hatte er auch Clara ermordet? Aber aus welchem Grund? Grete, das war noch verständlich, vielleicht hatte sie sich am Hochzeitsabend von ihm losgesagt und er war wütend geworden. Vor allem, wenn er Alkohol getrunken hatte. Aber warum Clara?

„Wer aus dem Günnemoor hatte denn noch eine Beziehung zu beiden Mädchen?" Das fragte Line laut. „Kann es nicht auch jemand aus einem anderen Dorf sein? Oder ein Fremder? Ein *Slöpendriever*?“

„Niemals! Jeder Fremde fällt hier auf und alle erfahren sofort davon“, widersprach Hans, „heute haben wir doch wieder erlebt, wie schnell Piss-Jule laufen kann, wenn es Neuigkeiten zu verbreiten gilt.“

Line musste lachen: „Ihr hättet Lotti, Erna und Ida, eure drei, heute mal erleben sollen. Sie standen am Sanddamm und schickten jeden, der zu uns wollte, mit ihren piepsigen kleinen Stimmen weiter: ‚Unsere Eltern haben die Magd zum Sandvoss-Hof gebracht.‘ Und schon wollte niemand mehr hierher, sondern jeder eilte schnurstracks weiter. Wie hat denn eigentlich Anna Sandvoss reagiert?“

„Genau so, wie Hans es vorausgesagt hatte. Clara war ja mit deinem Tuch zugedeckt, sodass Anna noch nicht wusste, welcher Anblick sie erwartete. Langsam und salbungsvoll sprach sie: ‚Also ist eine unersetzliche Magd durch den Tod von uns gegangen.‘ Als Hans dann aber das Tuch fortzog, da ist sie beinahe in Ohnmacht gefallen. Menschliche Regungen hat sie also doch noch. So würdevoll wie möglich drehte sie sich um und ging schnell um die Hausecke. Die Brechgeräusche waren jedoch laut zu hören. Sie tat mir richtig Leid.“

„Mir nicht!“ Hans war jetzt noch empört: „Als sie wiederkam, sollte ich die Leiche hochheben und auf ein Brett legen. Aber da habe ich mich geweigert. Sie rief dann Filz-Fidi herbei. Der wischte nur wieder seinen *Schnodder* in den Ärmel und meinte unerschüttert: ‚*Süüt jo ut, as weer se verdrunken, wa?*‘ Ungerührt schob er seine Arme unter Clara und hob sie auf das Brett. ‚*Natt as ’n Katt*‘, stellte er dabei fest. ‚*Schall ek se ok uttehn? Ne Dodenwäsch bruukt se woll nich.*‘“

„Und wie reagierten die anderen Hofbewohner?“ Line wollte es natürlich ganz genau, bis in alle Einzelheiten, wissen.

„Wir haben nur noch Claas Hüllen gesehen, dann schickte Anna Sandvoss uns fort. Schneeweiß im Gesicht wurde er beim Anblick der Leiche und krächzte irgendwas, aber gesagt hat er sonst kein Wort, sondern stelzte sofort steif davon. Die Bäuerin forderte uns dann noch auf, uns um unseren eigenen Kram zu kümmern und schob uns fast vom Hof."

„Louise, du hast vergessen, dass wir noch Martin begegnet sind, während wir den Hof verließen. Er war gerade mit dem Einspänner aus Osterholz gekommen, erzählte er. Seine Wunde an der rechten Hand war nicht besser geworden. Darum war er zum *Medicus* gefahren, der den Eiter ausgedrückt und die Hand neu verbunden hatte. Das hätte Stille-Catharine ihm billiger gemacht. Aber so ein Großbauernsohn muss ja etwas Besseres sein."

„Hat er den Amtsdiener mitgebracht?", fragte Line schnell dazwischen.

„Nein, der war nicht dabei und gesagt hat Martin auch nichts darüber. Er hat nur den Auftrag übernommen, dich, Früllerk, an dein Versprechen zu erinnern, vor Erntedank ins Kloster zu kommen."

Hans grinste dabei breit und witzelte: „Wieso willst du eigentlich als jung Vermählter ins Kloster?" Er berichtete aber gleich weiter. „Ich dachte an deinen Auftrag, Line und klärte Martin über Claras Tod auf. Ich beobachtete ihn genau dabei. Er ging erschrocken einen Schritt rückwärts, wurde unvermittelt hochrot im Gesicht und schrie: ‚Clara nun auch noch?' Martin war nicht der Mörder, so verstellen kann sich niemand."

*

Den Sasse-Jungen war es inzwischen langweilig geworden. Sie setzten sich nahe der Hütte auf die gefunden Steine und redeten leise miteinander. Fritz wippte dabei mit seinem rechten Fuß und stieß mit der Hacke immer wieder an den Stein, auf dem er saß. „*Dat is 'n sworen Steen*", meinte er altklug zu seinem Bruder. „Wozu der wohl ein Loch hat?"

Lüttsche-Hans wollte mit seinem Wissen dem etwas jüngeren Bruder natürlich nicht nachstehen und hielt dagegen: „Das hat jemand reingeschlagen."

„ Deiner hat kein Loch, ätsch!“, konterte Fritz.

Lüttsche-Hans wurde ärgerlich: „Dafür hat mein Stein einen Rand ganz rundherum und deiner nicht, he!“

„Na und? Ein Loch schlagen, dafür braucht es viel mehr Muskeln, als einen Rand zu machen.Dein Stein ist ja viel kleiner als meiner und mein Stein-Mann war der Stärkste im ganzen Dorf!“

„In welchem Dorf denn? Da am Ufer gibt es ja gar kein Dorf, nicht mal eine Hütte. *Dummkeerl, Dummkeerl*!“

Fritz ließ das *Dummkeerl* natürlich nicht auf sich sitzen und schubste Lüttsche-Hans hintenüber vom Stein. Der wehrte sich und boxte seinem Bruder noch liegend gegen die Nase. Die schönste Rauferei wäre in Gang gekommen, wenn der Vater Sasse nicht ein strenges Wort für beide gehabt hätte.

So waren die Erwachsenen aber wieder auf die Steine aufmerksam geworden. „Ich würde auch gern wissen, wer die gemacht und vor allem ins Moor so nahe an die Beek gelegt hat“, meinte Früllerk und zwinkerte den Jungen zu. „Seid ihr stark genug sie hochzuheben?“

In Sekundenschnelle hoben beide Jungen ihren Stein auf. Sie waren aber schwer und wurden schnell wieder abgesetzt. Früllerks Ablenkungsmanöver hatte jedoch funktioniert. Weil die Steine nebeneinander lagen und sich so ähnlich waren, fragte Line nachdenklich: „Passen die eigentlich zusammen?“

Die beiden Jungen probierten es aus. Der Lochstein war etwas kleiner und passte genau auf den anderen, so als gehörten sie zusammen. Fritz steckte seinen Zeigefinger abwechselnd in die Mitte und in die seitliche Vertiefung.

„Warum wohl nur einer ein Loch hat? Und wozu ist die Vertiefung?“ Line sann darüber nach: „Vielleicht wurde, wie dein Finger, Fritz, etwas hineingesteckt. Und dann?“ Line beschrieb mit ihrem eigenen Finger eine Drehbewegung. „Vielleicht lässt sich der Stein drehen?“

Fritz versuchte es sofort, aber es ging nicht.

„Wenn wir einen stabilen Holzstab hätten …", überlegte Line wieder weiter. „Guckt doch mal hinter der Hütte, da liegen noch Reste vom Bootsbau."

Wie der Blitz verschwanden beide hinter der Hauswand. An den Geräuschen wurde deutlich, dass sie ihre Rauferei nun richtig fortführten. Hans Sasse sprang auf und wollte schimpfend hinter ihnen her.

Früllerk hielt ihn fest und zog seinen Nachbarn wieder auf die Bank zurück: „Lass sie doch, die müssen Dampf ablassen. Den Anblick von Clara müssen auch die beiden erst mal verkraften. Line, was hast du vor?"

„Die beiden Steine erinnern mich an die Handmühle auf dem Sandvoss-Hof", antwortete sie. „Mit dem Stock will ich ausprobieren, ob der obere Stein sich richtig dreht. Dann lass ich *Bookweten* in das Loch rieseln und wenn es sich gut mahlen lässt, sparen wir alle bald viel Zeit. Louise, das wäre doch wunderbar, oder?"

Völlig verausgabt vom Kämpfen brachten die Jungen nach einer Weile einen kräftigen zweifingerdicken Ast. Line brach ein ellenbogenlanges Stück ab, so war es kürzer und handlicher und steckte das Holz in die seitliche Vertiefung des oberen Steines. Es drehte sich wunderbar.

Früllerk und Hans schauten gespannt und auch Louise war neugierig geworden.

Früllerk holte eine Hand voll *Bookweten* aus der Hütte und ließ die Körner in das Loch in der Steinmitte rieseln. Line drehte und sieh da – es funktionierte hervorragend. Feines graues Mehl quoll am Rand der Steine hervor. „Louise, probier du auch mal, es geht ganz leicht."

Ihre Nachbarin drehte zögerlich am Stock, vermied aber den direkten Kontakt mit den Steinen. „Das ist ja einfach!" Fast ungläubig drehte sie darauf mutiger und schneller. „Line, wir müssen nur unten drunter etwas zum Auffangen haben, ein Tuch vielleicht?"

„Ja, das müsste gehen. Gleich morgen früh werden die Steine sauber gemacht. Jetzt ist es schon zu dunkel dafür. Und danach kann jede

Frau im Günnemoor schneller und leichter mahlen. Die Sandvosssche wird sich vielleicht ärgern, wenn wir ebenfalls eine richtige Mühle besitzen." Den letzten Satz konnte Line sich nicht verkneifen, sie war nun mal nicht gut auf die Bäuerin zu sprechen.

„Line", Louise überlegte zögernd, „Line, den anderen Nachbarn sagen wir aber nicht, wo der Stein gehangen hat. Keiner wird die Mühle benutzen, wenn sie wissen, dass sie an Claras Füße gebunden war. Das sollten wir lieber verschweigen." Die Männer pflichteten ihr bei und so wurde es beschlossen.

„Die Steine sind bestimmt echte Mahlsteine und so, wie die behauen wurden, ist das gute Handwerksarbeit. Auch wenn ich mit Holz arbeite, das kann ich beurteilen." Frülllerk hätte gar zu gern gewusst, wie sie ins Moor gelangt waren. Die Schlafenszeit war aber schon lange überschritten und so beschlossen alle schlafen zu gehen.

Der Mörder ist gefangen

Anfang Juli

Wir haben wohl noch Brot für die beiden?" Jacob Sandvoss zeigte auf den Amtsdiener und auf Koop-Vadder.

Unruhe entstand am langen Tisch. Für einen Moment vergaß jeder das Kauen. Dabei stand heute neben dem *Schönroggen* auch der Honig auf dem Tisch. Die Hühner hatten fleißig gelegt und *Eierbodder* bereicherte die Morgenkost. Anna Sandvoss brauchte um Mangel an Hilfskräften keine Sorge zu haben, ihr Ruf als Köchin war weit bekannt.

Auch der Amtsdiener schien davon gehört zu haben, denn in Sekundenschnelle saß er am Tisch. Seine Augen leuchteten bei der Aufforderung zuzugreifen. Er war nicht mehr ganz jung und hatte eine gewaltige Hakennase. *„Överall snüffelt he mit sine lange Nees!"* So wurde über ihn geurteilt. Rock und Hose waren aus walnussbraun gefärbtem Leinen wie eine Uniform genäht. Außerdem trug er einen breiten Gürtel mit übergroßer Schnalle und hohe knarrende Lederstiefel, die heute in der Sommerhitze sicher unangenehm zu tragen waren. Seine Hände strichen wie abwischend immer wieder über seinen spitz vorstehenden Bauch. „Die geräucherte Mettwurst schmeckt ausnehmend gut", lobte er die Bäuerin und biss wieder reichlich von seinem Brot ab.

„Dann musst du auch meine Leberwurst kosten." Anna Sandvoss war die Freundlichkeit selber. „Hanken, hol mal einen Ring aus dem Rauch. Und den Rest packen wir ihm anschließend für zu Hause ein."

Hanken holte sich die *Gaffel*, die neben dem Salzfass an der Rückwand der Feuerstelle hing. Er wunderte sich. So freigiebig hatte er seine Bäuerin noch nicht erlebt.

Sie vergaß aber auch Koop-Vadder nicht: „Lang man tüchtig zu, nimm von der *Eierbodder*. So was Feines habt ihr zu Hause sicher nicht."

Koop-Vader saß ganz am Ende einer der beiden Bänke, nur so gerade eben auf der Kante. Er fühlte sich sichtlich unwohl und nahm auch nur ein Stück trockenes Brot. Hanken drückte ihm im Vorbeigehen die Schulter. Dankbar sah ihn der kummervolle Mann an.

„Koop-Vadder bekommt doch sicher den Rest der *Eierbodder* mit nach Hause, wenn heute dein freigiebiger Tag ist, oder?“ Auch Jacob hatte genau beobachtet. „Bei so vielen Kindern und ohne Grete hilft das sehr.“

Auf das Stichwort Grete wischte sich der Amtsdiener die Krümel von seinem Rock und erhob sich: „Mit Verlaub, ich möchte jetzt mit dem Befragen beginnen.“

Anna Sandvoss gab keine Antwort. Jacob nickte aber zustimmend.

„Dass Grete Koop nicht von allein zu Tode gekommen ist, sondern getötet wurde, wisst ihr inzwischen alle. Frülllerk Grapenthien hat die Leiche untersucht und mir glaubhaft versichert: Die Magd Grete hat in der Nacht einen schweren Schlag auf den Kopf erhalten. An dem vorherigen Tag gab es zwei Hochzeiten. Frülllerk hat ohne Feier geheiratet. Die große Fleischhochzeit aber wurde ja wohl auf einem der Worpsweder Höfe ausgerichtet. Wer, Knecht oder Magd, war nicht mit in Worpswede?“

Jacob antwortete: „Nur Hanken, der Alt-Knecht, war über Tag hier. Die Frauen halfen der *Köksch* in Worpswede als *Schöttelwaschup* bis zum Abend, dann kamen sie zum Füttern und Melken nach Hause. Die Männer genossen den Tanz und das Bier. Danach trudelte einer nach dem anderen wieder hier ein.“

„Also kann sie jeder getötet haben. Wer kannte Grete näher?“ Die Blicke aller Anwesenden gingen zu Claas Hüllen. Der Uniformierte fragte streng: „Was hattest du mit ihr zu schaffen?“

Claas stand auf, hielt sich aber am Tisch fest. Er bemühte sich um eine feste Antwort: „Wir wollten heiraten. Aber in letzter Zeit war Grete sich nicht mehr sicher.“

„Darum hattet ihr in der Nacht auch Streit?“

Claas zuckte zusammen: „Sie hat nicht mit mir tanzen wollen und behauptet, sie hätte einen anderen, den sie heiraten würde.“

Martin wollte etwas sagen, schwieg dann aber aufgrund der ruckartigen Kopfbewegung seiner Mutter. Hanken hatte es allerdings bemerkt.

Claas dagegen redete zögerlich weiter: „Grete sagte mir immer wieder: ‚*Du schasst di wunnern!*' Ich hab sie an dem Abend zwar aus Wut ein wenig geschüttelt, aber davon stirbt man doch nicht. Außerdem war das in Worpswede."

„Wo warst du danach? Hat dich danach noch jemand gesehen?", verhörte ihn der Amtsdiener weiter, sein Blick ging dabei immer wieder zu den riesigen Schaufel-Händen des Verdächtigen. „Du hast Grete später nachspioniert und als sie dich endgültig abwies, hast du sie umgebracht."

Hanken spürte, wie erfreut der Amtsdiener war den Mörder so rasch gefunden zu haben. Er blickte auf die Tischrunde. Anna Sandvoss' Finger strichen immer wieder über die Holzoberfläche. Sie sprach kein Wort, schaute nur auf die Bewegung ihrer Hände.

Martins Augen flackerten, er wirkte schuldbewusst. Hier stimmt doch was nicht, überlegte Hanken. Er sprach den Amtsdiener direkt an: „Meinst du, der Mordfall ist so schnell zu klären?"

„Was weiß ein alter Knecht schon von diesen Dingen?", knurrte der Gesetzeshüter nur.

Jacob pflichtete Hanken jedoch bei: „Du kannst Claas doch nicht nur aufgrund seiner Liebe zu Grete *verschütt gohn* lassen. Und was ist mit Clara, die hat der Mörder schließlich auch getötet. War sie ebenfalls Claas' *Mietsche*? Warum sollte er sie sonst getötet haben?"

„Wer einmal tötet, tötet weiter, das ist kriminalistisch bewiesen. Das erfasst aber natürlich nur ein geschulter Verstand. Lasst mich meine Arbeit tun und tut ihr die eure!" Fast überheblich wirkte der Amtsdiener auf einmal.

Jacob ließ sich jedoch nicht so schnell abweisen. „Was ist mit Clara? Hast du sie überhaupt schon gesehen? Und können wir sie bald einsargen und ihrer Patin für die Beerdigung bringen?"

„Die Leiche könnt ihr fertig machen, außer aufgeweichter Haut ist an ihr ja nichts zu entdecken. Und vielleicht ist sie ja auch ertrunken."

„Und den Stein hat sie sich selber um die Füße gebunden", widersprach Jacob. „Habt ihr denn Früllerk Grapenthien nicht befragt?"

Das Hof-Gesinde lauschte gebannt dem Wortwechsel. Hanken dagegen beobachtete Claas, er tat ihm Leid. Angstvoll stand der Knecht neben dem Tisch und blickte verzweifelt auf den Jung-Bauern. Von ihm hing sein zukünftiges Schicksal ab, denn wenn er als Mörder verurteilt würde, käme er an den Galgen.

Anna Sandvoss schaltete sich nun wieder mit kräftiger Stimme ein: „Der Amtsdiener weiß genau, was zu tun ist. Jacob, lass ihn!"

Jacobs Gesicht wurde hart. Hanken wusste warum. Immer wieder betonte die Bäuerin ihre Macht auf dem Hof. Außerdem wirkte sie gefühllos dem Schicksal ihres langjährigen Knechtes gegenüber.

Sie war aber noch nicht fertig: *„Eenmol is keenmol, seggt de Voss und beet de tweete Goos dood!* Der Mörder ist also gefunden und die Zeit der Morgenkost überschritten. Alle sofort wieder an die Arbeit!", befahl sie, hielt dann aber doch inne und blickte zum Amtsdiener hin: „Wenn ihr es gestattet natürlich nur."

Der Mann war geschmeichelt ob seiner Gewalt über die reichste Bäuerin im Moor und gab die Erlaubnis. Er strich sich dabei wieder wie abwischend mit beiden Händen über den Bauch. „Dich brauche ich nicht mehr", nickte er zu Koop-Vadder hin. „Oder doch, du weißt wohl, wo die Grapenthien-Hütte steht. Zeig sie mir, dann bist du entlassen. Und der Knecht wird von euch in Gewahrsam genommen, bis ich wiederkomme. Ich nehme ihn dann anschließend mit nach Osterholz. Vorher muss ich weitere Zeugen befragen", beendete er großspurig die Befragung.

Nur Hanken meldete sich zu Wort: „Für Claas wird wie bisher gesorgt." Er ist nicht der Mörder, das wollte er eigentlich noch weiter sagen. Er hatte sich jedoch überlegt, dass Line und Früllerks Meinung zu dem Geschehen eben hilfreich sein könnte: „Koop-Vadder hat sicher noch genug auf seiner Moorstelle zu tun. Ich bin alt und versäume hier auf dem Hof nichts. Jacob", deutlich bat er den Jung-Bauern um Erlaubnis, „lass mich doch mitgehen zu Grapenthiens!"

„Hanken blifft hier!" Energisch kam der Befehl von Anna Sandvoss.

„Hanken, du gehst mit dem Amtsdiener", widersprach Jacob. „Die Knechte sind meine Sache, du weißt es." Er richtete seinen Blick auf die Bäuerin, die darauf nachgab.

Hanken verstand zwar nicht, warum, aber wichtig war ihm nur sein Fortkommen. Er versuchte Claas zu ermutigen: „Claas, hab keine Angst. Wenn du Grete nicht getötet hast, dann wird dir auch kein Leid geschehen. Der Amtmann in Osterholz gilt als gerecht. *De Pastor hett dat ook all mol seggt.*" Der Amtsdiener schaute unwillig und winkte ihm mit einer herrischen Gebärde, mitzukommen. Seine braunen Stiefel knarrten wieder vernehmlich.

Im Fortgehen hörte Hanken noch, wie Jacob seine Mutter an die *Eierbodder* für Koop-Vadder erinnerte. Der alte Mann griente in sich hinein: So bekamen die Koop-Kinder wenigstens ein kleines Festmahl.

Tartuffels auf dem Torf-Tisch

Gegen Mittag am selben Tag

Line und Früllerk hatten in der Kühle des frühen Sommermorgens die Reihen zwischen den *Tartuffels* gehackt.

Nur wenige Tage nach der Hochzeit hatten sie die Knollen gesetzt, dabei diejenigen ausgewählt, die schon ausreichend lange Keime besaßen. Die weißen Spitzen, so gepflanzt, das sie gerade noch zu sehen waren, hatten sich inzwischen grün verfärbt. Die Reihen waren gut zu erkennen. Der Boden musste locker sein, das hatte Magnus in Osterholz gesagt. Line hatte inzwischen schon mehrmals einige der Knollen aus dem zweiten Sack im *Grapen* in Wasser gekocht und zum Essen die braune Schale entfernt. Mit etwas Salz und einem Stückchen Speck schmeckten sie gut.

Inzwischen ringelten beide auf dem Trockenplatz nahe der tiefen Moorgrube die Torfsoden, die schon gut getrocknet waren. Die Stuken und nun auch die Ringel standen in Reih und Glied. „Wollen wir nicht langsam Morgenkost halten?“ Line hatte Hunger, denn die Frühkost lag schon lange zurück.

„Gibt es denn was Leckeres?“, wollte Früllerk seine Liebste ärgern. Er wusste wohl, dass es Line während der täglichen Arbeit nicht möglich war, besondere Speisen zu kochen. Auch musste sie sich noch immer an die eine Feuerstelle mit nur wenigem Kochgerät gewöhnen. Die neuen Mahlsteine waren schon der reine Luxus. Line machte jedoch ein geheimnisvolles Gesicht: „Lass dich überraschen! Ich habe etwas Neues ausprobiert, mal sehen, ob es dir schmeckt.“

Neugierig geworden richtete Früllerk seinen Rücken grade und entdeckte dabei zwei Männer, die vom Sanddamm aus auf dem Brückenbrett über den Graben balancierten und in ihre Richtung wiesen. „Wir bekommen noch Esser dazu“, bedeutete Früllerk seiner Frau.

Als Hanken und der Amtsdiener das Ehepaar erreicht hatten, war der Torf-Tisch schon gedeckt. Line hatte einen Stuken enger gestapelt und den Teller mit *Bookwetenpannkoken* darauf gestellt. Die beiden irdenen Tassen und eine braune Kruke mit Birkenblätter-Tee vervollständigten das Gedeck. Freundlich lud sie beide zum Essen ein, denn über Hankens Besuch freute sie sich sehr. Den anderen Mann taxierte sie neugierig.

„Dich habe ich schon einmal gesehen", begann der Amtsdiener, zu Früllerk gewandt, das Gespräch. „Hast du nicht in Osterholz die Futterklappe im Schweinestall repariert?" Er schaute dabei auf Früllerks rechte Hand. „Magnus Jochimson schwärmt noch heute von deiner Geschicklichkeit trotz deiner kaputten Hand."

„Dann bist du der Amtsdiener", überlegte Früllerk folgerichtig. „Wir haben am Mittagstisch gegenüber gesessen. Greift nur beide ordentlich zu", lud er auch Hanken mit einer Handbewegung ein.

Neugierig besah sich der Alt-Knecht die Pfannkuchen. „Line, was hast du damit gemacht?"

Line musste lächeln: „Ich habe gekochte *Tartuffels* in Scheiben direkt auf den Teig in die Pfanne geschnitten und mitgebraten."

Die beiden Moor-Männer schauten Line respektvoll an und selbst der Amtsdiener konnte sein Erstaunen nicht ganz verbergen. „So, so, *Tartuffels*. Du kannst damit umgehen? Und woher habt ihr sie überhaupt? Selbst ich kenne sie nur aus dem Klosterhof-Vorrat. Ich habe jedoch noch keine gekostet."

Obwohl der Amtsdiener durch das Essen auf dem Sandvoss-Hof satt war, eine solche Gelegenheit zum Probieren ließ er sich nicht entgehen. Die positive Überraschung in seinem Gesicht war nicht zu übersehen. *„Line, dat smeckt fein!"*, lobte auch Hanken. Der herbe, leicht bittere Geschmack des *Bookwetens* wurde durch die gelben Scheiben der Tarfuffel abgemildert. Den Speck hatte Line auch nicht, wie im Moor üblich, in großen Scheiben in die Pfanne gelegt, sondern als kleine Würfel eingestreut. So kross ausgebraten konnte ihn sogar Hanken, mit nur zwei Zähnen, schlucken. Er mied sonst die langen

Speckstreifen. „Aber was ist das Grüne da drin?“ Er deutete auf sein Reststück.

„Das ist Sauerampfer. Die Säure rundet den Geschmack ab. Und die Köchin in Bremen, von der ich alles gelernt habe, hat immer gesagt, dass viel frisches Grünzeug gut für die Zähne sei. Die fallen dann nicht so schnell aus. Ob das stimmt, weiß ich nicht, aber ich suche auch hier im Moor nach essbaren Pflanzen.“

„Dann solltest du dich mal mit Stille-Catharine unterhalten. Die kann dir sicher helfen. Die kennt alle Kräuter, die, die bei Krankheiten helfen und die, die essbar sind.“

Der Amtsdiener war indessen mit seinem Pfannkuchen einige Schritte seitwärts gegangen und hatte Früllerk bedeutet mitzukommen. Ihn interessierte das Weibergetratsche nicht. Bei Anna Sandvoss, einer reichen Bauersfrau, war das natürlich etwas anderes. Aber die Frau eines armen Moor-Kolonisten? Die Befragung wollte der Amtsdiener selbstverständlich ohne Weiber durchführen.

Früllerk begann von seiner Fahrt mit dem Torfkahn zu erzählen, der Amtsdiener wollte aber nichts darüber wissen. Ihn interessierte nur, ob Früllerk wirklich glaubte, Clara sei ermordet worden. Früllerk merkte schnell, dass auch der Amtsdiener, wie schon sein Vorgesetzter, keine hohe Meinung von Frauen hatte und so wiederholte er nur, was er bereits dem Amtmann gesagt hatte.

„Dann ist die Magd also durch den Stein, der an ihrem Bein festgebunden war, ertrunken?“

„Meine Frau erkannte … äh … ich glaube, Clara wurde erwürgt und zwar von hinten.“

„Wie kommst du darauf?“

„Die Abdrücke waren deutlich an ihrem Hals zu erkennen.“

„Darum kann sie doch auch ertrunken sein.“

„Ja, ob sie schon tot war, als sie ins Wasser geworfen wurde, das wissen wir natürlich nicht. Der Stein hat sie jedenfalls sofort in die Tiefe gezogen. Er ist übrigens bei unserer Hütte, du kannst ihn sehen.“

„Das tut wohl nicht not“, fast überheblich klangen auf einmal die Worte des Amtsdieners.

Früllerk war verdutzt. Eben noch wirkte der Mann sehr umgänglich und plötzlich kehrte er die Obrigkeit heraus. Wie wollte er denn zwei Morde klären, wenn er sich kaum für die Toten interessierte? „Glaubst du, Claas Hüllen ist kräftig genug den Stein an einer noch lebenden Frau festzubinden?“, fragte der Amtsdiener weiter.

Früllerk wurde wachsam. Wenn er die Frage nun bejahen würde, dann wäre er sicher mit Schuld an einem Todesurteil. „Wieso Claas, meinst du, er hat nach Grete auch Clara getötet?“

„Das ist doch wohl eindeutig!“ Der Amtsdiener schien keinerlei Zweifel zu hegen.

„Ich glaube das nicht“, traute sich Früllerk dagegenzusetzen.

„Glaubst du denn an zwei Mörder hier im Günnemoor?“, fragte der Amtsdiener ungläubig.

„Nein“, wurde Früllerk nun deutlich. „Ich glaube nicht, dass Claas Hüllen überhaupt ein Mörder ist.“

„So, so, aber wer war es denn dann? Es ist doch überall das Gleiche: Jeder denkt, nur Fremde morden. Könntest du überhaupt jemanden benennen, dem du einen Mord zutraust?“

„Nein“, Früllerk zögerte, könnte er jetzt doch Line antworten lassen, er kam gegen das Denken des Gesetzeshüters nicht an.

*

Line und Hanken hatten es sich auf der Torfkarre bequem gemacht. Hanken befragte Line zu ihrer Eingewöhnung und berichtete dann von seinem Unwohlsein dem Amtsdiener gegenüber. „Line, ich dachte, es wäre gut, wenn ihr Bescheid wisst über die Reaktionen bei uns auf dem Hof. Früllerk hat mir einmal erzählt, du hättest in Bremen einen Kriminalfall gelöst. Stimmt das? Kannst du einen Mörder erkennen?“

„Oh, Hanken, erkennen nicht, aber ich habe gelernt, worauf man achten muss. Die Tatumstände sind wichtig. Ein Bremer *Medicus* hat immer gesagt, dass Leichen viel über ihren Tod aussagen. Als *Schwestermann* meines Dienstherrn kam er regelmäßig ins Haus. Und da ich neugierig bin, achte ich eben auf alles. Ich scheine eine Gabe zu besitzen, Zusammenhänge zu erkennen. So wurde ich jedenfalls vom Bremer Senator gelobt. Hanken, erzähl das aber bitte nicht hier im Moor. Mir ist das unangenehm. Viele würden denken, ich will mich hervortun."

„Da musst du keine Sorge haben", beruhigte Hanken väterlich. „Anna Sandvoss gegenüber nenne ich deinen Namen lieber nicht. Dabei will sie alles über dich wissen. Sieh dich vor allem Jule gegenüber vor. Sie hat von unserer Bäuerin den Auftrag zu spionieren. Selbst mich hat Anna schon gefragt, ob du gut kochen kannst und ob deine Kirschsuppe besser geschmeckt hat als ihre. Sie scheint sich darum mehr Sorgen zu machen, als um den Mörder hier im Günnemoor. Ich schütte doch kein Öl ins Feuer und erzähle ihr, dass du noch mehr hervorragende Eigenschaften besitzt."

Er lächelte Line verschwörerisch und liebevoll an. Sie lächelte zurück erzählte dann vertrauensvoll weiter: „In Bremen bekam ich große Angst, als der Verbrecher merkte, dass ich ihm auf der Spur war. Mir wäre lieber, ich würde mich nicht dafür interessieren. Aber ich kann nicht anders, auch bei Grete und jetzt bei Clara habe ich sofort alle Tatumstände in meinem Kopf gesammelt. Ich bin aber so fremd hier und kenne auch noch nicht alle Menschen im Günnemoor. Außerdem beschreibt mir jeder jeden anders. Ein Beispiel: Als ich Jacob, euren Bauern kennen lernte, verhielt der sich überhaupt nicht wie mir vorher gesagt wurde. Alle meinten, er wäre immer sehr kurz angebunden und die Mägde hätten Angst vor ihm. Mir kam er dagegen eher sachlich und Koop-Vadder gegenüber sehr menschlich, sogar herzlich vor.

Und Hanken, über Borchert und seine Fröhlichkeit wird nur Gutes erzählt. Sein ständiges Lachen und Grinsen scheint jedoch von einem gelähmten Gesichtsmuskel zu stammen. Mir machte er mit Absicht

Angst, er drohte mir fast, weil ich es bemerkt habe. Nur Martin und Piss-Jule sind genau wie es alle sagen." Es tat ihr gut, Hanken ihre Verwirrung mitzuteilen, wo er doch schon so lange im Moor lebte und alle gut kannte.

Hankens väterliche Gefühle für Line vertieften sich durch diese lange Rede. Er legte ihr den Arm um die Schulter und drückte sie kurz an sich. „Line, auch du bist genauso, wie es Früllerk vorher immer allen vorgeschwärmt hat. Keiner glaubte ihm, aber nachdem ich dich erlebt habe, weiß ich, dass jedes Wort von ihm stimmt. Das, was du dir vorgenommen hast, das schaffst du auch, glaub mir. Und wenn du den richtigen Mörder findest, Line, dann sind dir alle hier im Günnemoor dankbar."

„Na, der Mörder sicher nicht! Und seine Familie wird mich ebenfalls nicht lieber mögen als jetzt."

Nun wurde Hanken eifrig: „Line, alle werden beruhigt sein, wieder ohne Angst im Moor zu wohnen. Es sind ja jetzt schon alle froh, weil sie denken, mit Claas Hüllen sei der Mörder gefasst. Fast alle. Ich kann mir das nämlich überhaupt nicht vorstellen. Claas hat niemals zwei *Mietsches* umworben. Der liebte seine Grete aufrichtig. Er würde niemals einen Menschen töten, auch wenn er so kräftig ist und mit seinen großen Händen ohne weiteres einen Menschen würgen könnte."

„Wie wütend kann er aber werden, Hanken? Immerhin wurde er hintergangen. Wenn er nun Grete umgebracht hat und Clara hat etwas herausbekommen? Vielleicht hatte er dann auch Clara ermordet. Der zweite Mord ist leichter."

Und genau mit dem gleichen Gedankengang wie der Amtsdiener überlegte Line: „Wem, den man kennt, traut man es überhaupt zu?"

Hanken atmete aufgeregt, immer schneller, scharf ein und pfeifend wieder aus. Sein Mund ging dabei, wie immer, schnappend, auf und zu. Er wusste gar nicht, welche der vielen Fragen er zuerst beantworten sollte. „Line, von unserem Hof kann niemand der Mörder sein. Ich kenne alle schon lange, teilweise seit ihrer Geburt."

„Das meine ich ja, Hanken, niemand traut bekannten Menschen so etwas zu. Aber einer muss es getan haben – oder es waren zwei."

Line merkte, wie aufgeregt der Alt-Knecht war. Langsam und behutsam fragte sie darum: „Die Frauen aus dem Moor können wir doch ausschließen, oder? Obwohl alle Frauen durch die schwere Arbeit kräftig sind, stark genug zu erwürgen ist keine. Oder doch – Gesche, sie ist riesig und hat bestimmt die entsprechende Kraft. Aber Gesche war während dieser Zeit hochschwanger und hat entbunden. Außerdem glaube ich, dass es ein Mann war. Und zwar aus Eifersucht."

„Jacob und Martin habe ich schon als kleine Pökse auf den Knien getragen. Aber du hast Recht, sie haben sich anders als sonst verhalten. Und doch wieder nicht. Merkwürdig verhielt sich heute eigentlich nur Anna. Sie war dem Amtsdiener gegenüber so überfreundlich, es schien, als hätte sie etwas zu verbergen." Hanken berichtete nun seinerseits, was ihn während der Morgenkost hatte aufmerksam werden lassen.

„Oder sie will einen ihrer Söhne schützen. Hanken, vielleicht weiß sie, dass Jacob oder Martin gemordet hat."

„Dann nur Martin. Wenn Jacob der Verbrecher wäre, ich glaube, sie würde zulassen, dass man ihn richtet. Line, das sage ich dir jetzt im Vertrauen: Ich denke schon lange, dass sie sich Martin als Hoferben wünscht. Und so wäre sie Jacob los."

„Also können wir Jacob ausschließen?"

„Ja, er redet zwar noch weniger als alle hier im Moor, dazu ist er sehr streng, das stimmt. Aber ich erlebe immer wieder, dass er gütig und anteilnehmend hilft. Oft ohne dass er darüber viele Worte verliert."

„Und Martin? Als ich am ersten Tag bei euch war, war er ganz verstört, als ich von Grete berichtete. Später dann hörte ich ihn mit der Bäuerin im Garten streiten. Ich dachte zuerst, sie sind ganz in meiner Nähe, aber hier im Moor tragen die Stimmen weit. Martin hat sich über mich aufgeregt, ich sei zu neugierig und würde jeden ausfragen. Und er hatte seine rechte Hand verbunden. Vielleicht hat Grete ihn ja gebissen oder gekratzt."

„Nein, nein“, Hanken schüttelte energisch den Kopf. „Martin hat sich schon vor über einer Woche geschnitten. Eiter hatte sich gebildet und der Wundarzt in Osterholz schnitt die Wunde auf und ließ sie ausbluten. Martin soll die Hand ruhig halten.“

Line musste trotzdem weiterfragen: „Er gilt doch als Frauenheld, meinst du, er hatte ein Verhältnis mit Grete? Geheiratet hätte er sie doch bestimmt nicht. Wenn sie ihm nun lästig wurde? Oder ein Kind von ihm bekam? Weißt du was darüber?“

„Grete ist mir schon öfter im Haus aufgefallen. Weißt du, Line, ich sitze gegen Morgen oft auf dem Stuhl im *Flett*. Ich kann nicht mehr so gut schlafen wie früher und bekomme im Bett auch schlecht Luft. Grete hat mich sicher nie bemerkt, aber ich dachte immer, sie käme von Claas. Dem war sie ja versprochen. Ich habe nie überlegt, aus welcher Richtung sie kam. Ich weiß nicht, ob sie aus der *Pferde-Dönz*, in der Claas schläft, oder aus einer der Kammern barfuß zur *Blangendöör* schlich. Ich weiß nur, dass der Amtsdiener“, Hanken wies mit dem Kopf zu den beiden Männern hin, „Claas heute mit nach Osterholz nimmt. Für ihn ist er ein zweifacher Mörder, dabei hat er sich Clara nur von weitem angesehen und von Grete ja nur gehört. Wenn wir nicht den Mörder ausfindig machen, dann wird Claas hängen. Darum bin ich heute als Führer zu eurer Hütte mitgegangen. Ich musste einfach mit dir und eigentlich auch mit Früllerk sprechen. Wir müssen den Mörder ausfindig machen, sonst mordet er vielleicht sogar weiter. Wenn es Claas gewesen ist, sind wir sicher. Aber wenn er es nicht war, dann muss ein guter Mensch sterben. Das ist nicht gerecht.“ Hanken schwieg, außer Atem und voller Empörung.

*

Im Hof nahe der *Langen Döör* stand nur Hanken. Er hielt ein rot kariertes Tuch als Bündel so fest in der Hand, dass seine Knöchel weiß hervortraten. Schnell hatte er Claas das Bündel gepackt, nachdem der Amtsdiener und er wieder auf den Hof zurückgekehrt waren.

Claas hatte starr, mit unbewegtem Gesicht, den Körper der Feuerstelle zugewandt, gestanden, als ob er frieren würde. Seine Arme mit den großen Händen hingen leblos von Schultern, die tiefer nicht sacken konnten. Bis zu diesem Augenblick hatte er nicht verstanden, dass er als Mörder ins Gefängnis in die Hundestraße musste. Als der Amtsdiener ihm die Hände band, lief ein Zittern durch seinen Körper, als wollte er aufbegehren. Aber bereitwillig und stumm ging er mit ihm über die Diele.

Die Familie Sandvoss saß schweigend am langen Tisch. Martin war schneeweiß im Gesicht.

*

Claas liefen Tränen über das Gesicht, während Hanken ihm das Bündel in die Hand drückte. *„Dor is ok 'n beeten wat Söötes in, vun diene Immen"*, brachte er mühsam hervor.

Claas blickte ihn nur hilflos an.

Der Amtsdiener zog am Strick, Claas machte einen großen stolpernden Schritt, fand dann aber bald den Rhythmus der Schritte des Gesetzeshüters.

Der Großknecht erschien wie aus dem Nichts und begleitete die beiden bis zum Damm. *„Mok good!"*, räusperte er sich hinter vor den Mund gehaltenen Händen. So verbarg er sein unvermeidliches Grinsen.

*

Jacob saß fassungslos und ohne Antrieb auf der Bank im *Flett*. „Wie konnten wir das nur zulassen?", mehr brachte er nicht hervor.

„Kannst du deine Hand für Claas ins Feuer legen?" Bitter klang die Stimme seiner Mutter.

Jacob atmete so tief ein, dass er meinte, ihm würde der Brustkorb springen. „Das kann niemand für einen anderen. Ich nicht für unsere

Dienstleute und genauso wenig für dich oder meinen Bruder. Warum bist du denn so nett zu dem Amtsdiener gewesen? Das ist doch sonst nicht deine Art. Dass ich nicht der Mörder bin, das weiß ich. Bist du es?" Jacobs Kopf ruckte zu seinem Bruder hin.

Verstehend und völlig entgeistert starrte der auf seine Mutter. „Du glaubst das. Und darum warst du so freundlich zum Amtsdiener? Glaubst du, ich wäre ein Mörder?" Martin sprang auf, seine konstante Blässe wandelte sich jäh ins Tiefrote. „Niemand kennt mich so wie du und du traust mir einen Mord zu?" Tief bestürzt drehte er sich um und ging geraden Schrittes, mit hoch erhobenem Kopf über die Diele ins Freie.

Still und gebrochen saß Anna Sandvoss am Tisch und rieb nur mit der Hand über die blank gescheuerte Tischplatte. Ihr Auge suchte Blickkontakt mit ihrem älteren Sohn. Betreten kam mit leiser Stimme: „Aber ich wollte doch nur das Beste für ihn."

„Ich weiß, Mutter." Jacob strich ihr im Aufstehen mit schwerer Hand über die Schulter. „Du solltest ihn jetzt eine Weile allein lassen. Und dann das Gespräch mit ihm suchen. Ein ehrliches Gespräch, Mutter." Das waren eindringliche Worte.

Erstaunt sah Anna Sandvoss Jacob hinterher.

*

Hanken hatte im Dunkel neben der offenen Tür gestanden. Er bewegte sich noch immer nicht. Obwohl er genau beobachtet hatte, das Gehörte war nicht für ihn bestimmt gewesen. Es war besser, die drei ahnten nichts von seinem Wissen. Er wollte abwarten, bis niemand mehr im *Flett* saß. Wie gern würde er jetzt mit Line sprechen.

*

Dat weer dat Moorgespenst

Einen Tag später

Die Fliederbeerbüsche am Holzsteg standen bereits mannshoch. Line freute sich auf die violetten Fliederbeeren, deren grüne Dolden schon weit entwickelt waren. Hier, so nahe am Wasser, wurden sie größer als an dem noch kleinen Hausstrauch direkt neben der Hütte. Sie wollte auch die letzten Blüten pflücken, die im Schatten des undurchdringlich wirkenden Gebüschs erst spät begonnen hatten zu blühen. Fliederblütenmilch mochte Line besonders gern und Früllerk würde sie auch mögen.

Line spürte leichte gleichmäßig federnde Bewegungen und schaute auf. Sie sah jedoch niemanden und wartete einen Moment. Die Schwingungen des Bodens hörten wieder auf. Sie fragte sich, wie weit Schritte wohl auf dem Moorboden trugen. „Ich muss Früllerk danach fragen“, überlegte sie und beugte sich über ihren Eimer.

Ihre Schulterblätter zogen sich zusammen, gleichzeitig stellten sich die feinen, empfindlichen Härchen in ihrem Nacken auf. Line lief es kalt den Rücken hinunter. Sie griff den Eimer und eilte ohne Fliederblüten in die Hütte zurück.

*

„Line, da war niemand, glaub mir.“ Früllerk versuchte Line zu beruhigen. „Das Moor ist dir noch fremd und es gibt sicherlich Geräusche, die du noch nicht einordnen kannst. In Bremen ist es selten wirklich leise, es gibt viele Geräusche, aber alle sind dir vertraut. Dass der Moorboden sich bewegt, kann auch ein Tier verursacht haben. Und wenn dann noch ein Luftzug dazu kommt, wirkt das schnell unheimlich. Mir ging es während der ersten Zeit hier im Moor ähnlich. Ich war ja auch wirklich allein damals – wie gut, dass du jetzt hier bist“, schloss Früllerk seine lange Rede und nahm Line fest in den Arm.

Line war froh über die einfache Lösung, ihr Herz hatte doch tüchtig geklopft.

*

„*Dat weer dat Moorgespenst!*" Anna Mittelsteiner und Gesche Vollmerding waren am Abend gekommen, um *Bookweten* zu mahlen. Gesche hatte ihre neugeborene Tochter mitgebracht. Der Säugling trug ein dickes Wollmützchen, war fest in *sine Lur bunnen* und zusätzlich in eine Schafwolldecke gewickelt.

Und auch Piss-Jule war auf dem Weg zu ihrer Suppe vorbeigekommen. So sagte sie es immer: „Hab noch den Topf mit Suppe auf dem Feuer", der Satz war bekannt. Er half ihr zu kommen und ebenso zu gehen, wenn sie es für richtig hielt.

Line schaute ihren Nachbarinnen erstaunt in die Gesichter. Meinten sie das ernst? Moorgespenst? Alle drei Frauen wirkten eifrig bemüht der Neuen das Übersinnliche im Moor zu erklären.

„*Dat kannst mi glöben*", Piss-Jule beugte sich so sehr vor, dass Line ihren Oberkörper immer weiter nach hinten bog. Der beißende Urin-Geruch stieg ihr in die Nase. „Ich hab schon auf so was gewartet. Ein *Hartworm* ist gestern übern Weg geschlengelt. Das Moorgespenst ist dann nicht mehr weit." Die alte Frau wurde ganz eifrig bei diesem Thema: „Wie oft hat es mich schon beobachtet. Immer habe ich dann diesen leichten kalten Luftzug im Nacken. Meine Großmutter konnte es im Nebel sogar sehen", trumpfte die alte Frau nun auf. Line guckte ungläubig.

„Wie sieht es denn aus?" Mit überlegenem Lächeln und herabgezogenen Mundwinkeln wartete sie auf eine Antwort.

„Pscht", Piss-Jule schlug beide schmutzig grauen Hände vors Gesicht. „Lass das Fragen, Line, *ik wahrschau di*, wir beschwören ja den Tod herauf. Hier im Freien kann ich dir die Frage nicht beantworten. Nur abends am Feuer, hinter fest verschlossener Tür, kann ich es dir sagen."

Na, danke! Line wollte lieber auf die Gespensterbeschreibung verzichten, als mit Piss-Jule in einem geschlossenen Raum zu sitzen.

Ein Aufschrei ließ die jungen Frauen plötzlich hochschnellen: Piss-Jule zeigte mit dem ausgestreckten Finger in die Hütte.

„Was ist passiert?“ Anna war ganz blass geworden und Line lief gleich zur offenen Tür. Aber nur Puschel kam mit hochgerecktem Schwanz und rieb sich an ihrem Bein.

Piss-Jules Stimme überschlug sich fast: „*Wat hebb ik seggt – dor kummt de Düvel all lievhaftig!*“

Auch Gesche wirkte beunruhigt und legte wie abwehrend ihre große Hand über den Säugling.

Anna hielt kurz in ihrer Arbeit inne: „Du hast eine Katze?“

Line nahm ihr Puschelchen beschützend auf den Arm. Sie tat, als hätte sie das Wort Teufel nicht gehört und zeigte ihre Katze stolz vor: „Guckt doch mal, wie niedlich sie aussieht! Wenn sie erst größer ist, dann hält sie die Hütte frei von Mäusen und bewahrt uns den *Bookweten*.“

Anna überlegte: „An unserem *Bookweten* fressen sich täglich Mäuse satt, das ist wohl wahr. Auch die *Muusködel* sind mühsam herauszupulen. Dabei hängt die Korn-Kiepe unter dem Dach und Jonny hat sie ganz eng geflochten. Der Deckel schließt gut und trotzdem – die Mäuse zwängen sich durch das Stroh.“

Piss-Jule konnte sich nicht beruhigen: „Auch in der Sandvoss-Katze steckt der Teufel, glaubt mir! Anna Sandvoss sollte sie weggeben, aber sie hört ja nicht auf mich.“

Line steckte ihre Nase in das puschelige Fell. Fast musste sie lachen. Es war schon erstaunlich, wie viel sie ausgerechnet mit Anna Sandvoss gemein hatte – gutes Kochen und Backen, eine empfindliche Nase Piss-Jule gegenüber und jetzt auch noch eine Katze.

Line hörte kaum auf Piss-Jules bissige Stimme: „Ihr wisst es doch alle: Katzen sind vom Teufel! Nur weil *de Fromde ut Bremen* euch den *Bookweten* mit der Mühle mahlen lässt, seid ihr jetzt still. Hat sie euch endlich rumgekriegt?“

Anna wurde ärgerlich und wehrte sich: „*Nu wahr di*, Jule, *wees nich so üützig*! Du sitzt doch auch hier bei Line." Piss-Jule blieb davon unbeeindruckt. Zwar ärgerte sie sich, blieb aber stur sitzen.

*

Anna hatte gehört, dass ihre Namensvetterin vom Sandvoss-Hof inzwischen von den Mahlsteinen wusste und sich sehr abfällig über Line äußerte. Sie wollte wohl auch dem Amtmann Bescheid geben, damit der prüfen könne, ob das überhaupt erlaubt sei.

Line wurde sofort ärgerlich: „Was will die Bäuerin denn? Sie hat doch selber eine Handmühle im Haus."

Anna versuchte Line durch Augenkontakt Zeichen zu geben, aber Line war aufgebracht und bemerkte es nicht. „Wir haben das gleiche Recht wie die Bauern. Die Sandvoss ist kleinlich und missgönnt, dass uns die Arbeit schneller als früher von der Hand geht."

Gesche guckte Line bewundernd an: „Dass du dich traust, so zu sprechen!"

Anna wies nun deutlicher auf Piss-Jule: „Hast du genug gehört? Willst du Line nicht schnell auf dem Sandvoss-Hof verpetzen?"

Line war durch ihr eigenes Reden noch stärker aufgebracht: „Ja, Jule, geh du nur, erzähl der großen Bäuerin, was ich eben gesagt habe! Dann weiß sie, dass ich mich nicht für dumm verkaufen lasse. Ich hab keine Angst vor ihr."

Piss-Jule sah verdutzt aus. So deutlich war ihr noch nie das *Nachschnacken* gestattet worden. Sie wischte sich über die Augen und begann ein klein wenig verschlagen zu grinsen: „Wenn *de Fromde ut Bremen* das also durchaus will. Dann geh ich wohl gleich mal zum Hof." Piss-Jule war verschnupft, sie hatte vorhin sehr genau gespürt, dass Line ihr die Wahrheit über das Moorgespenst und den Teufel nicht glaubte. Ohne Abschied watschelte sie davon.

„Line, Line, wenn das man klug war!" Anna drehte vor lauter Aufregung den Mahlstein viel zu schnell. Er ratterte erheblich unter der

Behandlung, sie ließ darum die Hände sinken. „Anna Sandvoss hat dich doch sowieso schon auf dem *Kieker* – vielleicht dürfen wir diese Mühle tatsächlich nicht benutzen?“

Line wurde ganz heiß. Hatte sie einen Fehler gemacht? Aber sie war doch im Recht! „Ob großer Bauer oder kleiner Kolonist, das Mehl für die täglichen *Pannkoken* darf jeder mahlen.“

Anna guckte besorgt, Gesche jedoch wackelte voller Bewunderung für Line mit dem Kopf: „Oh, oh! *Wat büst du klook un so mutig.*“

Anna atmete tief durch, schüttete neue Körner in die Mitte des Steines und begann nun wieder achtsamer zu mahlen. „Ich finde dich ja auch sehr mutig. Bisher hat sich keine von uns Frauen getraut, der Bäuerin zu widersprechen.“

„Großmächtig und selbstherrlich ist sie dadurch geworden“, warf Line dazwischen.

„Du hast sicher Recht, aber wir sind alle von ihr abhängig. Die meisten arbeiten regelmäßig für ihren Hof, als Wäscherin oder im Heu, beim Hanfausziehen. Und die Männer werden zur Heuernte, zum *Bookweten* schneiden und schlagen geholt. Der Zuverdienst hilft uns satt zu werden.“

Das waren eindringliche Worte, Line war inzwischen gar nicht mehr wohl in ihrer Haut. Den Ärger auf Line würde Anna Sandvoss doch sicher nicht an allen Kolonisten auslassen. „Anna, ihr sollt keinen Nachteil durch mein Reden und den Mahlstein haben, dafür werde ich schon sorgen. Und wenn ich selber zum Amtmann nach Osterholz fahren muss, mehr kann ich heute nicht zusichern.“ Kleinlaut kamen diese Töne inzwischen von Line.

Beide Frauen starrten nun voller Bewunderung über solch ein Versprechen auf ihre neue Nachbarin. So eingesetzt hatte sich bisher keiner und schon gar nicht für die Belange der Kolonisten-Frauen.

Line war es trotzdem mulmig. Sie lenkte darum das Gespräch auf die Morde. Bisher hatte jede, die gekommen war, eine eigene Meinung dazu.

Anna berichtete von den Vermutungen ihrer Familie: „Jonny sagt, Fidi Fricke ist als Einziger Nacht für Nacht unterwegs. Er kennt den Mörder und deckt ihn. Wahrscheinlich bekommt er Getreide für sein Schweigen. Also muss es jemand sein, der mehr hat als wir Kolonisten. Und das kann nur ein Bauer sein. Also nur Martin oder Jacob. Wer aber ist so zuvorkommend und trefflich in der Lage, zwei *Mietsches* auf einmal auszuhalten? Der sture Jacob sicher nicht."

Line hörte zwar genau zu, eine Hilfe waren diese Sätze aber nicht. „Waren Jonny oder du in den vergangenen Tagen auf dem Hof?"

Anna nickte: „Ja, ja, wir beide. Jonny hat für Claas die Arbeit bei den Pferden übernommen und ich bin für Clara eingesprungen. Bis Anna Sandvoss eine neue Magd hat, verdiene ich gut bei ihr. Jede Woche ein großes Schwarzbrot und übrig gebliebenes Essen für Zuhause. Einen Beutel mit Salz hab ich auch schon bekommen. Jetzt mache ich mir nur Sorgen um unsere Kinder, wenn wir beide, Jonny und ich, auf dem Hof sind." Anna wirkte verlegen und traurig. „Seit unsere großen Jungen nicht mehr sind, habe ich immer Angst um die Kinder."

Line wusste von Louise, dass Mittelsteiners vor einigen Jahren alle Kinder durch die Masern-Krankheit verloren hatten. Erst danach kamen noch drei auf die Welt. Darum hatte die Familie im Günnemoor neu beginnen wollen. Line verstand Annas Besorgnis. „Unsere Älteste ist fünf und achtet allein auf ihre beiden kleineren Brüder. Sie ist aber noch etwas unüberlegt, wir sagen darum Hupp-Marie zu ihr. Sie lässt auch immer wieder das Feuer ausgehen. Bisher hat Grete für alle Kinder gesorgt. Sie fehlt uns so sehr." Anna seufzte tief.

„Meine Älteste ist doch schon elf Jahre alt, sie passt jetzt auch auf unsere *Jungs un Deerns* auf! Schick deine doch zu uns." Gesche war sichtlich erfreut über ihre Idee.

Line versprach am nächsten Tag rüberzugehen und zu helfen. „Gesche, ihr habt schon genug mit euren Kindern und der vielen Arbeit. Anna, wenn deine drei mir gegenüber nicht scheu sind, dann kann ich sie ja hierher holen."

Anna warf Line dankbare Blicke zu. Weil Line eine solch große Hilfe anbot, dankte Anna ihr durch ein Lob: „Line, Louise hat von deinen Klößen erzählt, die du gekocht hast. Keiner kennt sie hier, aber sie sollen *allerbest* geschmeckt haben. Kannst du mir zeigen, wie sie gemacht werden?"

Line verstand dieses Lob als Dank. Denn nur sehr zögerlich hatte Louise einen Kloß aus *Bookwetenmehl* probiert.

Das Essen war bei den Moorkolonisten genau festgelegt. Ob aus Tradition oder weil wenig Zeit zum Kochen blieb oder weil Mangel an Nahrungsmitteln herrschte, das wusste Line nicht. Frülllerk hatte ihr von Hungersnot berichtet, wenn der *Bookweten* nach dem Einsäen während der *Schafskälte* Frost bekam. Line verstand nur zu gut, wie wertvoll Anna das Brot und restliches Essen vom Sandvoss-Hof beurteilte.

Line als Kolonistenfrau hatte sich von Louise beraten lassen. „Den gemahlenen *Bookweten* mit Wasser über Nacht weichen, am nächsten Morgen etwas Salz und, wenn möglich, ein Ei hineinrühren. Grünen Speck in Scheiben in der Pfanne ausbraten und Teig darauf gießen. Mit einem Deckel wenden." So gab es morgens und abends warme oder kalte *Bookwetenpannkoken*, mittags ebenfalls *Bookwetenpannkoken* oder zur Abwechslung *Bookwetenbree. Graue Arfenzopp* mit Speck galt schon als Sonntagsessen und ein Stück Schwarzbrot mit guter Butter gab es nur, wenn auf dem Sandvoss-Hof ein Brot verdient war. *Warmbeer* und *Karnmelksries* liebten vor allem die Kinder, braunes Fleisch kannten sie kaum.

Es war ein solch eintöniges Essen, Lines Köchinnen-Seele widerstrebte es schnell. Line ließ sich jeden Tag Neues einfallen, die Vielfalt der Grundnahrungsmittel war allerdings noch begrenzter als bei den anderen Familien. Frülllerk hatte ja bisher keine Vorratshaltung betrieben.

Sie hatte schon Sauerampfer und auch Breitwegerichblätter als Grün über die Soße gestreut, gekochte Brennnesseln, die eigentlich das Schwein bekam, hineingerührt, glaubte aber, dass mitgekochte

Zwiebelstücke oder die grünen Röhrenblätter besser wären. In Bremen hatte Frau Eltermann ihre im Keller gut gekühlte Fliederblütenmilch geschätzt. Früllerk hatte mit Line die letzten noch blühenden Dolden gepflückt, nachdem sie vor dem Moorgespenst davongelaufen war. Aus den ersten reifen Kirschen wollte sie eine *Rode Grüüt* kochen. Eine kleine Hand voll Körner würde wohl reichen und wenn sie den Weizen nach dem Mahlen durchsiebte … Aber halt, wenn sie das Mehl stattdessen in die Fliederblütenmilch rühren würde, dann gäbe das ein Flammeri, ähnlich dem englischen flummery! Line strahlte Anna an: „Du, ich zeige dir dazu noch ein Gericht, das deine Kinder bestimmt sehr gern mögen."

Jetzt wiegte Anna ihren Kopf bedenklich hin und her: „Wenn ein Gericht gar zu gut schmeckt, dann essen meine drei zu viel davon. Obwohl ich die Milch unserer Kuh zum Kochen, fürs Buttern und Trinken genau einteile, reicht sie nur verdünnt, wenn ich *Melkzopp* mache. Selbst Jonny will dann mehr, als ihm zusteht. In diesen Tagen ist es nur gut, dass Anna Sandvoss immer reichlich kocht und so etwas übrig bleibt. Es ist ein gutes Erziehungsmittel, denn wenn meine Drei *eisch* waren, gibt es nichts davon."

Line war empört über das Erziehungsmittel Hunger, beruhigte sich aber schnell. Es war sicher nicht leicht, den ganzen Tag von zu Hause fort zu sein und dabei zu hoffen, dass die Kinder nichts anstellen. Die kannten es ja auch nicht, denn bisher waren sie immer unter Aufsicht gewesen. Zu jeder Arbeit wurden alle Kinder mitgenommen, selbst zum Torfstechen. Auch die Jüngsten mussten mithelfen, Quengelei gab es nicht. Und wenn ein hartes Wort nicht reichte, hatten beide Elternteile eine kräftige Hand. Spielen konnten die Moorkinder nur, wenn Feierabend war. Für kurze Zeit waren sie dann genauso laut und wild wie alle Kinder, tobten und zankten, prügelten und vertrugen sich.

Jetzt, während der Sommermonate, war der Tag lang und die Arbeit hörte nie auf. Line verstand Gesche gut, die eine Weile nur da saß und ihr Kind wiegte. Zuhause hätte sie jetzt bis zur Dunkelheit

Bookweten für den nächsten Tag mit ihrem einfachen kleinen Mörser stampfen müssen. Line ahnte, dass ihr eigenes Leben, noch ohne große Familie, sehr viel leichter war. Obwohl sie in den ersten Tagen so große Schmerzen in den Muskeln gehabt hatte. Und nicht jeder Ehemann war so rücksichtsvoll wie Früllerk.

Die Holschen-Tritte von Carl Vollmerding waren schon von weitem auf dem Moorboden zu hören und vor allem zu spüren. „Gesche, *wo bliffst du denn*?“

Das war keine sehr freundliche Begrüßung, Gesche jedoch war sogleich aufgesprungen und rief mit kindlichem Eifer: „Carl, *kiek mol*, Anna mahlt mit dem Mahlstein, der im Torf gefunden wurde!“

„Statt hier zu gucken, solltest du wohl besser zu Hause sein und unseren *Bookweten* mahlen!“

„Aber, Carl, der ist doch schon fertig“, kam besänftigend von Anna.

„Und was treibst du dann noch hier? Zuhause warten deine Kinder auf ihre Mutter.“

Es war ein merkwürdiger Anblick, bei dem Line fast lachen musste. Die riesige Gesche duckte sich vor ihrem wesentlich kleineren Mann. Carl hatte kleine, weit abstehende Ohren, die genau in der Mitte links und rechts des länglichen Kopfes wie angeklebt wirkten. Er war beinahe kahl, nur ein dünner Kranz extrem feiner Haare hing ihm bis auf die Schulter. Seine kleinen flinken Augen musterten gern die Frauen und dabei schnüffelte Carl dann wiederholt mit seiner kurzen spitzen Nase. Gesche sollte sich nicht so klein machen, dachte Line rebellisch. Gesche war da offenbar anderer Meinung, sie dankte Anna artig für das Mahlen, grüßte und stampfte hinter ihrem Mann zum Sanddamm. Carl hatte nur ein Knurren für seine Nachbarinnen übrig. Wieder bewegte sich der Moorboden deutlich schwankend. Und die Richtung, aus der Früllerk vom Boot kam, war ebenfalls zu erspüren. Line hatte bisher nur nicht so sehr darauf geachtet. Anna raffte ihr Säckchen zusammen und wollte nun auch schnell nach Hause.

Augen im Rücken

Am nächsten Tag, nach der Mittagskost

Du kannst doch nicht jetzt während der Mittagshitze nach den Kindern sehen! Leg dich hin und halt Mittagsschlaf, der Tag ist noch lang", forderte Frühllerk aufgebracht: „Line, wir haben noch so viel Arbeit. Diese heißen Sommertage brauchen wir beide. Je mehr Torf wir gestochen haben, desto mehr kann ich verkaufen. Und er trocknet jetzt gut und schnell. Und abends hast du doch auch noch genug Arbeit, mit den *Tartuffels*, mit dem Kochen, mit Melken und Füttern. Dazu die Frauen, die zum Mahlen kommen und deine Zeit beanspruchen. Es war wirklich vorschnell von dir es Anna zu versprechen. Die drei Kinder sind bisher auch gut zurechtgekommen. Du kannst doch heute Abend hingehen."

„Heute Abend sind Anna und Jonny ja selber wieder da. Ich habe versprochen, mich zu kümmern und was ich versprochen habe, halte ich auch. Die drei sollen den Fliederblüten-Flammeri kriegen, den ich extra für sie gekocht habe. Du hast ja deinen *Kump* schon restlos leer gegessen."

„Das war aber auch zu lecker!" Frühllerk wurde wieder versöhnlich. „Schade, dass es keine Fliederblüten mehr gibt. Das könnte ich jeden Tag essen. Line, ich mach mir doch Sorgen um dich. Geh meinetwegen rüber. Aber du weißt, du musst gleich wieder arbeiten, wenn du zurückkommst."

*

Sie hatte schon wieder das Gefühl beobachtet zu werden. Line versuchte nicht schneller zu gehen. Sie hatte doch keine Angst vor Piss-Jules Moorgespenst.

Frühllerk hatte darüber nur gelacht. Genauso über die Geschichte von Puschel als kleinem Teufel. „Du wohnst im Duvelsmoor – oder

Düfelsmoor – im Teufelsmoor. Hier muss es einfach viele Geschichten geben." Was hatte er von den beiden Bräuten aus der Geschichte erzählt? Beide liebten denselben Mann, eine war mit dem Teufel im Bunde, denn sie gab der anderen eine verhexte Birne. Sie bestand in Wirklichkeit aus einer Brut Eidechsen oder so ähnlich. Wie gut, dass die Birnen noch nicht reif waren. Aber hatte Piss-Jule gestern nicht etwas von einem *Hartworm*, einer Blindschleiche, gesagt? Eidechsen oder Blindschleiche, Line wurde das Gefühl nicht los, dass sie auf dem Sanddamm nicht allein war. Trotz des Sonnenscheins wurde ihr mulmig im Magen. Sie guckte sich nach allen Seiten um, drehte sich vom Sanddamm zum Grundstück der Mittelsteiners und lief förmlich über den Graben-Steg. Beinahe wäre ihr die Schale mit dem Flammeri aus der Hand gerutscht.

Ihr liefen die kalten *Greesen* über den Rücken. Tief durchatmend blieb sie stehen und sah sich um. Hier war das Gebüsch zwischen den Birkenstämmen nicht sehr dicht. Sie blickte in alle Richtungen: Da war nichts. Woher auch? Dass sie sich von den Altweiber-Geschichten so durcheinander bringen ließ! Sie war doch bisher nicht ängstlich gewesen. Froh über den Anblick der Kate ging sie rufend den schmalen *Pad* entlang.

Die Kinder waren nicht zu sehen. Line rief weiter, vielleicht waren sie nur schüchtern. „Ich habe etwas Süßes für euch", dieser alte Trick würde doch wohl funktionieren.

Eine weinerliche Stimme drang aus dem Inneren der Kate: „*Schimpst du nich mit us*?"

Mit beruhigender Stimme öffnete Line die Katentür: „Nein, ich schimpf nicht. Was ist denn passiert?"

„*Wie hebbt de Melk utkippt*. Aber das war keine Absicht, die *Milchsatte* stand im Weg." Ein etwa fünfjähriges, aber sehr schmales flachsblondes Mädchen schniefte durch die Nase. Zwei kleine, ebenso blonde Jungen, Paul und Peter, hielten sich an der Hand und blickten scheu auf die Frau, die sie kaum kannten. „Ich wollte meinen Brüdern einen *Pannkoken* durchschneiden und dabei ist er immer hin und her gerutscht und gegen die Satte gerutscht und die ist fast vom Tisch gerutscht und da ist die Milch …"

„… rausgerutscht?" Line musste schmunzeln. Die Kinder in Bremen zankten und schubsten sich genauso. Aber immer gab hinterher einer dem anderen die Schuld. Eine solche Solidarität unter Geschwistern hatte sie noch nicht erlebt.

Sie stand nun ganz in der verräucherten Kate. Der Grundriss war etwas größer als der ihrer eigenen Hütte. Im Halbdunkel erkannte Line zwei *Butzen*. Sicher eines für die Eltern und das andere für die Kinder. Es gab eine lange Sitzbank an der Wand und auf dem Tisch stand die Sattenschale mit einem kleinen Milchrest. Auf dem Boden war ein großer heller Fleck zu sehen, da war wahrscheinlich die Milch versickert.

„Mudder hat heute Morgen alle gemolkene Milch hineingegossen. Es sollte *Dickmelk* werden. Weil es doch so schwül ist."

„Wie viele Kühe habt ihr denn?"

„Na, die eine doch, wie alle hier", kam die etwas erstaunte Antwort. Die Frau von Früllerk schien ein bisschen dumm zu sein, das hörte Line belustigt am Tonfall des kleinen Mädchens.

„Weißt du, ich bin noch nicht lange hier im Moor, ich weiß das alles nicht so genau. Du *büst* Marie, nich' wahr? Vielleicht kannst du mir helfen zu lernen?"

Skeptisch und vorsichtig nickte das Mädchen.

„Ich mach euch einen Vorschlag. Ihr geht jetzt mit zu Frülllerk. Dann melke ich unsere Kuh und die Milch gießt ihr in eure Satte. *Mudder* und *Vadder* werden sicher schimpfen. Aber vielleicht nicht so doll. Wollt ihr mitkommen?"

Drei kleine Flachsköpfe nickten.

„Und diesen *Kump* hier, den möchte ich gern leer wieder mit nach Hause nehmen. Ob ihr das für mich besorgen könnt?"

Nun schon mutiger geworden griffen sechs Hände nach der Schüssel.

„Vorsichtig, nicht, dass ihr den auch noch auskippt!"

Erschrocken hielten die drei inne und warteten, bis Line den *Kump* auf den Tisch gestellt hatte. Enttäuscht sahen sie dann aber auf Line. Das, was da in der Schüssel war, das kannten sie nicht.

„Habt ihr einen Löffel?"

Mit einem kleinen Holzlöffel schob sie dem Mädchen ein wenig Flammeri in den Mund. Obwohl Hupp-Marie sich eigentlich abwenden wollte, schmeckte sie die Süße: „Hm, *dat is fein sööt.*"

Innerhalb weniger Minuten war der *Kump* leer. Hupp-Marie hatte jedoch darauf geachtet, dass jeder seinen gerechten Anteil bekam. Als zukünftige Hausfrau wollte sie nun aber auch wissen, was sie da gegessen hatten.

„Das war süße Milch mit Honig und Fliederblüten."

„Bist du denn *de Flieder-Fru*?" Paul und Peter fragten gleichzeitig.

Line lachte und meinte: „Lasst uns jetzt zu Früllerk gehen. Unterwegs erzählt ihr mir dann von der *Flieder-Fru*, ja?"

*

Durcheinander redend, rufend und gar nicht mehr scheu kam die kleine Gruppe zu Früllerk, der im Hütten-Schatten seinen Mittagschlaf hielt. „*De Flieder-Fru* melkt eure Kuh! *De Flieder-Fru* melkt eure Kuh!"

Früllerk hob seine Augenbrauen und schüttelte schmunzelnd den Kopf. „Unsere Kuh ist erst heute Abend wieder dran."

„Nein, nein! *De Flieder-Fru* melkt eure Kuh. Sie hat es versprochen." Der Singsang der Kinder steigerte sich zu lautem Geschrei.

Beide Erwachsenen hielten sich lachend die Ohren zu. Line beendete das Spiel: „Wo ist denn bloß unsere Kuh? Sucht sie und sagt mir dann Bescheid!"

Die Kinder rannten los.

„Es war gut, dass ich rübergegangen bin, Früllerk. Sie hatten gerade die ganze Morgenmilch verschüttet. Ich habe ihnen versprochen, unsere Kuh zu melken. Wir bringen die Milch dann gleich rüber.

Sie wird vielleicht zu morgen noch dick. So hatte es Anna jedenfalls geplant."

„Line, was tust du da? Wenn die Kinder Blödsinn gemacht haben, dann müssen sie die Strafe auch ausbaden. Die Kuh gibt doch jetzt nicht schon wieder Milch. Und was trinken wir heute Abend? Was werden Anna und Jonny zu deiner Einmischung in ihre Erziehung sagen? Und willst du gleich noch einmal rübergehen, während der großen Hitze?"

Lines Stimmung sackte in den Keller. Mit den Kindern war sie so fröhlich gewesen. Sie hatte sich über deren Zutraulichkeit gefreut und nun machte Früllerk alles mit ein paar Sätzen zunichte. Ihr kamen die Tränen: „Oh, Früllerk, ich wollte doch …"

Früllerk hatte seine Line noch nie so ausgelassen in ihrer neuen Heimat gesehen wie gerade eben. Die drei Mittelsteiner Kinder waren auch selten so ungezwungen– ihm war plötzlich nicht wohl, diese Gefühle zu unterbinden. „Is' ja schon gut. Melkt ihr ruhig die Kuh. Die Kinder sind eh viel zu dünn. Und wir haben dank deiner ideenreichen Kochkunst reichlich und gut zu essen", beruhigte er seine Frau.

Die Kinder stürmten um die Ecke. „Da am Graben liegt sie. Hast du einen Eimer?"

Line zwinkerte die letzten Tränen fort und holte den hölzernen *Daubeneimer*. Er war unten breiter als oben und kippte dadurch nicht leicht um. Die Kinder zogen sie förmlich zur Kuh. Line streichelte und klopfte ihre Trina, um sie zum Aufstehen zu bewegen. Unwillig blickte die Kuh mit ihren großen braunen Augen auf das Geschehen.

Die beiden Brüder schleppten miteinander den Holzeimer zum Graben und holten Wasser. „Vor dem Melken muss die Kuh immer erst saufen", klärten sie Line auf. Hupp-Marie holte auch noch den Holzklotz, den Line als Melkschemel benutzte.

Nachdem Trina sich bequemt hatte hochzukommen, schnob sie in den Eimer, den ihr die Jungen hinhielten, begann dann aber in tiefen, behaglichen Zügen und mit einem befriedigten Brummen zu saufen. Das Wasser troff ihr vom Maul und lief zusammen mit ihrem Speichel als dünner Faden zu Boden, nachdem der Eimer fortgenommen war.

Trinas Euter war weich, nicht so prall gefüllt wie sonst. Während Hupp-Marie den Kuhschwanz hielt, strich und drückte Line von oben mit den Fingern an der Zitze nach unten. So hatte sie es bei Louise gelernt. Im dünnen Strahl schoss die Milch heraus. Es spritzte nach allen Seiten, klang gleichmäßig dumpf im *Daubeneimer* und begann zu schäumen, nachdem der Boden des Eimers mit Flüssigkeit bedeckt war.

Line mochte den Duft von frischer warmer Milch, der sich mit dem Geruch der Kuh mischte. Süßlich und würzig, auch vom Zermalmen des Grünfutters, dazu streng und herb durch die Kuhmistreste am Schwanz und an den Beinen. In der warmen Moorsonne genoss sie die Luft ohne den dumpfen und penetranten Gestank der Stadt.

Die vier Zitzen waren bald ausgemolken. Es war nicht sehr viel geworden, aber besser als gar keine Milch, tröstete sich Line. Hupp-Marie half eifrig, die Milch in Lines Kruke zu gießen. Die Jungen gaben in der Zwischenzeit dem Schwein und den Hühnern zu trinken.

„Die *Froonslüe* können ja dann die Milch zu euch rüberbringen", zwinkerte Früllerk den Jungen zu.

Eilig und mit wichtiger Miene machten sich die beiden ans Werk.

*

Anna holte erst am Abend ihre Kinder ab. Jonny hatte, nach der Arbeit auf dem Sandvoss-Hof, noch genügend im eigenen Torfstich zu tun. Anna brachte auch ihren *Bookweten* für den kommenden Tag wieder mit. Sie lobte die Steinmühle ein ums andere Mal, schimpfte aber während des Mahlens mit ihren Kindern. Nur vorsichtig traute sie sich Line zu fragen, ob sie wieder nach den Kindern sehen würde. Es wäre auch ein Ende abzusehen, denn Borcherts Versprochene würde eher als geplant ins Moor kommen und Claras Stelle einnehmen.

„Eine Sorge weniger, wenn ich wieder auf meine Kinder achten kann und eine Sorge mehr, wenn es den Verdienst nicht mehr gibt“, seufzte Anna und eilte sich, mit ihren dreien nach Hause zu gehen, denn sie musste noch Pannkoken für den nächsten Tag backen.

Noch lange hörte Line die begeisterten Kinder-Stimmen: „*Mudder*, un’ denn hat *de Flieder-Fru* uns ein Essen gemacht, wie es sonst nur der König hat. Das war was ganz Fremdes und wir mochten es zuerst nicht probieren. Aber wenn der König – und auch die Königin – es doch essen und Frülllerk fand es auch mächtig gut und ich hab es mitgekocht und dann als erste gegessen. Das heißt *Tartuffels*.“

„Und wir haben Frülllerk ganz doll geholfen. Er meinte, ohne uns hätte er nicht so viel geschafft. Morgen müssen wir ihm wieder helfen. Die Tiere brauchen doch jetzt in der Hitze viel frisches Wasser zum Saufen.“

Unwetter

Im Juli

Schon früh am Morgen war es in der Hütte und im Bett entsetzlich schwül. Früllerk erwartete ein Gewitter und stand auf. Er wollte nachsehen, ob die Torfringel sicher gestapelt waren, falls mit dem Gewitter ein Regenschauer käme.

Ihm waren auch wieder die Ratschläge von Magnus Jochimson, dem Vater des Amtmanns, eingefallen. Die *Tartuffels* mögen es nicht gern nass. Bisher war das in der großen Hitze kein Problem gewesen. Aber falls es regnen würde, könnten sie leicht faulen. Der Moorboden speicherte die Nässe wie ein Schwamm. „Ich will heute Morgen lieber eine Rinne außen um die *Tartuffels* ziehen", erklärte Früllerk während des Frühstücks. „Line, du kannst zwischen den *Tartuffelreihen* eine oder zwei Furchen graben. Am besten mit einem leichten Gefälle."

„Aber die Kinder kommen doch, was machen wir mit denen?"

„Na, die beiden Jungs werden mir eine gute Hilfe sein. Sie können die abgestochenen Heidesoden neben der Hütte stapeln. Vielleicht war deine Idee, auf alle drei aufzupassen, gar nicht so verkehrt", grinste er seine Frau augenzwinkernd an.

„Und Hupp-Marie? Ob sie wohl schon die Mühle bedienen kann, Früllerk?"

„Na klar, unsere Moor-Mädchen sind kräftig. Und daran wird sie ihre helle Freude haben, glaub mir!"

„Dann soll sie den *Bookweten* für heute Mittag mahlen. Und hinterher kann sie doch wohl die Nesseln da hinten an der Beek schneiden. Ich will sie für heute Abend überbrühen und zusammen mit etwas *Bookweten* an das Ferkel und die Hühner verfüttern."

„Line", erschrak Früllerk, „wir haben doch keinen *Bookweten* für das Schwein übrig! *Wat schall dat?* Meine Zeit! Du bist nicht in Bremen und hast keine Vorratskammer, die unerschöpflich ist."

Line starrte bestürzt auf ihren Mann. So hatte sie das nicht gemeint. „Ich weiß, Früllerk, aber … ich … du … Früllerk, ich hab doch in der Ecke hinten, hinter äh … unter dem Bett …“, stotterte sie vor lauter Schreck.

„Was hast du … ?“, rief Früllerk mit schneidender Stimme. Diesen Tonfall hatte Line bisher nur ein einziges Mal gehört, als Früllerk sie gegen Clara verteidigt hatte und wirklich wütend war. „Früllerk, ich hab doch alten und verschimmelten *Bookweten* gefunden. Beim Saubermachen unter dem Bett, da lag total mit Staub und Spinnweben zugedeckt ein Leinensäckchen mit einer großen Menge Körner. Die sind schlecht, wir können die bestimmt nicht mehr essen und da dachte ich …“ Sie schluckte schwer. „Da dachte ich … ich wollte sie doch nicht verkommen lassen und da dachte ich, das Schwein darf das bestimmt noch fressen.“ Nun schluckte Früllerk erleichtert: „Oh, Line, sag das doch gleich! Da hab ich dir wohl Unrecht getan. Nachdem du mir gestern erzählt hast, dass du schon wieder das Gefühl hattest beobachtet zu werden … da dachte ich … Es gibt so was wie den Moorkoller, nicht vorhersehbar werden Menschen dann komisch. Und eben dachte ich, du wirst komisch, weil du mit unserem *Bookweten* so verschwenderisch umgehst.“ Früllerk lachte verlegen.

Line war immer noch ganz elend zumute. „Du hast ganz strenge Augen gehabt, Früllerk. Du hast mir Angst gemacht.“

„Komm in meine Arme.“ Früllerk öffnete beide Arme weit. Das war seine Form der Entschuldigung.

*

Hupp-Marie füllte schon zum zweiten Mal die Tonkruke mit frischem Graben-Wasser. Den Erwachsenen wie den Kindern klebte die Zunge am Gaumen. Jede Handbewegung war bei dieser Schwüle anstrengend.

Line kannte zwar große Hitze aus Bremen, aber dort hatte sie sich immer wieder im Keller oder auf der Diele ein wenig abgekühlt. Hier jedoch brachte nicht einmal der Schatten der Moorhütte Erfrischung, denn die Heidesoden und das Holz, aus dem die Hütte gebaut war, speicherten die Wärme.

An diesem Nachmittag wirkte die Sonne wie ein riesiger glühender Ball. Man konnte nicht einmal in ihre Nähe blicken, so sehr stach das Licht in den Augen, grell und gleißend. Früllerk hatte die Idee, zum Abkühlen an die Beek zu gehen. Aus Bremen war ihm das vertraut, die Jungen schwammen in der Weser und die Mädchen saßen auf den untersten Treppenstufen an der Schlachte und ließen die Beine ins Wasser baumeln. Nach Früllerks Vorschlag sahen Paul und Peter ihn jedoch verständnislos an und Hupp-Marie sagte sofort: „*Dat dröövt wi nich.*“

Früllerk meinte leise über die Köpfe der Kinder hinweg: „Moorkindern ist das fremd. Sie können während der Arbeit den ganzen Tag mit den Beinen im Moorloch stehen, aber Baden und zu viel Wasser am Körper halten die Leute hier für ungesund. Über Hans sagen sie, er spielt mit seinem Leben, nur weil er ein bisschen schwimmen kann.“

Line lächelte. Sie war froh, dass der Streit vergessen war.

*

„Früllerk, wir haben doch feine Rinnen für die *Tüffels* gemacht, oder?“ Die drei *Mannslüe* standen vor dem Acker und begutachteten ihre Arbeit. Die Kinder hatten das Unkraut und alles Grünzeug mit der Hand ausgerissen. Sie waren sichtlich stolz auf ihre Leistung. Ihre Eltern hatten sie gut zum Arbeiten angeleitet. Früllerk lobte sie gern und mit Recht.

Line hatte inzwischen Rillen um das Gemüseland gegraben. Die Erbsen, die Früllerk noch vor Ostern gelegt hatte, standen wie die Saubohnen hoch im Kraut. Auch Zwiebeln hatte er gesetzt, denn der Garten war noch von den Vorbesitzern urbar gemacht worden. Im kommenden Jahr müssen wir die Pflanzfläche vergrößern, dachte

Line, während sie ihre Blusenärmel hochkrempelte. Die Luft war heiß, wie aus einem Backofen.

Sie hatte Hupp-Marie Erbsenschoten pflücken lassen. Das kleine Mädchen half ihr beim Auspulen und durfte einige Erbsen in den Mund stecken. Line hatte erstaunt gemerkt, dass Hupp-Marie den Geschmack der rohen, süßen Erbsen nicht kannte. „*Mudder* sagt, sie wären noch nicht reif zum Essen", hatte sie erklärt. Line ahnte aber, warum Anna das sagte. Wenn die Kinder auf den Geschmack kämen, würden sie sicher alle Schoten so früh pflücken wollen und dann gäbe es keine Erbsen als Wintervorrat.

Line und Hupp-Marie wischten sich mit der Schürze den Schweiß aus dem Gesicht und beugten sich wieder über die Erbsenschoten.

Aufgeschreckt rissen sie sofort wieder die Köpfe hoch und schrien auf: Ohne Vorwarnung zuckte ein greller Blitz über den Himmel und ohrenbetäubender Donner krachte gleichzeitig. Fast ohne eine Pause blitzte es ein zweites Mal und wie ein Nachhall des ersten, dröhnte der nächste Donnerschlag.

Hupp-Marie zitterte am ganzen Körper, dachte aber sofort besorgt an ihre Brüder: „Wo sind Paul und Peter? Sie haben große Angst vor Gewitter."

Eine schwarze Wolkenfront schob sich drohend vor die Sonne. Der Himmel verdunkelte sich, gleich würde es regnen.

Früllerk rief nach Hupp-Marie. Die Jungen umklammerten fest seine Beine. Er konnte kaum gehen, so verängstigt waren beide. „Bring die Kinder in die Hütte", befahl Früllerk. Auch er war zutiefst erschrocken. „Ich hol die Kuh und bind sie an der Hütte an. Die Hühner kommen von allein, wenn es erst regnet. Beeil dich!"

Line schob die Geschwister in die Hütte. Auch Line hatte sich von dem Schrecken noch nicht wieder erholt. Selbst das Ferkel quiekte, als suche es Hilfe und Zuwendung.

In der Hütte war es dunkel und rauchig, das Torf-Feuer glimmte nur schwach. Die Geschwister standen direkt vor dem Bett und hielten sich eng umklammert. Line legte die Arme um alle drei. Um sie zu beruhigen, summte sie ein Kinderlied, das ihr gerade in den Kopf kam: „Heile, heile, Segen, drei Tage Regen, drei Tage Sonnenschein, wird bald wieder besser sein." Ihre Mutter hatte es immer gesungen, wenn Line als kleines Kind gefallen war. Das Zittern in den kleinen Kinderkörpern ließ ganz langsam nach. Trotz der Aufregung genoss es Line, den Kindern so nahe zu sein.

„Hupp-Marie, legst du Torf nach?" Vielleicht ließen sich Kinder durch eine Aufgabe ablenken. „Paul und Peter, das Ferkel hat große Angst, ob ihr es wohl beruhigen könnt?"

Nur sehr zögerlich, aber doch auch stolz über den neuen Auftrag, lösten sich die Geschwister aus der gegenseitigen Umklammerung.

Eine Windböe ließ die Hütte erzittern. Es raschelte und knisterte in Intervallen, sobald der Wind kam. Leiser, wie von weiter weg, schwirrte und rauschte es dazu. Line hatte dieses Geräusch noch nicht gehört. Den Kindern war das jedoch selbstverständlich und vertraut. Es kam vom Wind, der in den Bäumen am Sanddamm raschelte. Und das Knistern kam vom Strohdach. Line hatte bisher nur ruhige und sonnige Tage im Moor kennen gelernt.

Während sie den fremden Geräuschen horchte, jagte Puschelchen kläglich maunzend in die Hütte und versuchte mit einem Sprung an Line hoch zu klettern. Die kleinen, spitzen Krallen drangen durch den Rock und saßen tief in Lines Oberschenkel.

„Hupp-Marie, hilf mir, schnell!", stöhnte sie. Zum Glück waren die Kinder inzwischen gute Freunde der Katze geworden. Marie löste die Krallen und Line hob die kleine verängstigte Katze hoch, die sich sofort in Lines Achselhöhle verkroch. Mit der freien Hand rieb Line ihren Oberschenkel. Sie wünschte, Früllerk würde kommen. Sie wusste nicht, wie schlimm ein Gewitter im Moor werden konnte und stellte sich suchend in die offene Tür. Wo blieb er denn nur?

Wieder zerriss ein Blitz den gesamten Himmel und der Donner dröhnte fast gleichzeitig. Wie eine dunkle Wand breitete sich die riesige schwarze Wolke aus und zog beängstigend schnell heran.

Line ging ein paar Schritte um die Hütte herum. Vielleicht konnte sie Früllerk sehen. Auf dieser Seite sah der Himmel ganz anders aus. Der strahlend blaue Himmel der vergangenen Wochen überzog sich mit verschiedenen Lagen von Wolken, ganz hellgraue hoch oben, darunter abgerundete dunklere Wolken und noch tiefer schmutzig graue, die rasend schnell mit dem Wind heranjagten.

Die grauen Wolken verbanden sich mit der schwarzen Wolkenwand, das letzte kleine Stück Himmel dazwischen schimmerte türkis. Der Wind wurde heftiger mit einzelnen Böen. Es wurde dunkel, aber mit einer Klarheit, dass Line jedes Blatt im Gemüsegarten, jede Blüte im Heidekraut deutlich erkennen konnte.

Die Bäume vorn am Sanddamm standen bewegungslos still, dann, wie von einer großen Hand geschüttelt, peitschten sie unvermittelt hin und her. Die Böen kamen in immer kürzeren Abständen, Line spürte den warmen, schwülen Wind unangenehm heiß auf ihrer Haut. Der Schweiß lief ihr den Rücken hinunter. Sie hatte sich gewünscht, er würde erfrischen.

Ein Blitz zuckte quer über den ganzen Himmel. Lines Rufen nach Früllerk ging im ohrenbetäubenden Donner unter. Mehr als um die Kinder sorgte sie sich jetzt um ihren Mann. Einige Vögel, Hausspatzen und eine Schwalbe landeten verschreckt und aufgeregt im Strohdach.

Der Wind frischte auf, war angenehmer, aber er zerrte nun Haarsträhnen aus Lines Haube. An mehreren Stellen gleichzeitig flackerten jetzt kleinere Blitze auf. Dazu knatterte der Donner rollend aus allen Richtungen, Schlag auf Schlag.

Aufgeregt gackernd stoben die Hühner zur Tür und verkündeten so den Beginn des Regens. Die ersten Tropfen, fast nur eine Ahnung, verdunsteten sofort in der warmen Luft. Dann fielen dicke Tropfen zu Boden, Tropfen, die richtig knallten, wenn sie die Erde oder das Dach trafen. Line stand still, hielt ihr Gesicht und die nackten Arme in den Regen. Jeder Tropfen ließ sie zusammenzucken, denn das Wasser war eiskalt auf der erhitzten Haut. Der Heide-Boden begann zu dampfen.

Line eilte zurück zur Hüttentür. Die Kinder waren schon zu lange allein mit ihrer Angst. In der Hütte war es dunkel. Alle drei saßen zusammen mit der Katze im Schweinekoben, dicht an das Ferkel geschmiegt. Lines beruhigender Satz ging im Donner unter. Sie blieb nahe am Eingang stehen. Wo blieb nur Früllerk?

Der Regen wurde immer stärker und rauschte in den Bäumen hinten am Sanddamm. Der Wind bog die Stämme hin und her. Das Knallen der dicken Tropfen aber, die neben der Hütte zu Boden fielen, übertönte alles.

Zwischen die Regentropfen mischten sich nun immer mehr Hagelkörner. Donner und Blitz wechselten sich inzwischen nicht mehr ab, es gab nur noch ein Durcheinander von Geräuschen und gleißendem Licht.

Früllerk kam mit langen Sätzen um die Hausecke ins Innere gesprungen. „*De verflixte Koh*!", rief er, um das Getöse zu übertönen. „Natürlich war sie ganz hinten am Quergraben, dort wächst etwas Gras. Als ich fast bei ihr war, sprang sie los, als säße *de Düvel* auf ihr. Ich musste sie den ganzen Weg ziehen und schubsen, damit sie mit mir kam und ich sie nah am Dach festbinden konnte." Er schüttelte sich und wischte die Hagelkörner mit gespreizten Fingern aus dem Haar.

Line schmiegte sich an ihn und Früllerk legte seinen Arm um sie. Was er sagte, hörte sie nicht, aber seine Augen blickten sie zärtlich an. Obwohl Himmel und Moor inzwischen nur noch eine einzige grieselige Wand waren, die Hagelkörner groß wie ein Daumennagel auf den Boden prasselten und der Wind am Dach der Hütte riss und zerrte, wirkte Früllerks Nähe auf Line beruhigend.

Nach nur wenigen Minuten fiel der Hagel nur noch vereinzelt, das ganze Moor sah aus wie verschneit und es begann wieder stärker zu regnen. Die Luft kühlte rasch ab. Der Wind blies angenehm kühl in die Hütte hinein, die wenige Glut im Torffeuer flammte dadurch auf. Früllerk beeilte sich Torfstücke nebeneinander über die Feuerstelle zu verteilen. Line verstand sofort: Die Glut konnte sonst ins Dach wehen. Es qualmte stark und Line blieb in der Türöffnung stehen. Eine harte

Windböe riss unerwartet am Strohdach, Funken glühten trotz Früllerks Vorsorge auf, er trat sie sofort mit dem Holschen aus und beobachtete sorgenvoll den Innenraum. Es war noch einmal gut gegangen.

Das Grollen des Donners wurde wieder kräftiger, obwohl der Horizont, von der Sonne rötlich angehaucht, aufhellte. Line hatte sich gerade den Kindern zugewendet, als der Regen plötzlich sintflutartig auf den Boden prasselte. Die Hagelkörner schmolzen, es regnete maßlos, Wasser stand blitzschnell überall auf dem ganzen Moorboden.

Früllerk warf nur einen flüchtigen Blick nach draußen und begann sofort die Weidenkörbe auf das Bett zu stellen. „Hilf mir beim *Kornkümp*, Line! Line, schnell, den Stamm müssen wir hoch stellen!" Früllerks Stimme war überlaut. Line blickte ihn verständnislos an, fasste aber den Stamm mit an. Früllerk hob noch den Nachttopf und sein Werkzeug, das unter dem Bett gelegen hatte, auf und warf alles aufs Bett. Er zerrte am Tisch, wuchtete ihn hoch und stülpte ihn über die Körbe auf das Bett. Line verstand seine Vorgehensweise nicht, sie wurde stattdessen ein bisschen ärgerlich. Ihr schönes sauberes Bett!

Hupp-Marie hatte als Moorkind Erfahrung, sie gab sofort die kleine Katze Peter in den Arm, zeigte Paul, dass er auf das Ferkel achten sollte und setzte die Hühner auf die Holzstange.

Line stand mit ihren Holschen im Nassen. Sie wusste gar nicht, woher das ganze Wasser gekommen war. Nun begann es auch von oben durch das Dach zu regnen. Der Hüttenboden verwandelte sich in glitschigen, schwarzen Morast. Line stand unfähig und fassungslos neben der Tür. Weder drinnen noch draußen gab es einen echten Unterschlupf. Sie hatte gelernt, die Hütte als neues Zuhause zu akzeptieren, aber jetzt ...? Wie sollten sie sich schützen? Wo sollten sie heute Nacht schlafen? Wie würde alles wieder trocken werden? Und wie würde es erst im Herbst und im Winter werden?

Da der Wolkenbruch die Geräusche des Gewitters überdeckte, hatten die Geschwister ihre Angst verloren. Die Jungen schichteten das Heu zu einem hohen Turm auf und Hupp-Marie rutschte und schlidderte vom Schweinekoben zu Line. „Line, wo ist der *Füerkump*? Und der Milchtopf dort auf dem Bord ist nicht abgedeckt. Der *Füerkump*, wo ist der? Line!"

Das Mädchen merkte, wie durcheinander Line war und tröstete mütterlich: „Das hört bald auf zu regnen und den Donner hör ich fast gar nicht mehr!" Sie rüttelte Line am Arm und drängte: „Wo ist euer *Füerkump*, das Feuer geht im Regen aus."

Durch ihr Drängen wurde Früllerk aufmerksam. Er ahnte, wie Line zumute war und rutschte auf seinen Holschen hinüber. Er umarmte sie und zeigte dabei Hupp-Marie mit dem Finger, wo der Topf stand, in dem das Mädchen die Glut verwahren sollte. Hupp-Marie schüttelte ihren Kopf und schob mit einer geschickten Handbewegung und einem Stückchen Torf die Glut in die Schüssel. Das Feuer war gerettet. Das Kind stieg vorsichtig auf die Bank, wedelte die Fliegen beiseite und legte einen Holzteller auf den Milchtopf. Die Milch verwässerte sonst so sehr. Suchend blickte sie um sich. War Suppe im *Grapen*? Ja, schnell das Holzbrett drauf! An Speck und Mettwurst, die vom Hüttendach hingen, lief der Regen ab, darum musste sie sich nicht kümmern. Aber was war mit dem Hühnerfutter? Line hatte von verdorbenem *Bookweten* erzählt? Früllerk strich Line immer wieder beruhigend über den Rücken: „Line, glaub mir, das trocknet ganz schnell wieder, auch hier in der Hütte. Du hast doch gemerkt: Sogar die Kinder wissen, was dabei zu tun ist. Du musst dir keine Sorgen darum machen. Wenn der Regen aufgehört hat, tragen wir die Sachen nach draußen und du sollst mal sehen, heute Abend ist alles wieder trocken!"

Line schluckte, um nicht zu weinen. Mit der großen Hitze, Tag und Nacht, hatte sie sich abgefunden, das kannte sie. Die primitive Hütte und das wenige Hausgerät, das ließ sich nach und nach alles ändern. Aber gegen das Wetter wusste sie nichts zu tun. Was würde noch alles auf sie zukommen? Früllerk versuchte sie aufzumuntern: „Du, ich habe das bisher allein geschafft. Nun sind wir doch zu zweit. Und du sagst immer, zu zweit schaffen wir viel mehr."

„Ja, wir schaffen viel, was können wir aber gegen das Wetter und die Jahreszeiten tun?", schluchzte Line nun doch und begann krampfartig zu weinen. „Im Winter steht das Wasser knöcheltief hier in der Hütte und dann friert es. Genauso hat es Herr Eltermann beschrieben und alle warnten mich."

Durch Früllerks Körper lief der Schreck. Line spürte es am eigenen Körper. Was hatte sie da gesagt? Er hatte doch so schon Sorge genug, dass sie nicht hier sein mochte. Nun streichelte sie ihn und versuchte wieder gut zu machen, was sie gesagt hatte: „Entschuldige Früllerk, so hab ich das nicht gemeint. Ich kann das alles aushalten, aber nur mit dir zusammen. Und vielleicht fallen uns ja auch Verbesserungen ein. Früllerk, ich liebe dich und will bei dir sein. Nur bei dir!"

„Oh, Line", Früllerk drückte seine Frau ganz fest an sich und vergrub sein Gesicht in ihrem Haar.

„Ich hab doch nur einen solchen Schrecken bekommen, Früllerk. Zuerst hatte ich Angst um dich, als du die Kuh gesucht hast. Und das Gewitter immer stärker wurde. Und dann kam das Wasser. Ich hab mir nicht vorstellen können, dass so viel Regen in die Hütte kommt. Ich weiß auch jetzt noch nicht, wie das passieren kann."

„Das macht der Regen!", rief Peter mit tiefer Stimme voller Überzeugung. Den Kindern war die Szene des jungen Paares unbehaglich geworden. So viel redeten ihre Eltern nicht über Liebe. So viel *Gewese* wegen ein bisschen Regen!

Line und Früllerk begannen zu lachen. „Weißt du denn auch, warum das Wasser in der Hütte steigt? Kommt mal alle mit nach draußen, dann erklär ich es euch", forderte Früllerk auf. Das Gewitter hatte sich verzogen und es war angenehm kühl geworden. Der Himmel war immer noch sehr dunkel, entfernt grummelte es auch, aber die Vögel begannen schon wieder zu zwitschern. Wie erfrischt wirkten Moor und Heidesträucher. Jedes einzelne Blatt begann zu glitzern. Die Sonne brach sich eine Bahn durch die Wolkendecke und brachte jeden Wassertropfen zum Funkeln.

Die Bäume am Sanddamm waren still geworden, nur in den Spitzen bewegten sich die kleinen Äste. Tropfen fielen unablässig auf die Erde, als würden flimmernde Juwelen herunterrieseln. Auf dem Moor standen überall große Wasserlachen.

„Das ganze Moor hier", begann Früllerk zu erklären, „alles, was ihr seht, ist voller Wasser. So wie sich ein Schwamm voller Wasser saugen kann, so ist hier das Wasser in der Erde. In Waakhausen, das ist auf der anderen Seite von Worpswede, da schwimmt bei Hochwasser sogar das ganze Land auf dem Wasser. Line, wir sind daran vorbeigekommen, nachdem ich dich in Bremen abgeholt hatte."

Line nickte nur, sie wusste nicht genau, wo das war.

„Im Sommer, wenn es sehr warm ist, trocknet nur die Oberfläche. Paul und Peter, als wir die Rinne für die *Tüffels* gruben, da habt ihr das ja gemerkt. Darum graben wir überall Rinnen und Gräben, das Land soll trockener werden."

„Wenn in Waakhausen alles Wasser in den Gräben fortfließt, schwimmt das Land dann nicht mehr?", wollte Paul wissen.

„Ja, das ist wohl so, aber ich glaube, da muss das Wasser noch lange aus dem Moor in die Hamme fließen. In diesem Sommer ist es sehr warm. Und trotzdem füllen sich ganz schnell die Löcher, die wir für die Rillen ausgehoben haben."

„Und wenn nun tüchtig Regen kommt, dann saugt sich das bisschen trockene Land schnell voll und der Regen macht viele große Pfützen." Das wusste auch Peter schon.

„Unter der Hütte ist der ganz normale Moorboden." Früllerk wollte, dass Line es verstand: „Durch die Gräben entwässert, aber wenn es sintflutartig oder ständig regnet, dann steigt das Wasser auf der gesamten Fläche, natürlich auch in der Hütte."

„Nur bei uns, oder auch bei Sasses und Mittelsteiners in der Kate?" Das war eine für Line wichtige Frage.

„Auch bei den anderen." Früllerk verstand den Hintergrund von Lines Frage, er musste darum ehrlich sein. „Solange das Moor nicht ganz und gar entwässert ist, steht immer wieder das Wasser in den Häusern. Bei jedem. Anna und Jonny haben heute Abend zusätzliche Arbeit."

„Aber dann trocknet das Bettzeug doch nicht bei ihnen, wo schlafen die Kinder heute Nacht?"

„Line, dass ein Gewitter und Regen kommen würde, das spüren alle schon seit Tagen. Anna ist eine erfahrene Moorfrau. Sie hat das ganze Haus gut gesichert verlassen, glaub mir."

Die Wolken ließen immer mehr die Sonne durch, sie brannte schon wieder kräftig und nahm Angst und Betroffenheit mit.

Die Kuh durfte wieder frei laufen, die Hühner begannen emsig zwischen dem Heidekraut nach Würmern und Samen zu scharren.

Jetzt musste erst einmal das nasse Zeug aus der Hütte an die Luft. Früllerk trug den Tisch und die schweren Stücke direkt in die Sonne. Die Kinder schleppten die Bank und Weidenkörbe. Im Nu waren die Oberflächen trocken. Darauf wurden nun alle Kleinteile gebreitet.

Line kümmerte sich um das Bett-Stroh. Da das Heidekraut schon trocken war, breitete sie ihr schwarzes Wintertuch darüber und streute das Stroh darauf. Es war nicht wirklich nass, nur an einigen Stellen fühlte es sich feucht an. Bis zum Abend war es sicher getrocknet. Das Unterbett zog sie zusammen mit Hupp-Marie glatt und legte es auf die Heide. Später würde sie alles einmal wenden, dann wäre jeglicher Schaden behoben.

Sorge bereitete Line noch der Torf, aber Früllerk beruhigte sie: „Nur der Weißtorf saugt sich leicht voll. Der Klipptorf, der richtig schwere, schwarze, der, den wir verkaufen, wenn der gut aufgestukt war und richtig abgetrocknet aufgeringelt wurde, dann macht ihm der Regen nicht mehr viel aus. Der hat dann so etwas wie eine Rinde und die ist hart, die lässt auch kräftige Schauer nicht mehr durch. Und der Torf im *Klick* ist so trocken, der nimmt kaum Feuchtigkeit auf."

*

Zum Feierabend saß das junge Ehepaar draußen. Früllerk bereitete Line auf die kommenden Jahreszeiten vor: „Trotz des Gewitters lebt es sich hier im Moor im Sommer viel leichter als im Herbst mit der ständigen Feuchtigkeit. Dann trocknet das Wasser in der Hütte überhaupt nicht und im Winter friert der nasse Boden zu Eis. Auch an den Wänden glitzert es, wenn es friert, obwohl ich die Hütte in der kalten Jahreszeit von außen mit Riedmatten schütze."

Line schwieg, im Winter auf Eis zu leben, konnte sie sich nicht vorstellen. „Früllerk, irgendetwas müssen wir dagegen tun. Du hast bestimmt eine Idee. So können wir im Winter doch nicht leben. Wir werden ja beide krank."

„Irgendwie darf das Wasser erst gar nicht in die Hütte gelangen."

„Früllerk, wenn wir Torf stechen, dann ziehst du doch vorher Gräben."

„Ja, das muss sein, denn sonst würden wir bis zur Brust im Wasser stehen."

„Und für die *Tüffels* und das Gemüse haben wir heute doch auch Rinnen gegraben. Könnten wir nicht auch eine tiefe Rinne rund um die Hütte ziehen? Eine Rinne, die zum Graben führt, zum *Grüppen*?"

„Junge di! Verbunden mit dem *Scheeden* fließt das Wasser dann direkt in den Hauptgraben. Irgendwer hat das schon einmal erzählt. In den alten Moordörfern machen die Kolonisten das. Warum bin ich nicht darauf gekommen? Da muss erst meine kluge Frau kommen! Dann stechen wir den letzten Torf für dieses Jahr eben rund um die Hütte. Letztlich ist es egal, ob wir hier oder weiter hinten, in der Grube, die Torf-Soden schneiden.

Nur – Line, das wird noch schwerere Arbeit. Denn wir müssen zuerst die oberste bewachsene Moorschicht, die Heide und *Bunkerde* in der notwendigen Breite und außerdem um die gesamte Hütte herum entfernen. Darunter die Schicht, das ist der Weißtorf. Der brennt nicht so gut. Den verbrauchen wir für uns und für das Schwein als Einstreu. Nach Bremen habe ich euch immer den Klipptorf gebracht. Der heizt besser. Aber zu dem müssen wir uns erst einmal runtergraben. Hinten im Loch können wir ihn dagegen sofort graben. Wir brauchen immer 50 Körbe voll Torf für jede Bremen-Fahrt."

„Früllerk, war uns schon mal vor Arbeit *bange*? Du, wenn wir dann noch Sand holen könnten und den auf dem Hüttenboden verteilen, vielleicht auch noch Stroh, dann müsste der Boden doch auch im Winter einigermaßen trocken bleiben. Was meinst du?"

„Genau, das Wasser bleibt dann in der Sandschicht und selbst wenn es friert, gibt es nur unten eine Eis-Sand-Schicht und darüber schützt das Stroh gegen Kälte und Feuchtigkeit. Sand hole ich mit dem Kahn vom Weyerberg. Wenn wir fertig sind, machen es hoffentlich auch einige Nachbarn nach – wenn sie sich erst mal daran gewöhnt haben. Moorleute brauchen lange, um etwas Neues zu akzeptieren."

„Das soll uns aber nicht davon abhalten, für unsere Bequemlichkeit zu sorgen, oder?"

Im Würgegriff

Line streichelte ihrem kleinen Puschel über das Fell und rief dabei Früllerk zu: „Ich gehe, bevor es dunkel wird, eben noch zu Louise rüber. Ich will den Sasses von den Kirschen bringen, die Hupp-Marie, Paul und Peter heute gepflückt haben. Und außerdem will Koop-Vadder kommen, um *Bookwetenbree* von Louise zu holen. Ich hab ihm und seinen Kindern Kräutersuppe gekocht. Dann rutscht der Brei besser."

„Na hoffentlich essen die deine Suppe! Du weißt: *Wat de Buur nich kennt, dat freet he nich.* Und die Koop-Familie erst recht nicht."

Line lächelte schelmisch: „Du kriegst die Nesselsuppe nachher auch. Hoffentlich probierst du sie!" Und selbstbewusst fügte sie hinzu: „Die Koop-Kinder werden meine Suppe schon essen. Spätestens morgen, wenn es wieder und wieder nur Brei gegeben hat, glaub mir!"

*

„Ich muss jetzt gehen, es wird schon so dunkel, dass ich noch in den Graben falle." Line lachte. Es war gemütlich bei Louise und Hans neben der Kate. Die Kühle am Abend war erfrischend. Line war müde. Der Tag war lang und anstrengend gewesen.

Die drei kleinen Mädchen schliefen schon, Guste saß im Heidekraut und wischte ihre Füße darin sauber. Die beiden Jungen waren noch einmal zur Beek gelaufen. Sie wollten nach der Fischreuse sehen, die sie am Morgen ausgelegt hatten.

Von Louise bekam Line im Tausch mit den Kirschen Äpfel in ihre Schürze gelegt. Der große Baum hatte im vergangenen Jahr außerordentlich viel getragen. Hans musste im Herbst noch zwei zusätzliche Holzborde im Anbau anbringen. Aufgrund der Feuchtigkeit im Moor hielten sich die Äpfel schön knackig – wenn sie keine Stellen bekamen und faulten.

Line ging auf dem *Pad* zwischen den Obstbäumen hindurch. Sie konnte den Steg, der über den Grenzgraben führte, schon sehen. Der Moor-Boden schwankte ganz sacht. Line kannte das inzwischen und drehte sich nicht einmal um: Lüttsche-Hans und Fritz waren auf dem Heimweg.

Plötzlich schlossen sich kräftige Hände um ihren Hals. Zu Tode erschrocken ließ sie die Schürzenzipfel fallen. Die Äpfel kullerten zu Boden. Line war unfähig sich zu rühren.

*

Braune Moorerde ragte wie ein kleines Uferstück weit in die Beek hinein. Der *mäandernde* Fluss hatte hier als Gleithang Erde von der gegenüberliegenden Seite abgelagert. Dort wuchs weder Heide und noch Gras, darum nutzten Sasses diese Stelle, um die Fische, die in der Reuse gefangen waren, zu töten und auszunehmen.

Lüttsche-Hans rannte von dort nach Hause. Ihm standen dicke Tränen in den Augen. Fritz rief ihm nach: „*Blarrbüdel, Blarrbüdel*!"

Das Schluchzen saß Lüttsche-Hans in der Kehle. Er war aber auch wütend auf seinen größeren Bruder und überlegte beim Laufen: Fritz kriegt eine Tracht Prügel von Vadder, er ist ja so *eisch*! Warum ist er größer als ich? Bald bin ich stärker und dann kriegt er alle *Kloppe* wieder zurück."

*

Line drehte den Kopf nach rechts, der Würgegriff schmerzte links so sehr. Die Luft wurde ihr knapp, sie versuchte zu schreien, aber nur gurgelndes Stöhnen kam über ihre Lippen.

„Wenn der Mann sich gewehrt hätte, wäre er nicht erstickt", schoss es ihr unvermittelt in den Sinn. So hatte der *Medicus* in Bremen über einer erdrosselten Leiche geurteilt.

„Ich will nicht sterben, so nicht." Line trat so fest wie möglich mit dem Holschen gegen das Schienbein des hinter ihr Stehenden. Sie kamen beide ins Wanken, mit Gegenwehr schien der Mann nicht gerechnet zu haben. Ein unterdrückter Wehlaut war von ihm zu hören.

Dann drückte er noch fester zu. Line trat wieder um sich, verlor dabei aber nur ihren Holschen. Sie warf ihren ganzen Körper hin und her und mühte sich Luft zu holen. Der Klammergriff wurde schwächer, sofort schlossen sich jedoch die Finger noch enger um Lines Hals und die Zeigefinger suchten ihren Kehlkopf.

*

Lüttsche-Hans rannte so schnell er konnte. Die Obstbäume hatte er schon fast erreicht und schluchzte nun doch. Er drehte sich nach seinem Bruder um, der ihm dicht auf den Fersen war und begann laut zu brüllen: „*Dat segg ik Vadder!*" Wie ein Rammbock stürmte er in das schwankende Paar.

Lines Hals war frei, tief sog sie Luft ein.

Fritz, ebenfalls in hastigem Lauf, stolperte über Lines Holschen und fiel direkt auf Hans.

Die Jungen lagen regungslos und horchten auf das geräuschvolle Atmen: „*Mudder, büst du dat?*" Fritz traute sich als erster und tastete vorsichtig um sich.

„Nein, ich bin das", flüsterte Line. „Wo ist der Mann?"

„Welcher Mann? Hier ist kein Mann."

„Er hat mich gewürgt. Er wollte mir ans Leben."

„*Vadder*, komm schnell!", Lüttsche-Hans begann laut und immer lauter zu schreien. „*Vadder*, Line ist hier und macht so komische Geräusche. *Vadder* …"

*

Hans war, schon bettfertig, nur mit Holschen und im Hemd zu der Stelle gelaufen, an der sein Sohn so laut brüllte. Louise kam mit einem

Licht hinterher und beleuchtete ihre Kinder, dann Lines Gesicht und Hals: Fingerabdrücke waren ganz schwach zu sehen.

Frülllerk war inzwischen mit Riesensätzen gekommen. Er saß im Heidekraut und hielt Line auf dem Schoß: „Ich wollte dich abholen, weil es doch schon dunkel wurde und dann hörte ich Lüttsche-Hans schreien. Nun sag schon, was passiert ist!"

„Plötzlich waren zwei Hände um meinen Hals und würgten mich", krächzte Line leise.

„Wart ihr das?", fragte Hans seine Jungen drohend. „Im Dunkeln sollt ihr doch zu Hause sein! Warum habt ihr so lange gebraucht?"

Line war noch ganz kraftlos nach dem Überfall, verteidigte aber die beiden. „Hans, lass", murmelte sie schwach. „Wenn deine Jungs nicht gekommen wären, dann läge ich jetzt hier wohl tot."

Bestürzung und auflodernde Wut zeichneten sich in Früllerks Gesicht ab: „Wer war das und wo ist er abgeblieben?" Wild wollte er aufspringen, Line saß jedoch an ihn gelehnt.

„Früllerk", Louise legte ihm die Hand beruhigend auf die Schulter, „selbst wenn hier ein Mann war, ist er inzwischen in der Dunkelheit verschwunden. Line aber muss jetzt erst einmal versorgt werden. Etwas zu trinken, einen nassen Wickel und ein Löffel Honig, dann geht es deinem Hals bald besser", tröstete sie nun.

„Wir gehen jetzt alle zu uns", befahl Hans. „Du kannst Line behandeln, wir überlegen gemeinsam, was zu tun ist und …", das klang drohend, „ich will wissen, warum ihr beiden so spät nach Hause gekommen seid. Rettung hin oder her!"

*

Lines Hals rötete sich zusehends. Sie hatte Schluckbeschwerden und konnte nur flüstern. Während Louise ihr einen kalten Wickel um den Hals legte und ihr liebevoll, wie bei einem kleinen Kind, heißen Kamillentee mit Honig löffelchenweise in den Mund träufelte, ließ Line Früllerks Hand nicht los. Obwohl sie in Bremen bei Ermittlungen in einem

Mordfall schon einmal jemand angegriffen hatte, war sie heute zutiefst erschrocken. Die ausgestandene Todesangst machte sie furchtsam.

Trotzdem blickte sie aufmunternd zu Lüttsche-Hans und seinem Bruder Fritz hinüber, die beide von ihrem Vater bei den Ohren gehalten wurden: „Eigentlich müsstet ihr eine Tracht Prügel bekommen. Aber da ihr Line gerettet habt, will ich es mal sein lassen. Aber was, zum Donnerwetter, habt ihr so lange draußen getrieben?“

Fritz traute sich zuerst: „Wir haben nach der Reuse geguckt. Hans, der Fisch, wo ist der?“

„Egal, red weiter!“ Der Vater Hans ließ sich nicht ablenken.

„Also, wir waren am Ufer der Beek und haben die Reuse geleert. *Vadder*, da war eine riesengroße Aal-Quappe drin und auch ein paar Rotaugen.“

„Junge, *schall ik di …?*“

„Ne, ne, *Vadder*. Also wir haben die Fische getötet und sauber gemacht und während ich das Messer im Wasser abwusch, musste Hans …, na du weißt schon, musste er pinkeln … und ich auch.“

„Ja, ich hab mir vorher auf dem feinen Ufer da eine schöne glatte Fläche gestampft und gestrichen und da war das schön trocken und denn, denn musste ich … und denn … denn hab ich mir darauf … *en Peerd pisst un denn hett Fritz mi dat utpißt*“, heulte Lüttsche-Hans erneut aufgebracht los.

Die Erwachsenen blickten sich an, es brauchte einen Moment, bis sie das, was Hans erzählte, verstanden hatten und begannen schallend zu lachen. Line konnte gar nicht wieder aufhören mit Lachen, es wurde abgehackt und kam stoßweise, tat furchtbar im Hals weh und aus dem Lachen wurde schließlich Weinen.

Lotti, Erna und Ida begannen ebenfalls zu weinen, das Gelächter hatte sie geweckt. Louise beruhigte ihre Kinder, während Hans zu Früllerk gewandt meinte: „Wie gut, dass wir noch lachen können. Aber heute Abend liegen Lachen und Weinen eng beieinander. Früllerk, was machen wir nun? Entweder ist Claas gar nicht der Mörder, oder wir haben einen zweiten hier im Moor.

Wir können unsere Frauen doch nicht Tag für Tag beschützen, wie sollen wir denn dann unsere Arbeit tun?" Hans fiel ein, dass seine Louise heute auch lange allein geblieben war.

„Seid nicht so laut, die Kleinen schlafen noch nicht wieder fest." Louise setzte sich wieder mit ans Feuer. „Ich mochte das ja nicht sagen, aber ich hatte heute das Gefühl, als ob mich jemand anguckt. Ich war in der Dämmerung noch im Garten und heilfroh, als Koop-Vadder endlich kam. Ich dachte schon, ich hätte den Moorkoller oder ein Gespenst wäre hinter mir. Das war ein ganz merkwürdiges Gefühl. Ich musste mich immer wieder umdrehen, weil ich dachte, da wäre jemand."

„Line hatte das auch schon, schon mehrmals. Und ich dachte, du hast dir das eingebildet, weil du die Einsamkeit hier im Moor noch nicht gewohnt bist", entschuldigte sich Früllerk bei seiner Frau.

„Ich hab auch Tritte gespürt, ihr sagt ja, dass der Moorboden wankt, wenn jemand darauf geht. Und heute Abend spürte ich sie wieder, dachte aber, es sind eure Jungen." Line quälte sich beim Sprechen.

„Hast du den Mann denn sehen können, weißt du, wer es war? Ein Mann war es doch, oder?" Früllerk streichelte Line bei seinen Fragen fürsorglich über das Haar.

„Ich denke, eine Frau hätte nicht so viel Kraft in den Händen. Es war ein Mann, er hat auch gestöhnt, als ich ihm mit dem Holschen gegen das Schienbein trat."

„War er groß oder klein, dick oder dünn?"

„Ich weiß es nicht, ich fühlte nur kräftige Hände um meinen Hals. Seine Finger waren wie Klammern und obwohl ich den Hals ein wenig nach rechts drehen konnte, erkannte ich in der Dunkelheit kein Gesicht."

„Und als Hans und Fritz kamen, verschwand er geräuschlos. Das muss jemand hier aus dem Moor sein, er muss sich hier gut auskennen", schlussfolgerte Hans.

„Dass jemand aus Eifersucht tötet, das kann ich mir gerade noch vorstellen. Aber Line ist neu hier. Wer hat ein Interesse, sie zu töten?"

Louise nickte ihrem Hans zu. Was könnte der Grund sein?

Line flüsterte wieder, Schlucken und Reden taten sehr weh. „Ich habe bisher nur mit dem Sandvoss-Hof Ärger gehabt. Mit der Bäuerin. Dass die mich nicht mag, weiß inzwischen jeder. Und mit Martin verstand ich mich auch nicht besonders, als wir beide dort Wäsche gewaschen haben, Louise, erinnerst du dich?"

„Ja, du hast ihn gefragt, als ob er der Liebhaber von Grete gewesen ist."

„Und, weißt du, ob er es nicht war? Ihr sagt alle, er könne keiner Schürze widerstehen. Und wenn er auch etwas mit Clara gehabt hat?"

„Also, Grete und Clara haben sich nicht gut verstanden. Die zankten sich, sobald eine die andere nur von weitem sah. Ich hab mehrmals darunter leiden müssen", erinnerte sich Früllerk.

Louise und Hans grienten: „Ja, ja, Clara war ganz schön hinter dir her. Deine Bremer Braut haben dir alle erst geglaubt, nachdem sie dich, Line, in der Kirche gesehen hatten."

„Und dass deine Braut etwas ganz Besonderes ist, das hast du ja jedem immer und immer wieder erzählt", rieb Hans ihm unter die Nase. „Da konnte schon einer oder eine auf die Idee kommen, du sagst das nur zum Schutz vor jungen Frauen. Obwohl, verstanden hat das kaum einer, denn Clara war, neben Grete, die hübscheste *Deern* weit und breit. Und sie wollte dich. Du hättest nur zugreifen müssen." Line genoss diese Plänkelei sehr. Nach dem Schrecken brauchte sie Ablenkung.

„Sagt mal", fragte Hans, „warum stecht ihr eigentlich den Torf so nah an eurer Hütte?" Er wollte zu gern wissen, was Früllerk da wieder ausprobierte.

„Wir ziehen einen Graben um die Hütte. Bei dem heftigen Gewitter stand wie immer alles unter Wasser. Line kannte das ja noch nicht und war doch sehr erschrocken. Außerdem mussten wir das schon gelagerte Heu wieder trocken kriegen. Und weil wir an dem Tag Rinnen für die *Tüffels* gegraben hatten, die dürfen es nicht so nass haben, da kam Line auf die Idee, dass ..."

„… ihr es auch nicht so nass haben dürft?" Hans pfiff anerkennend. „Gar keine schlechte Idee für den Winter."

„Und ob wir den Torf in der Grube oder an der Hütte graben, ist doch egal. Die Grassoden benutze ich, um einen Anbau für die Kuh oder das Schwein zu bauen. Jetzt beim Unwetter habe ich gemerkt, dass er uns fehlt. Ihr wohnt ja schon lange in einer Fachwerk-Kate, da ist Platz für die Tiere und doch hast du einen Anbau drangesetzt. Das ist mein Vorbild. Ich suche nur noch schlanke Birkenstämme als Stützpfeiler."

„Hans, das mit dem Graben klingt wirklich gut." Louise streichelte dabei Lines Arm. „Frauen haben eben auch gute Ideen!"

Line lächelte nur schwach. Ihr Hals tat höllisch weh.

Früllerk erzählte eifrig: „Und in der Hütte heben wir den Boden etwas an, indem wir Sand dick auftragen. Das Wasser steht dann im Sand und friert nur dort im Winter zu Eis. Darüber streuen wir noch eine Schicht Stroh. Mit so vielen Ideen hab ich doch wirklich eine besondere Frau!"

Moortratsch

Der Tag nach dem Angriff auf Line

Hanken hatte, wie alle auf dem Sandvoss-Hof, vom Angriff auf Line gehört. Anna und Jonny Mittelsteiner hatten während der Morgenkost davon erzählt. Sie arbeiteten immer noch auf dem Hof, denn die Base aus Spreddig war noch nicht angekommen. „Ich mache mir inzwischen Sorgen", hatte Borchert Hanken gegenüber geäußert. „Ich werde sie wohl holen müssen, aber erst, wenn wir nicht mehr so viel zu tun haben."

*

Hanken stampfte schwer atmend den Sanddamm entlang und wischte sich immer wieder mit dem linken Ärmel über das schweißnasse Gesicht. Er sorgte sich um Line. Er hatte die Blicke bemerkt, die Anna Sandvoss ihrem Martin immer wieder zuwarf, als Jonny von dem Angriff auf Line berichtete. Anna ahnte anscheinend, dass Martin etwas damit zu tun hatte. Martin wurde schon bei der Nennung von Lines Namen dunkelrot im Gesicht. Er konnte wohl ihre Frage am Waschtag nicht vergessen. Und der Ärger seiner Mutter auf *de Fromde ut Bremen* schürte seine Wut weiter. Hanken spürte das deutlich. Anna Sandvoss war wie verbiestert, wenn es um Line ging. Meinte sie, Line würde in Zukunft die Frauen in Haushaltsfragen und beim Kochen und Backen beraten? Line hatte ja schon einige Veränderungen in Gang gesetzt. Oder war sie nur ärgerlich, dass Line nicht katzbuckelte, sondern unabhängig von der großen Sandvoss-Bäuerin wirkte? Oh, ja, Hanken hatte sich viele Gedanken gemacht.

Dass Anna den Mörder deckte und dafür Claas' Hinrichtung in Kauf nehmen würde – das ging entschieden zu weit. Hankens Treue seiner Bäuerin gegenüber geriet ins Wanken. Er erkannte die junge Frau Anna von früher schon lange nicht mehr. Sie war überempfindlich geworden. Immer, wenn er einmal vorsichtig mahnte, wurde sie wütend und wies ihn harsch zurecht. Aber Line war so, wie Anna einmal gewesen war, darum mochte er sie.

Er hatte heute Morgen von Anna Sandvoss einen Auftrag bekommen. Er solle zu allen Kolonisten gehen, um Herrn Findorff für den Sonntag in Worpswede anzukündigen. Sie war ihm nicht mehr gut, sonst hätte sie während dieser Hitze eine Magd geschickt. Der Großknecht hatte sich sofort angeboten und Hanken dabei mitleidig angesehen, er müsse sowieso kontrollieren, wie trocken das letzte Heu sei, da könne er auch gleich Bescheid sagen gehen. Aber die Bäuerin ließ ihn nicht. Darum *mullte* er nun hier durch den Sand. In jedem Frühjahr wurder der Damm neu mit Sand aufgeschüttet, die Wagenräder sollten nicht so tief auf dem Moorboden einsinken. Der Damm, das war ja nur der Aushub des Hauptgrabens. Und der bestand nun mal aus nassem Moortorf. Und in dem *Schlick und Schiet* sackten die Holschen bei jedem Schritt tief ein und mussten unter Kraftanstrengung schmatzend wieder herausgezogen werden. Auf dem weichen Sand zu laufen, war jedoch auch nicht gerade unbeschwerlich.

Die Sonne brannte schon *mächtig* vom Himmel. Nur der schmale Schatten der Birkenstämme fiel in regelmäßigen Abständen auf den Weg, der tiefe Pferdehufspuren aufwies. Ein Reitpferd musste hier im Galopp entlanggejagt sein. Immer wieder blieb Hanken stehen und kippte den Sand aus seinen Holschen.

Seine Sorge um Line war berechtigt, da war er sich sicher: Martin ahnte, dass er bei Line im Verdacht stand, der Mörder zu sein. Und darum musste sie aus dem Weg geräumt werden. Denn alle anderen glaubten an Claas' Schuld. Nur weil Anna Sandvoss es gesagt hatte. Der Amtsdiener auch. Anna schützte ihren Sohn, so, wie sie ihn immer schon geschützt hatte. Hanken seufzte. Für Claas konnte er nichts tun. Aber Line warnen, das konnte er. Und Früllerk klar machen, dass er Line niemals allein lassen sollte. Denn nur dann würde so etwas wie letzte Nacht nicht wieder passieren. Und irgendwann wäre Martin in einem anderen Dorf verheiratet.

Dann wäre auch Line sicher. Sie passte gut ins Moor, sie war aufrichtig und hatte Mitgefühl. Koop-Vadder gegenüber war das deutlich geworden. Unerschrocken stand sie Anna Sandvoss' Meinung gegenüber und setzte sich durch, mit der neuen Steinmühle, wie Hanken gehört hatte. Er war neugierig auf das Gerät und hoffte, dass Anna Sandvoss nicht Recht hatte, wenn sie sagte, dass die Kolonisten nicht mahlen dürften. Bisher hatte sie nichts dagegen gehabt, jeder mahlte seine kleine Tagesmenge. Aber sie hatte niemals die große Handmühle auf dem Hof zur Verfügung gestellt. Jetzt jedoch, nachdem Line die gefundene Mühle allen zum Gebrauch überließ, war das Mahlen plötzlich verboten.

Na, er würde schon noch ein Wort mitreden dabei. Brotmehl musste natürlich in der Windmühle gemahlen werden, damit der Müller seine *Metze* erhielt, aber auch Anna Sandvoss benutzte ihre Mühle für den täglichen Bedarf. Hanken hatte sie in Verdacht, dass sie nur drohte. Sie war doch nicht dumm und wusste, dass ihre Anklage sich auch gegen sie selber richten würde.

Wieder wischte er sich den Schweiß von Stirn und Kopf. Er konnte Grapenthiens Hütte schon sehen. Das Buchweizenfeld sah gut aus, urteilte er. Fast zwei Hektar hatte Früllerk eingesät. Das war die richtige Menge für ein Jahr, wenn der *Bookweten* reichlich trug, dann musste eine kleine Familie nicht hungern. Die große Wärme und der Moorboden bekamen den Pflanzen gut. Schon viele der kleinen traubenartig angeordneten Blütenknospen waren aufgegangen und leuchteten weiß in der Sonne. Ein schöner Anblick, dachte Hanken und sog den angenehm süßlich herben Honigduft der Pflanze ein.

Scharenweise summten die *Immen* über dem Feld. „Das wird ein gutes Honigjahr“, brummte Hanken anerkennend vor sich hin und entschied gleich zu Line und Früllerk zu gehen. Erst danach wollte er noch zu Sasses Kate rüber. Eines der Kinder würde sicher die Aufgabe übernehmen, allen über Findorffs Besuch Bescheid zu geben.

Hanken riss die Augen weit auf, als er Früllerk hinter der Hütte arbeiten sah: Das war mal eine Idee! Ein schmaler Graben ganz nah rund um die Hütte und mit Verbindung zum nächsten *Grüppen.*

Früllerk durchstach gerade das letzte Stück zum Graben hin. Das würden ihm hoffentlich alle Kolonisten nachtun.

Mit den Soden hatte er einen kleinen Anbau geschaffen, sicher für die Kuh, nur das Dach fehlte noch. Der Torf aus dem schmalen Graben trocknete auch schon ein Stück entfernt. Früllerk war ein fleißiger Mann, das musste man ihm lassen. Und das trotz seiner kaputten Hand. Als Hanken bei der Hütte ankam, stellte Line ihm sofort die Bank in den Schatten und bot ihm etwas zu trinken an. „Das ist Birkenblätter-Tee", flüsterte sie ihm heiser zu, „im Graben gekühlt. Ich will wohl gern Bier brauen, aber die Zeit reichte bisher nicht und Hefe fehlt mir auch."

Hanken trank den Becher in einem Zug leer und bekam sofort nachgeschenkt. Besorgt sah Hanken auf Lines Hals. Sie hatte ein Tuch umgebunden und antwortete leise auf seinen Blick: „Stille-Catharine hat mir einen Umschlag gemacht aus Ringelblume und Sumpf-Vergißmeinicht."

„Line, ich will genau wissen, was gestern Abend passiert ist."

Früllerk setzte sich ebenfalls in den Schatten und trank aus dem zweiten Becher. „Schickt dich etwa die große Bäuerin? Hat sie womöglich Angst um Line?"

Hanken grinste nur über diese Fragen. Sein Mund mit den beiden letzten Zähnen wirkte fast wie der eines Säuglings. „Nein, ich … oder doch, ich komme im Auftrag von Anna Sandvoss. Sie lässt bestellen: Herr Findorff wird am Sonntag in der Kirche sein und es wird im Anschluss an den Gottesdienst eine Versammlung geben. Er wird sich Sorgen und Probleme anhören. Und ich glaube", Hankens Mund ging dabei auf und zu und auf und zu, seinen Atem sog er schnappend ein und leise pfeifend aus, so wie immer, wenn er besorgt war, „ich glaube, er wird auch alles über Claas und die Morde wissen wollen. Ich soll allen Kolonisten Bescheid geben. Die Bäuerin weiß aber nicht, dass ich sowieso kommen wollte."

Bevor er jedoch seine Warnung aussprechen konnte, kam Koop-Vadder über den Steg am Sanddamm. Der ältere Mann ging tief gebückt. Seine hellblonden schweißnassen Haare wirkten noch fitzeliger und dünner als sonst. Die unregelmäßig über das Gesicht verteilten Flecke waren tiefrot. Wie kleine Pickel standen sehr helle, fast durchsichtige Bartstoppeln über seiner Lippe. Knotige Hände mit schwarzem Rand unter den breiten, eingerissenen Fingernägeln hielten Lines *Kump*.

Er kam nicht nur, die Schüssel zurückzubringen, er war vor allem begierig, zu erfahren, warum Früllerk den Torf so dicht an der Hütte stach. Piss-Jule hatte ihm davon erzählt und gemeint, dass Früllerk-Eenhand seiner jungen Frau jede Narretei nachgab. Sie meinte, alle im Günnemoor würden den Kopf schütteln: Früllerk müsse Line wohl mal die Flausen aus dem Kopf prügeln, anstatt ihr in allem nachzugeben. Koop-Vadder war nicht Piss-Jules Meinung. Er erinnerte sich noch gut an Gretes Todestag und wie liebevoll Line mit ihm umgegangen war. Er war aufgebracht. „Line, wer hat dir die Luft *avdruckt*? *De verdeubelte Keerl!* Einer so guten Frau die Luft abzudrücken, ne, ne“, schimpfte er Hanken zugewandt.

Hanken nickte nur.

„Line, die Suppe, die du uns gebracht hast schmeckte richtig gut, auch meinen Kindern!“ Früllerk überließ Koop-Vadder seinen Platz und setzte sich zu Line, die den Kopf an den rückwärtigen Hütten-Giebel gelehnt hielt. „Na, Koop-Vadder, das ist mal nett, dass du uns den *Kump* zurückbringst, mir hat Lines Suppe auch gut geschmeckt. Wie geht es dir denn? Kommst du mit deinem Torf voran?“

„Ach, ja, der trocknet gut bei dem Wetter. Aber, die Kinder und ich sind … meine Grete fehlt eben.“ Koop-Vadder strich sich mit dem Handballen über die Augen, schnäuzte sich in die hohle Hand und warf den *Schnodder* mit geübter Schlenkerbewegung seitwärts auf den Boden.

„Hast du denn Hilfe?“, wollte Hanken wissen. „Jacob hat es doch angeboten und was der verspricht, das hält er auch. *Dat hett de Pastor all foken seggt.*“

„Ja, der Jacob, der lässt mich den Sarg im Winter abarbeiten, hat er gesagt. Jetzt soll ich mal erst für meine Kinder eine neue Mutter finden."

Hanken und Früllerk blickten sich nur einmal kurz an. Wie sollte Koop-Vadder wohl noch eine Frau finden? Er war schon nicht mehr jung gewesen, als er die Moorstelle übernommen hatte. Und sicher hatte er nur den Zuschlag bekommen, weil er zwei große und kräftige Jungen neben den Kleinen hatte. Seine Söhne arbeiteten aber inzwischen als Knechte im Großen Moor in Hollen. Das war weit ab vom Günnemoor. Sie waren schon lange nicht mehr nach Hause gekommen.

„Alle im Günnemoor sind gekommen und haben mir Beileid gewünscht. Sogar die Frau Pastor hat ganz von Worpswede her ein Schwarzbrot geschickt. Martin Sandvoss hat es gestern mitgebracht, er ist sogar bei mir vorbeigekommen, ich musste es nicht einmal abholen. Frau Pastor hat gesagt, ich könnte ihr dafür wohl einen Korb mit Torf schicken, hat Martin gesagt. Und das ist ja wohl nicht zu viel verlangt."

„Ich kann deinen Torf am Sonntag mitnehmen, im Kahn, wenn wir zur Kirche fahren", bot Früllerk sich an.

Koop-Vadder nickte und Hanken beeilte sich, seinen Auftrag weiterzugeben.

„Ja, meine Kinder und ich, wir kommen, Herr Findorff will uns sicher auch sein Beileid sagen. Aber vielleicht will er mich auch über über Claas befragen?"

„Du hast dem Amtsdiener schon gut Rede und Antwort gestanden. Herr Findorff ist doch wie ein Vater für uns alle hier. Der will dir sicher nur gute Worte sagen", beruhigte Früllerk.

Ermutigt meinte Koop-Vadder: „Ja, aber der Borchert, der hat mir immer noch kein Beileid gewünscht. Dabei dachte ich, er würde mal mein Schwiegersohn, weil die Grete doch mit ihm …"

„Was hatte Grete mit ihm?" Line wartete das Ende des Satzes nicht ab.

„Na, ja, Grete liebte ihn doch. Das hat sie mir gestanden. Und ich und die Kinder wären ihr auch nicht im Wege gewesen nach der Hochzeit. Aber nun ist sie ja tot."

„Aber sie war doch Claas anverlobt!" Hanken wollte es genau wissen.

„Ja, schon, aber Borchert hatte sich in sie verliebt und wohl sehr um sie geworben. Sie wollte es Claas bald sagen."

„Und danach ist sie gestorben. Das spricht sehr für Claas als Mörder." Früllerk war ein klein wenig erleichtert, denn er hatte durch Lines Reden schon an Claas' Schuld gezweifelt.

„Aber warum musste dann auch Clara sterben? Claas hatte doch wohl nichts mit zwei Frauen." Hanken war verwirrt, er überlegte nun genau: Aus welcher Richtung war Grete nachts auf dem Hof immer gekommen?

Koop-Vadder war stolz, dass er die Fragen des Alt-Knechts vom Sandvoss-Hof beantworten konnte. Beim Abschied bot er Hanken an, für ihn die Botschaft der Groß-Bäuerin weiterzugeben. Am Sonntag würden sie sich dann ja alle in Worpswede sehen.

„Hanken, ich weiß nicht, wer mir ans Leben wollte." Line räusperte sich, um weiterzusprechen. „Aber vielleicht hat Clara mehr gesehen, als für sie gut war. Vielleicht hat sie den Mörder erpresst."

„Dann hat Claas beide getötet. Oder es gibt einen zweiten Mörder im Günnemoor. Aber das ist für Line egal." Hankens Stimme wirkte beinahe bedrohlich. „Line, du musst irgendetwas gesagt oder getan haben, sodass der Mörder meint, du weißt oder ahnst, wer er ist. Und darum hat er versucht, dich zu beseitigen. Und er wird es wieder versuchen. Glaub mir!"

Früllerk fuhr bei den so entschiedenen Worten zusammen. Seine Angst um Line stieg noch mehr. Hanken wurde noch energischer. „Line, du darfst auf keinen Fall und niemals allein bleiben. Erst wenn der Mörder nicht mehr hier ist, bist du sicher."

„Wie, wenn der Mörder nicht mehr hier ist?" Früllerk verstand Hankens Sätze nicht. „Wenn der Mörder gefasst ist, meinst du."

„Nein, wenn der Mörder fortgezogen ist, weil er geheiratet hat." Hanken sog die Luft geräuschvoll ein und aus, seine Unterlippe schloss sich dabei immer wieder über der Oberlippe. Er hatte seine Meinung verraten.

„Dann meinst du also auch, dass Martin der Mörder ist?" Line musste sich schon wieder räuspern. Das Sprechen fiel ihr immer noch schwer. „Hast du ihm denn etwas angemerkt? Ich meine seit gestern Abend?"

„Nicht erst seit gestern. Er ist unruhig und fahrig. Seine Fröhlichkeit scheint wie fortgeblasen. Er scherzt und albert nicht mehr mit den Mägden. Alle tuscheln inzwischen über ihn hinter vorgehaltener Hand. Und seine Mutter blickt ihn nur noch mit großen, sorgenvollen Augen an. Er schmeichelt ihr auch nicht mehr, sondern antwortet nur kurz auf ihre Fragen, beinahe wie ein zweiter Jacob.

Er verlässt den Hof jeden Tag früh morgens und keiner weiß, wo er abbleibt. Gestern allerdings war er in Osterholz, beim Wundarzt. Er war wohl auch in Worpswede und brachte darum die Nachricht von Herrn Findorff mit und auch das Schwarzbrot der Frau Pastor."

„Aber wenn ein Mensch versucht einen anderen zu töten, dann muss man ihm das doch anmerken!", rief Früllerk aufgebracht.

„Hanken, hast du ihn heute Morgen denn gesehen?", fragte Line.

Der alte Mann schüttelte den Kopf: „Nein, bei der Frühkost war keiner der Familie dabei. Borchert hatte die Aufsicht. Line, versprich, dass du nirgends allein hingehst! Und dass ... *junge di*, von allein sein kann hier ja wohl keine Rede sein, da kommt ja schon wieder jemand."

„Fidi Fricke, *na, wat gifft denn*?" Früllerk hatte ihn schon aus den Augenwinkeln den Sanddamm *entlangpedden* sehen.

„Ja, ich ...", Fidi hustete rau und hohl, „Piss-Jule ist überall herumgelaufen und hat erzählt, dass Line fast ermordet wurde. Und von euren Flausen, äh, vom Torfgraben ganz dicht an der Hütte. Und denn meinte sie noch, du, Früllerk, du solltest deiner Frau mal zeigen, wer der Herr im Haus ist."

Frülllerk wurde langsam wütend: „Ein Graben so dicht an der Hütte, das ist bloß *neemodschen Krom*, oder? Bisher war es für alle gut ohne Graben. Das hat Piss-Jule doch sicher gesagt? Bisher war es gut bei Dauerregen im Wasser zu leben und im Winter auf Eis? Da muss es für *de Fromde ut Bremen* auch gut genug sein?“ Frülllerks Stimme wurde mit jeder Frage schärfer. „Bloß weil nie was Neues ausprobiert wird? Weil immer alles *neemodscher Krom* ist?“ Das klang schon drohend und Line legte ihrem Frülllerk beruhigend die Hand auf den Arm. „Fidi kann doch nicht dafür, Frülllerk.“

„Und du kennst doch Piss-Jule“, Hanken mischte sich ebenfalls ein, „sie wiegelt nun einmal gern auf, sie war schon immer so und sie wird auch immer *achtertücksch* bleiben.“

„Ach Hanken, das war schon so, als ich den Torfkahn baute. Was hat sie nicht alles über mich gesagt? Aber Line soll sie gefälligst in Ruhe lassen!“

„Du änderst diese alte Frau nicht mehr. Nimm es mit Humor!“

Frülllerk grinste schief und meinte Verzeihung heischend: „Fidi, wir haben kein Himmels-Manna mehr und die *Brammwien-Kruke* ist auch leer. Magst du stattdessen eine Tasse Birkenblätter-Tee?“

Versöhnlich nickte Fidi und ließ sich im Heidekraut nieder. Auch er wischte sich den Schweiß von der Stirn.

Frülllerk versuchte wieder eine gute Stimmung herzustellen: „Line, du und unser Graben, ihr seid ein richtiger Anziehungspunkt. Fidi, was sagst du denn zu unserem Hütten-Graben?“

Line holte aus der Hütte Brot und ihren kleinen irdenen *Kump*. Sie winkte die Mittelsteiner Kinder herbei. Da es sowieso eine Pause gab, konnten sie auch gleich Mittagkost essen. „Ihr wascht euch aber die Hände, bevor ihr das Brot anfasst!“

Paul und Peter sahen auf ihre grünlich braun verschmierten Hände: Die Kuhfladen waren zwar außen abgetrocknet, aber innen doch noch sehr weich gewesen. Aber deshalb waschen? *De Fliederfru* hatte absonderliche Ideen. Gut, dass ihre Eltern da nicht so streng waren!

Während alle im Heidegras saßen, riss Line Stücke vom fladengroßen flachen Brot ab, bestrich es mit Eierschmalz aus dem *Kump* und verteilte es. Die Kinder bissen hungrig hinein, Hanken schnupperte zuerst neugierig und brach sich dann kleine Bröckchen ab, die er in den Mund steckte. Line goss ihm noch Tee nach, damit er das Brot im Mund besser einweichen konnte. Dankbar nickte er ihr zu.

Fidi drückte an seinem Brotstück herum, nahm es in die linke und wieder in die rechte Hand. „Fidi, nun iss doch", nötigte ihn Früllerk. Er zwinkerte Line zu: „Du kannst das ruhig probieren, *dat is egenbackt.*"

Line erklärte: „Den Teig für das Brot lass ich säuern und back es dann wie *Pannkoken* in der Pfanne. Das hat mir die alte Köchin in Bremen gezeigt. Als Notbrot, wenn das im Ofen gebackene im Winter zu sehr schimmelig geworden war, oder wenn Eltermanns zu viele Gäste eingeladen hatten und danach der Vorrat verbraucht war, das Backen aber noch nicht anstand."

„Lass das man nicht unsere Bäuerin wissen. Sie ist doch die Einzige hier im Günnemoor, die Brot backen kann."

„Na ja, so ganz richtiges Brot ist es ja nicht, aber doch *us eegen Brot*, eine Abwechslung vom *Bookweten*. Es hat auch nicht gleich beim ersten Mal so richtig geklappt. Denn mir fehlt ja Brot-Sauer. Und es verbraucht natürlich auch Brotgetreide und davon haben wir nicht so viel. Aber die Kinder sind so fleißig, da wollte ich sie gern ein bisschen verwöhnen." Hupp-Marie strahlte bei dem Lob noch mehr als Paul und Peter. Alle drei kauten mit vollen Backen. Der kleine Peter hielt Puschel sein Stück unter die Nase. Als sie jedoch eifrig zu lecken begann, zog er es schnell wieder weg und biss lieber selber ein großes Stück ab.

Fidi riss sich nun doch zögerlich eine Ecke von seinem Brotstück ab. „*Ek heff duchtig Smacht in Liev.*" Nach dem ersten Bissen war er des Lobes voll: „Hm, *dat smeckt mi*. Line, du kannst aber vielleicht kochen! Und backen! *Junge di*! Anna Sandvoss fragt ständig, ob du wirklich Köchin in Bremen gewesen bist. Das kann man aber schmecken." Fidi lobte und leckte sich dabei die Lippen.

Sein Stück war schnell aufgegessen. Begierlich sah er zu Line hinüber. Er gab zu: „Heute ist noch nichts in meinen Magen gelangt."

Die drei Erwachsenen sahen sich an und lächelten über die Formulierung. Behutsam deutete er weiter an, dass ein Mann ja schließlich in der Nacht noch anderes zu tun hätte.

Früllerk wusste, was Fidi meinte: Er war wieder unterwegs. Und ist sicher erst im Morgengrauen nach Hause gekommen.

„Aber ich bin nicht der Einzige, *de nachts to doon hett*", rechtfertigte Fidi sich. „Gestern Nacht habe ich Filz-Fidi getroffen. Der schweigt aber wie ein Grab. Und Martin Sandvoss, der reitet Abend für Abend der Beek zu. Der hört und sieht niemanden, so prescht der auf dem Damm entlang. Und dann ist da noch irgendwer oder -was. An Piss-Jules Moorgespenst glaub ich ja nicht, aber ich hab ständig das Gefühl, beobachtet zu werden, auch am Tag. Ihr wisst schon, man muss sich unvermittelt umdrehen und gucken, ob da jemand hinter einem steht. Und denn ist da nichts und niemand. Wenn das man nicht noch ein Mörder ist!" Fidi schwieg triumphierend nach solch langer Rede.

„Bisher ist das nur den Frauen so gegangen", überlegte Früllerk laut, „zuerst Line und dann auch Louise. Und nun du, Fidi. Und ich denke, du hast selten Angst. Irgendjemand schleicht tagsüber durchs Moor."

„Wer hat denn Zeit, tagsüber nicht zu arbeiten?" Hanken überlegte ganz praktisch. „Bei uns sorgen Jacob und Borchert dafür, dass die Knechte zu tun haben. Und ihr Moor-Männer habt doch mit dem Torf genug Arbeit. Vielleicht strolcht hier ja doch ein *Slöpendriever* herum. Aber seit dem vergangenen Herbst war bei uns auf dem Hof keiner mehr. Wenn ein Fremder hier herumschleicht, dann müsst ihr alle auf eure Frauen und Kinder Acht geben, wenn der Mörder jedoch von unserem Hof ist, dann musst nur du, Line, Sorge haben. Aber ich denke, dein Mann passt schon gut auf dich auf", lächelte er.

„Nach der Rede ganz bestimmt!" Früllerks Galgenhumor befreite.

Line und Früllerk saßen im Dunkeln noch kurz draußen vor der Tür. Beide hatten noch viel Arbeit erledigt, sie waren froh bald schlafen gehen zu können.

Im Bett musste sich Line jedoch immer wieder räuspern. Ihrem Hals tat der Rauch des Feuers nicht gut. Früllerk hatte etwas Heidekraut auf den nur schwach glimmenden Torf gelegt, um Licht zu haben. Denn er sah noch einmal nach den Tieren und stapelte erst anschließend Torfstücke in der Feuerstelle übereinander. So schützte er die Glut vor dem Ausgehen über Nacht und verhinderte aufflackernde Flammen, die der Hütte gefährlich werden könnten.

Der Qualm des Heidekrautes füllte schnell den kleinen Raum aus, da er ja nur durch die offene Tür entweichen konnte. Lines Hals war wund und tat weh. Schon seit sie verheiratet war, brannten ihre Augen, wenn sie kochte. Und immer wieder musste sie husten.

Früllerk hatte ihren Wunsch, die Feuerstelle nach draußen zu verlegen, strikt und entschieden abgelehnt: „Feuer auf dem Torfboden kann schnell gefährlich werden."

Line hatte dagegengehalten: „Du hast mir aber erzählt, dass ihr das Moor anzündet, um anschließend den *Bookweten* auszusäen. Dabei entsteht doch auch keine Feuersbrunst!"

„Das Feuer wird dabei nur von den Gräben aufgehalten. Und doch brennt es dann manchmal ungewollt mehrere Tage. Und überall ist der Rauch. Wenn wir alle im Frühjahr brennen, dann wünschst du dich zurück nach Bremen, glaub mir. Die stinkenden dichten Rauchschwaden ziehen tagelang weit übers Land", hatte er Line erklärt. „Und sie werden dir die ersten sonnigen und warmen Frühlingstage verderben."

Nun lag er neben Line im Bett. Ihr rauer Hals ließ sie immer wieder husten und sich räuspern. Früllerks noch nicht ausgestandene Angst um ihr Leben ließ ihn nicht einschlafen. Auch seine Sorge, sie könne wieder zurück nach Bremen gehen, wurde wieder größer. „Line, der Rauch ist schlecht für deinen Hals. Vielleicht können wir ja für die nächsten Tage, bis du wieder gesund bist, doch die Feuerstelle nach draußen verlegen."

Früllerk überlegte laut: „Als ich den Torfkahn baute, da brauchte ich nahe der Beek natürlich Feuer. Zum Spanntenbiegen. Ich trug eine dicke Lehmschicht direkt auf den Moorboden auf und ließ sie trocknen, anschließend mit nebeneinander gelegten Torfsoden hart brennen. Hans kannte sich damit aus und wusste, dass es sicher ist. Den restlichen Lehm habe ich eingegraben, damit er für den Bau von Hans' Torfkahn feucht bleibt. Bis zum Herbst kann ich wieder welchen aus der Lehmgrube vom Osthang des Weyerbergs besorgen. Wir können hier, allerdings nicht zu nahe an der Hütte, Kopf-Steine auslegen und dick mit Lehm verschmieren. Wenn das gut getrocknet ist, wird es durch jedes Feuer fester und härter gebrannt. Du, ich schätze, das gibt eine sehr gute Feuerstelle. Gleich morgen werde ich das in Angriff nehmen – damit dein Hals geschont wird. Aber im Winter wirst du das Feuer in der Hütte sehr behaglich finden."

Das glaubte Line noch nicht so ganz. Sie freute sich erst einmal auf die Feuerstelle mit „freiem" Rauchabzug.

Brandgefahr

Als Anna und Jonny am Morgen ihre Kinder brachten, war Früllerk schon fleißig dabei, sein Versprechen zu verwirklichen. Jonny blickte zuerst ungläubig und schließlich entsetzt, als er die Erklärung auf seine Frage erhalten hatte. „Das meinst du nicht ernst, Früllerk. Was ist dir denn in den Kopf gekommen? *Du büst wohl mall* geworden! Also, wenn dir die Hütte über dem Kopf abbrennt, dann wundere dich nicht!" Kopfschüttelnd über so viel Unverstand ging er Anna hinterher, die sich eilte rechtzeitig auf dem Hof zu sein. Anna Sandvoss war streng und schnitt sonst womöglich ein Stück vom Schwarzbrot, vom Lohn ab.

*

Noch Stunden später, während der Morgenkost, schüttelte Jonny den Kopf über seinen Nachbarn.

„Was wackelst du heute so mit deinem Kopf, Jonny?" Hanken war aufmerksam geworden.

„Früllerk baut seiner Frau eine Feuerstelle unter freiem Himmel", platzte es auch sofort und ohne Überlegung aus Jonny heraus.

Anna, seine Frau, zog die Augenbrauen hoch und wies mit dem Kinn auf Piss-Jule, die mit offenem Mund, sich immer weiter vorbeugend, ihr linkes Ohr den Männern zugewandt hielt.

Jonny bemerkte die Blicke seiner Frau jedoch nicht, sie saß zu weit entfernt von ihm am Tisch auf der Frauenseite. Es brauchte einen Moment, bis die Nachricht verstanden worden war. Die sonst so wortkargen Moorkolonisten und Knechte redeten plötzlich alle auf einmal. Ein offenes Feuer im Moor war, das war grob fahrlässig.

Anna Sandvoos hatte, wie ständig in den vergangenen Tagen, abwesend auf das Brot vor ihr geblickt. Aufgeschreckt riss sie die Bratpfanne am Stiel hoch und schlug sie krachend auf die gescheuerte

Tischplatte: „Was fällt euch ein? *Weest still!* Sonst gibt es gleich kein Rührei mehr, für niemanden!“

Schlagartig verharrten alle regungslos, Bestürzung stand in den Gesichtern.

„Mudder“, Jacob durchbrach die Stille, „Mudder, magst du dich etwas ausruhen?“ Er stand auf und legte die Hand unter ihren Arm. Fast zog er sie aus ihrem Armstuhl und führte die nun wieder teilnahmslos blickende Frau wie eine Kranke in die Dönz. Die Tür machte er fest hinter sich zu.

Neben seiner Verwunderung überflutete Hanken ganz plötzlich Mitleid mit seiner Bäuerin. Zu ahnen, der eigene Sohn sei ein Mörder, das war schwer, auch wenn sie ihn als Mutter gegen die ganze Welt verteidigen würde. Er begann sich zu sorgen. Jacob tat das scheinbar ebenfalls, darum hatte er sie fortgeführt. Das war gut so.

Das merkwürdige Verhalten ihrer Bäuerin hatten nicht alle mitbekommen. Laute Befehle mit Drohung kannten sie von Anna Sandvoss. Viel spannender blieb die Neuigkeit, die Jonny verraten hatte. Der fühlte sich inzwischen allerdings mehr als unbehaglich. Da wachten die Grapenthiens Tag für Tag über seine Kinder und er wusste nichts Besseres, als sie hier dem Gespött auszuliefern. Er schaufelte Rührei in sich hinein, mehr als ihm zustand und knurrte nur bei den wiederholten Aufforderungen, darüber zu berichten: „Mehr *weet ik nich*!“

Kaum jemand hatte bemerkt, dass Piss-Jule inzwischen verschwunden war. Die Magd neben ihr seufzte nur einmal auf und rückte sich auf der Bank neu zurecht.

Am Weg stieß Piss-Jule auf Borchert, der mit großen, schnellen Schritten über die Brücke kam. Sie hielt ihn am Ärmel. Er riss ihn ihr blitzschnell aus der Hand und ging weiter, ja lief fast. „Borchert, weißt du schon das Neueste?“, schrie sie ihm hinterher. „Frülllerk macht Feuer im Moor! Jetzt im Sommer! Er wird wohl das ganze Günnemoor abbrennen!“

Früllerk stöhnte gequält auf, als er die Gestalt der alten Frau den Sanddamm entlanghasten sah. Er wusste, sie kam zu ihnen und sie würde ihre Meinung nicht für sich behalten. „*Old Wief!*", grollte er laut und setzte die letzten Steine in die Lehmschicht. Über Tag könnte die Schicht gut trocknen und am Abend würden sie das erste Feuer darauf versuchen.

„*Wat mokst du dor?*" Schon von weitem rief Piss-Jule. Früllerk tat, als hörte er es nicht. „Früllerk, *wat mokst du dor?*"

Als die alte Frau in einer beißenden Urin-Wolke neben ihm stand, konnte er sie nicht mehr ignorieren. „Du weißt doch, was ich hier tue, sonst wärst du wohl nicht so schnell hierher gelaufen. Hat Jonny erzählt, was ich mache?"

Piss-Jule beharrte jedoch auf ihrer Frage: „*Wat mokst du dor?*"

„Ich kann den Anblick der Heide nicht mehr ertragen. Ich schmier darum das ganze Moor mit Lehm zu."

Line lachte laut auf, hustete dann jedoch sofort wieder. Sie hatte immer noch Halsschmerzen. Dabei hatte sie heute Morgen den Umschlag mit Ringelblume und Sumpf-Vergissmeinicht wieder erneuert, so wie Stille-Catharine es ihr gezeigt hatte.

Auch Hans prustete lauthals los. Er war über den Graben von seiner Moor-Seite gekommen. „Früllerk", rief er lachend, „da hast du ja Arbeit satt!"

Piss-Jule riss an ihrer Schürze und warf dann beide Arme in die Höhe. „Früllerk zündet das ganze Moor an, er bringt uns alle um", zeterte sie.

„Jule, *wat bluchterst du da*?" Hans gluckste vor Lachen. „Früllerk hat doch nur gesagt, er schmiert das Moor mit Lehm zu. Ein Feuer kann ich dabei nicht erkennen."

„Du solltest deine Frau mal so richtig durchprügeln, statt ihr in allem nachzugeben." Piss-Jules Stimme überschlug sich fast: „Erst so kurze Zeit hier und schon lauter Neuerungen. Ihr …", sie zeigte mit dem Finger anklagend auf Line, „ihr ist unser Leben hier wohl nicht gut genug! Warum ist sie dann hierher gekommen? Soll sie doch wieder zurückkehren in ihr wunderbares Bremen. Wir sind bisher gut ohne sie ausgekommen, ohne sie und ihren …"

„*Neemodschen Krom*", beendete Früllerk den Satz. Einschüchternd ging er auf sie zu: „Du bist vielleicht so ausgekommen, aber ich nicht. Ich brauche Line hier. Weil ich sie nämlich liebe. Und ich bin stolz auf sie. Und stolz auf ihre neuen Ideen." Früllerk schlug ihr die Sätze nur so um die Ohren.

Sie wich einen um den anderen Schritt vor dem wütenden Mann zurück, gab aber nicht klein bei: „Was ihr auf eurem Moorstück treibt, soll mir egal sein, aber das ganze Moor in Asche legen, da haben wohl alle noch ein Wörtchen mitzureden", kreischte sie.

Line und auch Hans kannten Früllerk als besonnenen Mann, der Spannung eher durch einen Scherz beendete. So wütend hatten sie ihn noch nie erlebt. Line fasste seine linke Hand und streichelte sie mit dem Daumen.

Hans versuchte es mit Humor: „Tja, Jule, wir können es alle sehen – das ganze Moor steht in Flammen. Nur komisch, dass wir den Rauch nicht riechen. Früllerk, was treibt ihr hier tatsächlich?"

„Wir haben eine Feuerstelle gebaut", krächzte Line.

„Ja, weil ihr der Hals immer noch weh tut und der Rauch in der Hütte ihr nachts so schadet, dass sie immer husten muss. Dabei kann sie ja nicht wieder gesund werden!", verteidigte Früllerk die Idee.

Hans wirkte nachdenklich: „So haben wir es auch gemacht, als wir den Torfkahn gebaut haben."

„Ja, und es war dein Vorschlag", warf Früllerk ein.

„Ich hab es auf der Hofstelle gelernt, auf der ich in jungen Jahren *verdingt* war. Dort wird das Feuer mitgenommen zu den weit entfernt liegenden Torfstellen, da allerdings auf einer sehr nassen Stelle aufgeschichtet, damit die Mittagskost heiß gemacht werden kann. Als wir den Kahn bauten, da hat auch nicht das ganze Moor gebrannt, Jule. Du bist doch immer wieder vorbeigekommen. Du hast das doch selber gesehen und erlebt. So, wie auf dem Sandvoss-Hof der Boden unter der Feuerstelle mit Lehm ausgestrichen ist, genau so haben wir das auch an der Beek gemacht. Und Früllerk macht es hier nicht anders."

Piss-Jule war uneinsichtig und schüttelte nur immer weiter ihren Kopf.

„Und selbst wenn das Moor Feuer fängt, es brennt dann doch nur hier in dem kleinen Bereich innerhalb der neu gezogenen Gräben." Früllerk zeigte mit dem linken Arm einmal um sich herum.

„Und wozu sind die vielen Gräben gut?" Piss-Jule mochte nicht klein beigeben. „Das war wohl auch die Idee von der da aus Bremen – der *Fromden*." Sie spuckte es Line fast vor die Füße.

Früllerk hatte sich inzwischen ein wenig beruhigt. „Jule, was wir hier auf unserer Moorstelle treiben, das ist unsere Sache, das geht sonst niemanden etwas an."

„Oh, doch, ich weiß einen. Der Herr Findorff, dem werd ich das erzählen und dann wollen wir mal sehen, ob ihr all den *neemodschen Krom* machen dürft. Am Sonntag sag ich es ihm, denn er kommt ja nach Worpswede", triumphierte sie, „und nun muss ich los. Ich hab noch den Topf mit Suppe auf dem Feuer."

„Pass auf, dass das Moor unter deinem Topf nicht zu brennen beginnt!", konnte Früllerk sich nicht verkneifen. Er ärgerte sich anschließend über sich selber. „Die biestige alte Frau verdient es gar nicht, dass man wütend auf sie ist."

Hans gab ihm mit einem Kopfnicken Recht. „Wer von euch beiden hatte denn diese Idee?"

„Du!", kam es selbstverständlich und wie aus einem Mund vom jungen Ehepaar. Alle drei lachten befreit.

„Wenn ich es mir recht überlege: Eine Feuerstelle draußen für den Sommer, das wäre nicht schlecht." Hans betrachtete die zukünftige Feuerstelle und dachte laut nach. „Ohne Feuerglut wäre es nachts etwas weniger warm in der Kate und dazu rauchfrei. Unsere drei Mädchen fangen nämlich auch schon an zu husten. Aber die Husterei gehört ja traditionsgemäß zu den Moorkolonisten, oder?" Wieder lachten alle drei.

„Hans, warum akzeptieren unsere Nachbarn keine neuen Ideen, vor allem, wenn sie von Line kommen? Meinen Torfkahn haben sie doch nach anfänglichem Gerede auch hingenommen!"

„Hingenommen, ja, aber wie lange hat es gedauert, bis sie mit dir im Kahn gefahren sind! Es geht nun mal alles viel langsamer hier. Neues wird erst nach und nach von wenigen ausprobiert und erst dann von allen angenommen, wenn es schon wieder alt ist. Und zu dir, Line, werden alle noch lange *de Fromde* sagen. Aber irgendwann ist es nicht mehr böse gemeint. Mehr so wie ein zusätzlicher Name: Line, *de Fromde*. Die meisten mögen dich doch inzwischen. Sicher auch, weil du allen erlaubst, mit den Mühlsteinen zu mahlen. So kommen sie alle paar Tage mit dir zusammen. Auf fast jedem Grenzgraben liegt inzwischen ein Brett als Brücke, um den Weg über den Sanddamm zu sparen. Normalerweise hat im Sommer jeder so viel zu arbeiten, dass man sich höchstens am Sonntag in der Kirche trifft. Jetzt kennen dich doch alle schon gut. Und dass du die Mittelsteiner Kinder hütest, das erkennt auch jeder an. Fast jeder. Nur Anna Sandvoss redet gegen dich. Und Piss-Jule hilft ihr und mag dich nicht, weil die Bäuerin dich nicht mag."

Bei dem Lob fühlte sich Line fast unwohl. „Na ja, gehütet werden müssen die Kinder ja nicht. Wir würden nicht so viel schaffen ohne sie."

„Ja, das soll wohl sein, Mittelsteiners hätten sie sonst schlecht erzogen, aber es hilft dir mit den Frauen vertraut zu werden."

„Und Hupp-Marie zeigt mir das, was sie von ihrer Mutter gelernt hat. Ich würde sonst vielleicht ständig kommen und Louise fragen. Und ihr habt doch so viel Arbeit. Bald muss ich aber doch zu euch." Line hustete wieder. „Ich will endlich Bier brauen und ich weiß nicht, wie ihr das hier macht."

Früllerk schlug sich mit der flachen Hand vor die Stirn: „Ich habe doch ein Rezept von Beta Wendelken aus Ströhe auswendig gelernt. Das war an dem Tag, als ich Clara im Wasser der Beek fand. Darüber hab' ich das glatt vergessen. Aber bestimmt fällt es mir wieder ein."

„Louise hat als Großmagd gebraut, hm, daran kann ich mich noch gut erinnern.“ Hans leckte sich die Lippen. „Eigentlich schade, dass sie keine Zeit dazu hat. Immer das ewige Wasser“, er seufzte, „aber es löscht den Durst und verbraucht keine Arbeitszeit.“

„Wenn Louise weiß, wie es ohne Hefe möglich ist, dann können wir in Zukunft vielleicht zusammen Bier brauen, für beide Familien, das braucht weniger Zeit für jeden.“

Hans gefiel die Idee. „Du weißt aber, Anna Sandvoss wird das nicht gefallen. Sie hat dann wieder Grund, eifersüchtig auf dich zu sein.

Früllerk, übrigens, warum ich gekommen bin. Wir sind auf einen großen *Stubben* gestoßen. Ob ihr beide wohl kommen könnt? Frei gegraben haben wir ihn schon, aber zum Herausziehen brauchen wir noch ein paar starke Arme.“

Auf dem Weg zu Sasses Moorloch erklärte Früllerk seiner Frau, dass das Holz des *Stubbens*, wenn es erst einmal trocken sei, wunderbar brennen würde. „Das Holz war ewige Zeiten im Moor, es es brennt schneller als Torf, mit hoher heller Flamme. Wenn es aber noch nass ist, dann ist es außergewöhnlich schwer. Und es ist, als hielte sich der *Stubben* mit jeder noch so kleinen Wurzel im Torf fest. Immer müssen mehrere Männer helfen, ihn herauszuziehen. Und dann macht es mit einem Mal Plopp und er ist frei. Dabei sind wir schon oft ins Moorwasser gefallen. Natürlich zum Vergnügen der anderen.“

Auch Line musste bei der Vorstellung schmunzeln.

Früllerk fuhr fort: „Die Zweige und großen Äste, die bei uns um das Moorloch herumliegen, stammen auch aus der Tiefe. Wenn sie trocken sind, geben sie einen guten Holzvorrat für den Winter. Schilfreste und die Rinde, die im Schweinekoben aufgestapelt sind, kommen genau so aus dem Moor. Birkenbäume sind im Torf vergangen, nur die Rinde geht nicht kaputt. Die ist morgens guter Zunder fürs Feuer. Und Zweigstücke von der Kiefer, brauchen wir im Winter statt Kerzen. Die sind so voller Harz, dass sie mit heller Flamme brennen. Ohne solchen *Kienspan* wäre es in der Hütte zu dunkel zum Arbeiten. Du kennst die sicher auch aus Bremen.“

Ein Toter im Gefängnis

Am gleichen Tag in Osterholz

N*e, ober ok, Keerl! Wat mokst du vor'n dumm Tüüg!*" Dierk ließ das Brot und die Kruke mit Wasser auf das Strohlager fallen, solch einen Schrecken hatte er bekommen. Er umfasste die Beine, hielt den Körper hoch und rüttelte den Mann vorsichtig, aber das dunkle Gesicht und die heraushängende Zunge gaben Gewissheit: Der Gefangene war tot.

Dierk musste ihn wieder loslassen, er stellte den umgeworfenen Schemel richtig, stieg hinauf und mühte sich, den Knoten am Seil zu lösen. Der hatte sich jedoch so fest gezurrt, dass er ein Messer brauchte.

So schnell war er noch nie vom Gefängnis in der Hundestraße zum Klosterhof gelaufen.

Magnus öffnete gerade die Schweinekobentür. Dierk rief ihm quer über den Hof aufgeregt zu: „Magnus, Magnus, *töön op mi*!"

Der alte Mann blieb mit der Hand am Riegel neugierig stehen. Erst als der Knecht dicht vor Magnus stand, flüsterte er: „Der Gefangene *hett sik upbammelt.*"

Auch Magnus erschrak bei dieser Nachricht: „Was sagst du da?"

„Ich wollte ihm seine Morgenkost bringen, da hing er am Balken. An dem kurzen Strick, den er als Gürtel für seine Hose trug. Den Knoten bekam ich nicht auf, ich brauche ein Messer zum Abschneiden und dem Amtmann müssen wir wohl auch Bescheid geben."

„Dann war er also doch schuldig." Magnus schüttelte immer wieder den Kopf. „Ich habe seinen Beteuerungen fast geglaubt. So sehr kann sich ein Mensch verstellen."

„Ich brauche ein scharfes Messer", drängte Dierk.

Magnus beendete notgedrungen seine laut geäußerten Gedanken: „Ja, ich geb dir meins, aber bring es hinterher gleich zurück. Ich teile es jetzt dem Amtmann mit und du gehst hin und schneidest den

Mann ab. Leg ihn auf sein Lager und verschließ die Tür wieder gut. Dann komm zu mir, ich werde sicher weitere Aufträge für dich haben. Der Pastor muss Bescheid kriegen, auch wenn er den Mann nicht in geweihter Erde beerdigen wird, er muss es wissen."

Dierk beeilte sich seine Aufträge zu erledigen. Ihn gruselte vor dem Gefangenen. Dabei hatte er ihn in den zurückliegenden Tagen als freundlich und harmlos empfunden. Er wirkte überhaupt nicht gewalttätig, sondern eher fassungslos und traurig.

„Da nimmt solch ein Mensch sich das Leben und verwirkt sein Seelenheil!" Dierk liefen die *kalten Gräsen* über den Rücken. „Neben dem Friedhof verscharrt werden wie ein räudiger Hund. Wer das auf sich nimmt, beweist damit seine Schuld. Da hat Magnus Recht."

Nesseln kann man essen

Der Lehm auf der neuen Feuerstelle war inzwischen so trocken und hart geworden, dass Line schon am Morgen den *Grapen* aus der Hütte holte und auf das inzwischen von Früllerk entfachte Feuer stellte. Sie wollte Suppe kochen. Ihre Nachbarinnen buken, wie immer, *Pannkoken*.

Gestern Abend waren alle Frauen, nach und nach, zur Grapenthien Moorstelle gekommen, um *Bookweten* zu mahlen – und um die Lehm-Plattform für die neue Feuerstelle zu besichtigen. Keine blieb lange, denn jede hatte zu Hause noch genug zu tun. Line wässerte in der Nähe der sich drehenden Mühle ihren Garten. Sie hatte ein Stück Tau an den Eimer gebunden, damit sie schöpfen konnte. Im Graben war durch die große Hitze nur noch wenig Wasser. Sie ging alle paar Minuten an den Frauen vorbei, hin und her, mit dem leeren *Daubeneimer* zum Graben, mit dem vollen Eimer zum Garten, darum hielt sich das Getratsche über die absonderliche Idee einer Feuerstelle draußen in Grenzen.

Viel mehr Sorge bereitete den Frauen der nächste Sonntag, das Treffen mit dem Moor-Commissarius. Line hörte beim Gießen der Erbsen und Saubohnen, wie streng er doch war. „Letztes Mal hat er meinem Walter gedroht, er würde uns die Moorstelle wegnehmen, wenn wir den Hauptgraben am Sanddamm nicht so bald wie möglich frei machen würden. Ihr wisst doch, eine Birke war im letzten Herbst durch Blitzschlag gespalten und entwurzelt worden. Der Gewitter-Sturm hatte sie mitsamt den Wurzeln und dem Erdreich ins Wasser geworfen. Wie eine Sperre lag sie dort und behinderte den Wasserfluss. Der Commissarius war ärgerlich geworden, weil der Baum auch im Frühjahr noch immer als Hindernis im Wasser lag. „Aber Walter hatte doch keine Zeit dazu, bei der vielen Arbeit im Moor“, so entschuldigte Mimi leise ihren Mann. Mimi war das erste Mal zum Mahlen gekommen. Line freute sich über den Neuzugang.

Sie hatte Mimi bisher nur bei ihrer Hochzeit und sonntags in der Kirche gesehen.

„Oder er konnte es nicht, weil er vor lauter *Brammwien* im Bauch zu schwach war", so stichelte Piss-Jule, die sich trotz des gestrigen Ärgers natürlich wieder eingefunden hatte. „Woher hat dein Mann das viele Geld für den Alkohol? – Er hat die Ziege getauscht!" Piss-Jule trumpfte auf, sie hatte gehört, wie Mimi ihrem Mann nachgerufen hatte, er solle ihr um Gottes Willen die gute Milchziege lassen, nachdem er doch schon die Kuh verkauft hatte. Piss-Jules Gesicht leuchtete, weil sie eine Neuigkeit verkünden konnte, Anna und Louise sahen erschrocken zu Mimi hinüber.

„Aber, dann hast du ja gar keine Milch mehr für deine Kinder!"

Mimi nickte und strich sich mit einer resignierenden Handbewegung eine Haarsträhne aus dem knochigen Gesicht. Der Kopf der eigentlich noch jungen Frau wirkte wie ein Totenschädel. Die Haut spannte sich darüber, wettergegerbt und schon voller Runzeln. Ihre Kinder und sie hungerten oft. Das hatte Line von Louise erfahren, als sie ihr die ganze Reihe der Moorstellen aufgezählt hatte. Dabei arbeitete Mimi schwer, sie tat die meiste Arbeit ihres Mannes, der fast jeden Tag betrunken war. Dazu kam außerdem die Arbeit im Haus und die Erziehung und Sorge um ihre Kinder. Beide Mädchen waren noch zu klein zum Helfen. Und Louise hatte angedeutet: „Herr Findorff gab Walter die Moorstelle, weil er gehofft hatte, das Trinken würde aufhören. Ohne große Kinder, die mitarbeiten, kriegt doch sonst keiner Land. Na ja, doch einer, dein Früllerk. Da haben sich alle gewundert. Eine kaputte Hand, keine Frau und keine Kinder. Wenn der Commissarius sich da man nicht versehen hat!" Louise lächelte schelmisch. Sie gönnte Früllerk die Stelle und freute sich über den guten Freund für ihren Hans.

Mimi tat Line Leid, sie nahm sich beim Wasserschöpfen vor, der Frau einige Kräuter zu zeigen, aus denen sie Suppe kochen konnte, mehr vermochte sie wohl nicht zu tun. Louise hatte gemeint, Walter würde sehr schnell böse werden, wenn er erfuhr, dass Mimi von den anderen

Familien Essbares annahm. Er war der Meinung, seine Familie müsse von ihm ernährt werden. Trotzdem hatte jede Frau im Günnemoor Mimi heimlich schon etwas zugesteckt. Als Mimi mit ihrem Mehlsack auffällig langsam fortging, sich dabei immer wieder umsah und den Frauen winkte, lief Line noch einmal zu ihr hin. „Mimi, ich freue mich, dass du jetzt auch kommst, um deinen *Bookweten* zu mahlen."

„Das war mein Letzter" kam es leise und stockend von der Frau.

Line guckte sie mitleidig an, traute sich dann aber Rat zu geben: „Mimi, du weißt, dass ich Köchin in Bremen war. Ich kenne viele Mittel zum Kochen."

Die abgemagerte und verhärmte Frau blickte nicht einmal hoch und schüttelte leicht den Kopf. „Wir haben kein Geld."

„Das meine ich ja", Line wurde mutiger, „hast du gehört, dass ich Koop-Vadder und seinen Kindern Suppe gegeben habe?"

Mimi sah Line verständnislos ins Gesicht.

„Ich habe Brennnesseln gepflückt, sie abgebrüht und klein geschnitten. In Wasser gekocht ergeben sie eine schmackhafte Suppe."

Plötzlich interessiert schaute Mimi Line direkt in die Augen. „Du meinst, Nesseln kann man essen? Verbrennt man sich denn nicht den Mund daran?"

„Nein, wenn du sie zuerst brühst, brennen sie nicht mehr. Du kannst auch andere Blätter und Gräser sammeln. Wegerich und Gänseblümchen. Deren junge Blätter kannst du ebenfalls als Suppe kochen. Eigentlich alles, was am Wegesrand wächst. Vogelmiere und Sauerampfer, am besten mehrere Sorten miteinander, denn sonst schmeckt es leicht zu bitter. Wenn du dann noch etwas Mehl zum Andicken oder gequetschte Körner darin kochst, ist das eine richtige Mahlzeit. Auch Wildkörner eignen sich, die kleinen Grassamen. Das ist zwar mühsame Arbeit, aber das Sammeln schaffen deine beiden Mädchen sicher schon alleine. Du musst nur auf die Vögel achten, das, was sie fressen, schadet uns auch nicht.

Mimi, sei mir nicht böse, es soll nicht belehrend wirken. Aber ich selber suche jeden Abend für Früllerk und für mich nach Kräutern zum Kochen." Line lächelte: „Und Hupp-Marie macht es mir schon nach. Sie zeigt ihrer Mutter, wie ich koche. Anna und ich müssen darüber oft schmunzeln. Gott hat für uns in der Natur so viel wachsen lassen. Wir brauchen es nur zu sammeln."

Mimi blieb stehen. Sie legte ihren Mehlsack auf die Erde und ergriff Lines Hände. Ernst und nachdrücklich sagte sie: „Line, du hast mir mit deinen Tipps viel mehr geholfen, als du dir vorstellen kannst. In ein paar Tagen weißt du, warum." Ihr stand das Wasser in den Augen, Line wurde darüber ganz verlegen.

„Line, hab von Herzen Dank! Und hoffentlich bleibst du nicht mehr lange *de Fromde ut Bremen*!"

Tränen zogen Spuren durch das vorzeitig gealterte Gesicht. Aber so etwas wie Hoffnung schimmerte in Mimis Augen. Line war ganz durcheinander, es waren doch nur kleine und einfache Tipps, die sie weitergab. Mimi hob ihren Sack auf und ging mit schlurfenden Schritten Richtung Sanddamm.

Flucht nach Amerika

In der Nacht

Jonny hatte in der Nacht nach der Kuh sehen müssen. Sie bölkte und bölkte und wollte sich nicht beruhigen. Seine Nachbarn hatten die Kuh aufgestört. Jonny sah Walter den Handwagen ziehen, Mimi schob hinten und die Mädchen hielten sich an ihrer Schürze fest. Jonny wollte schon rufen, aber er unterließ es, er traute sich nicht. Es war nicht das erste Mal, dass eine Familie heimlich in der Nacht ihre Moorstelle verließ.

Jonny schwieg und bewegte sich nicht. Er hatte von Anna erfahren, dass Walter die Ziege getauscht hatte. Er wusste wohl schon lange nicht weiter, darum trank er so viel. Kaum Torf gestochen, keinen *Bookweten* eingesät und das Saatgut aufgegessen. Mit etwas Glück konnte er irgendwo Knecht werden, wo ihn keiner kannte. Aber wer nahm schon solch ausgemergelte Menschen? Dass Mimi wie ein Mann arbeiten konnte, sah man ihrer Hungergestalt nicht an. Und wie lange sie noch Kraft hatte, wusste sicher nicht einmal sie selber.

Jonny seufzte. Viele Kolonisten hatten schon ihre Stelle aufgegeben und waren, wie es dann hieß, „nach Amerika entwichen". Was wirklich mit ihnen passierte, wusste niemand. Als von der kleinen Familie nichts mehr zu sehen war, beruhigte er die Kuh und ging dann nachdenklich zurück in seine Kate.

*

Am Sonnabend brachte Jonny die Neuigkeit zu Früllerk und Line. „Sicher hatte Walter Angst vor dem Moor-Commissarius. Schon beim letzten Treffen war er abgemahnt worden. Es wurde ja immer schlimmer. Er ließ sich aber auch von niemandem etwas sagen."

Line erzählte von gestern Abend und wie sich Mimi bei ihr bedankt hatte: „In ein paar Tagen Tagen weißt du, warum." Nun ergaben diese Worte einen Sinn.

Die beiden Männer nickten nachdrücklich und Anna seufzte: „Hoffentlich finden sie einen Platz zum Bleiben!"

*

Line war an diesem Morgen sehr bedrückt. Hätte sie Mimi doch noch mehr gesagt. Hätte sie die Familie doch eher kennen gelernt. Warum lässt Gott zu, dass Männer so viel trinken und ihre Familien verhungern dabei?

Was hatte der Herr Pastor bei ihrer Trauung gesagt: „Was Gott zusammen fügt, das soll der Mensch nicht scheiden. In guten, wie in schlechten Zeiten …" Mimi hielt sich an diese Worte, sie brachten ihr aber nur Kummer und Elend. Line hätte jetzt gern mit dem Pastor aus Bremen gesprochen. Er hatte all ihre Fragen angehört und ihr immer so geantwortet, dass sie es verstehen und akzeptieren konnte.

*

In der sommerlich warmen Dunkelheit im Bett streichelte Früllerk Lines Hals. Die Abdrücke der Finger waren immer noch zu sehen. „Tut das noch weh?", fragte er liebevoll besorgt.

„Nein, nur wenn ich schwer schlucke", antwortete Line. „Da, links, wo jetzt deine Hand liegt, da tut es doch etwas mehr weh."

Früllerk strich ganz sachte darüber: „Hier mehr als auf der anderen Seite? Da sind die Abdrücke auch dunkler."

„Kannst du das in der Dunkelheit sehen?" Line lächelte. Ihr fiel etwas ein: „Früllerk, erinnerst du dich? Grete hatte ebenfalls auf einer Seite dunklere Würgemale. Das bedeutet, der Mörder kann mit einer Hand fester zudrücken. So wie du. Du kannst mit deiner linken Hand viel kräftiger zudrücken. Früllerk!" Line wurde aufgeregt und plötzlich hell wach. „Martin hat eine Verletzung an der rechten Hand. Mit einer solchen Wunde kann niemand fest drücken."

„Aber ist es denn die linke Hand, die dunklere Abdrücke gemacht hat?"

Line war sich sicher: „Bei mir kam er von hinten und du sagst, dass die Flecken auf meiner linken Halsseite dunkler sind."

„Ja, genauso ist es. Und wie war das bei Grete?" Frülllerk überlegte, er wusste es nicht mehr.

„Ich habe mir Grete doch genau angesehen und mir den Mord vorgestellt. Er muss direkt vor ihr gestanden haben. Sie kannten sich ja gut. Also standen sie sich gegenüber und somit hat er von vorn gedrückt. Grete hatte auf ihrer rechten Seite die dunklen Abdrücke. Ich bin mir ganz sicher."

„Und ich weiß, dass Martin die Hand schon vor der Hochzeit verbunden hatte. Also konnte er mit der rechten Hand nicht fest drücken. Frülllerk, das ist der Beweis. Martin ist es gewesen und nicht Claas."

„Wenn das stimmt, Line, dann muss Claas so schnell wie möglich wieder frei gelassen werden. Aber wer glaubt uns und wie wollen wir das beweisen?" Frülllerk war ratlos.

„Der Amtsdiener glaubt dir niemals. Der ist doch froh über den eindeutigen Fall. Und Anna Sandvoss hat die größere Macht. Was sie sagt, ist immer richtig."

„Aber der Herr Findorff hört mir bestimmt zu." Daran hatte Line keinen Zweifel.

Kolonisten-Versammlung

Sonntag

Mit aufkommendem Wind – eine Wohltat nach all der Hitze – fuhr das junge Ehepaar mit seinen Nachbarn Richtung Worpswede.

Eine leichte Unruhe lag über dem Torfkahn. So kannte Line die sonst so besinnlichen und schweigsamen Menschen nicht. Selbst die Morde hatten nur die direkt Betroffenen aus dem Gleichgewicht gebracht. Line erfuhr, dass die Aufregung von der bevorstehenden Versammlung mit dem Commissarius herrührte. Nach dem Gottesdienst würde jede Familie eine Einschätzung erfahren, ob sie im zurückliegenden Jahr gut oder schlecht gewirtschaftet hatte. Herr Findorff galt als überaus streng. Er mahnte und verwarnte, wenn es nötig war. Line wunderte sich, sie kannte ihn nur als Liebhaber ihres Kuchens, vor allem des Baumkuchens. Dass Menschen Angst vor ihm und seinem Urteil hatten, schien ihr merkwürdig bei einem Mann, der so herzlich sprach und schaute und jedes Mal lobte, wenn er Line sah. Line freute sich schon auf sein Gesicht, wenn er sie erblicken würde.

*

Die Versammlung fand auf dem Kirchplatz statt. Auf der Seite zur Pastorenscheune hin drängten sich Frauen und Kinder zusammen. Sie mussten Ruhe bewahren und schweigen. Das Reden und Erklären besorgten ihre Männer. Frauen hatten sich zu fügen. Die Männer standen in kleinen Gruppen an der Längsseite des Pastorenhauses. Der Herr Pastor und seine Frau waren ebenfalls gekommen.

Der Moor-Commissarius stand tief gebückt hinter einem Tisch im Schatten der Kirche. Er trug zu Hose und eng geschnittener Jacke ein schneeweiß gebleichtes Hemd. Papiere und eine gezeichnete Karte lagen vor ihm. Findorff hielt sich am Tisch fest, denn immer wieder überkam ihn, wie ein Anfall, sein fest sitzender hohler Husten, der ihn schon seit dem Winter quälte. Er hatte gehofft, dass ihm das Frühjahr Gesundheit bringen würde, aber jetzt, trotz des Sommers, war zu dem Husten auch noch Mattigkeit gekommen.

Dietrich Kohlmann, der Ehemann von Findorffs Schwesterkind und sein Vertrauter, klatschte in die Hände und rief, den Männern zugewandt, laut um Ruhe: „Der Herr Commissarius nimmt zuerst Stellung zu den Hofstellen der Kolonisten im Günnemoor."

„Hofstellen, nun sind diese nassen Schlamm- und Heidestücke schon Hofstellen", empörte sich mit vernehmlicher Stimme Anna Sandvoss. „Morgen heißt das *tolopen Volk*, das sich Kolonisten nennt, dann sicher Bauer."

„*Mudder*, sei still", kam es laut und deutlich von Jacob.

Line blickte zu der dritten Menschengruppe hinüber. Der gesamte Sandvoss-Hof stand etwas abseits.

„Die Groß-Bäuerin wirkt wie eine Königin mit ihrem Gefolge. Was hat sie denn?", flüsterte Line Louise zu.

„Sie mag den Commissarius nicht. Das wissen hier alle. Jedes Mal, wenn er kommt, macht sie Ärger."

„Aber warum? Sie hat doch nichts mit ihm zu tun. Ihr Hof steht doch nicht in der Kolonisten-Liste. Oder doch …?"

„Bevor Findorff das erste Mal mit seinem Landvermesser ins Günnemoor gekommen war, gab es an unserem Damm, in Richtung Dorf Düfelsmoor, nur den Sandvoss-Hof. Ein *Geest*-Bauer aus Ströhe, Lüer Wendelken, besaß das Land auf der anderen Seite des Dammes, zur Beek hin. Da er jedoch auf *Guntsiet* wohnt, kamen nur für wenige Tage im Jahr seine Knechte zum Torfstechen. Er überließ einen großen Teil davon dem Commissarius für die Kolonisation. Es gibt einen Vertrag zwischen dem Bauern und dem König. Und Findorff ist hier sein Stellvertreter. Anna Sandvoss kann es nicht vertragen, wenn ihr die Macht im Günnemoor streitig gemacht wird."

Inzwischen waren Früllerk Grapentien und Hans Sasse aufgerufen worden. Der Moor-Commissarius wartete, bis beide direkt vor seinem

Tisch standen und ihre Strohhüte abgenommen hatten. Er sah von seinem Papier hoch: „Hofstelle Nummer eins und Nummer zwei sind laut Augenschein fein in Schuss. Die Gräben sind ausgeräumt und führen sauberes Moorwasser, mehrere Torfstiche zeugen von Fleiß. Hans Sasse, du hältst auch deine Familie ordentlich, so wurde es mir mitgeteilt. Die Obstbäume tragen? Wie viele *Immen*-Völker versorgst du?"

„Fünf Völker, Herr Commissarius, sie stehen an der Grenze zu meinem Nachbarn", er zeigte auf Früllerk, „wir halten sie miteinander, weil mein Nachbar … weil …" Hans begann zu stottern und dienerte unaufhörlich.

„… weil ich doch bisher keinen eigenen Hausstand hatte", half Früllerk seinem Freund. „Und alle Obstbäume, zu beiden Seiten hin, tragen reichlich."

„Früllerk Grapenthien, du bist nicht gefragt worden, warte also!" Früllerk guckte erschrocken und schwieg.

„Hans Sasse, wie viele Kühe hast du?"

„Eh, eine, Herr Commissarius."

„Nun lass das Commissarius mal weg und diener nicht immer so mit dem Kopf! Ich habe genauso wie du eine Moorstelle, wir können also ganz normal miteinander reden, von Mann zu Mann."

„Ja, Herr … Findorff."

„Hier in meinen Papieren steht aber, du hättest im vergangenen Jahr zwei Kühe gehabt. Wo ist die andere geblieben?"

„Das war nicht meine, die gehört meinem Nachbarn." Hans zeigte auf Früllerk.

Findorffs Lippen verzogen sich zu einem kleinen Schmunzeln: „Ach ja, da gehören im Günnemoor ja schon seit mehreren Jahren zwei Mannsleute zusammen und halten auch zusammen. Früllerk, da werde ich dich doch wohl mit in das Gespräch einbeziehen müssen, auch wenn du grade eben einen Rüffel von mir bekommen hast."

Früllerk wurde merklich leichter ums Herz. „Sasses sorgten bisher für meine Kuh. Und bekamen dafür die Milch. Ich konnte bei ihnen essen, wann immer ich wollte. Louise ist eine gute Hausfrau und Hans ein gerechter Freund.“

Findorff nickte anerkennend: „Ich kann dich, Hans Sasse, ebenfalls nur loben. Du hast reichlich Torf gestochen. Bei diesem Wetter trocknet er ja wunderbar. Hast du dir schon einen Handelsplatz für den überzähligen Torf gesucht?“

„Früllerk nimmt meinen Torf mit seinem Kahn mit nach Bremen. Ich war selber auch schon einmal mit ihm dort und habe begonnen Kunden zu werben. Sorgen werden uns aber vielleicht die *Eichenfahrer* bereiten, die nahe Worpswede schon so lange Ärger machen. Man hört so allerlei. Aber bald werden wir trotzdem einen Kahn für mich bauen.“

„Hoffentlich nehmen sich alle Kolonisten an dir ein Beispiel. In den älteren Moorkolonien hat inzwischen fast jede Hofstelle einen Kahn und verdient dadurch gutes Geld – wenn die Familie fleißig ist und tüchtig Torf gräbt. Aber da habe ich bei dir keine Sorge.

So, und wie ist das nun bei dir, Früllerk Grapenthien? Mit dem Mund bist du ja recht gut, aber wie sieht es mit deiner Hütte aus?“

Früllerk fuhr der Schreck ins Herz. Er hatte schon im vergangenen Jahr und im Jahr davor den Herrn Findorff hingehalten: So lange er nicht verheiratet wäre, reiche die alte Hütte, er wolle lieber den Kahn bauen. Und ein Jahr später: Der Kahn wäre fast fertig und er würde bald heiraten.

Nun begann auch er zu stottern: „Herr Commi…, Herr Findorff, ich … meine Hütte ist immer noch die alte. Ich musste … und dann habe ich …“

„Aus ich musste und ich habe ist noch nie ein gutes Haus geworden.“ Schneidend scharf klang die Stimme Findorffs. „Du kennst die Abmachung: Wer seine Kate nicht innerhalb von sieben Jahren errichtet hat oder wenigstens den guten Willen dazu gezeigt hat, muss die Hofstelle verlassen. Ich war bisher geduldig mit dir. Du solltest mit dem Bau deines Kahns ein gutes Beispiel für alle sein. Nun glaube ich jedoch, du hast meine Haltung ausgenutzt.“

Geraune entstand unter den Männern. Die Gruppe der Frauen und Kinder war, aufgrund der lauten und strengen Stimme, fast geschlossen mehrere Schritte rückwärts gegangen. Nur Piss-Jule reckte den Kopf vor, sie wischte noch einmal mit dem Ärmel über ihre tränenden Augen, die vor Neugierde und Schadenfreude zu glitzern begannen: „Herr Commissarius, ich habe dazu noch mehr zu vermelden."

Dietrich Kohlmann gebot Piss-Jule sofort zu schweigen, Findorff jedoch hob die Hand. „Lass, Dietrich, wenn es hilft, will ich mir Jules Wort anhören."

Triumphierend blickte die alte Frau um sich und kam allmählich, Schritt um Schritt, nach vorn zum Tisch. „Frülllerk zündet das ganze Moor an. Seit er verheiratet ist, gibt er jeder Laune seiner Frau nach. Sie trägt andere Kleidung als wir Frauen hier, die Hütte ist ihr nicht gut genug, sie musste einen Graben drum herum haben, damit der Regen nicht in der Hütte steht, sie kocht lauter unheimliche Dinge und jetzt hat der da", sie zeigte mit dem Finger auf Frülllerk, „ihr auch noch eine Feuerstelle für draußen gebaut."

„Und sie benutzt eine Handmühle, was den Kolonistenfrauen nicht gestattet ist." Anna Sandvoss mischte sich laut und vernehmlich in das Gespräch.

„Moment, Moment", Findorff räusperte seinen Unmut über so viel unvorhergesehene Einmischung fort. Anna Sandvoss fasste er lieber mit Samthandschuhen an, ganz verderben wollte er es nicht mit ihr. Die königliche Kammer forderte immer wieder gütliche Einigung zwischen Bauernbesitz und Staatseigentum. Altes Gewohnheitsrecht hatte unklare Besitzverhältnisse geschaffen. Liebenswürdig, aber entschieden, stoppte er Anna Sandvoss: „Eins nach dem anderen, Bäuerin! Also Jule, wenn ich dich richtig verstehe, ärgerst du dich über die Neuerungen, die Frülllerk eingeführt hat."

„Nicht er, seine Frau, *de Fromde*!"

Findorff wischte Piss-Jules Satz mit der Hand weg: „Wo hast du das gesehen, Frülllerk Grapenthien? Den Graben um die Kate herum empfehle ich immer wieder, aber nur wenige probieren es aus. Auf meiner eigenen Moorstelle, Mehldorf Nr. 36, tut er schon lange gute Dienste."

„Meine Frau, Line, hatte die Idee."

„So, deine Frau, dann stimmt ja wenigstens dein Versprechen mit der Heirat. Und was heißt hier Moor abbrennen? Willst du um diese Jahreszeit noch *Bookweten* säen?"

Früllerk schüttelte energisch den Kopf: „Nein, nein. Das hat Jule falsch verstanden. Der Rauch in der Hütte kratzt meiner Line im Hals, seit sie gewürgt wurde. Und darum haben wir eine Lehmschicht draußen vor der Hütte trocken werden und danach hart brennen lassen. Darauf zünden wir das Feuer an, das ist ungefährlich. Herr Findorff, Ihr habt doch das Feuer an der Beek für meinen Kahn gesehen. Dort hatten wir hart gebrannten Lehm als Schutzschicht unter dem Feuer. Nichts anderes ist dies auch. Jule hat vor lauter Angst nicht nachgedacht."

„Du hast aber auch gesagt, du magst das Moor nicht mehr leiden und schmierst es darum ganz und gar mit Lehm zu." Piss-Jule ließ nicht nach. Sie grollte und zeterte ihren aufgestauten Ärger heraus.

Findorff verkniff sich das Lachen über die Vorstellung vom zugeschmierten Moor, er musste wieder husten, stöhnte dabei aber vernehmlich, denn er schätzte Jules Ärger als das ein, was er war: Missgunst und Eifersucht. Nicht anders kannte er sie. Jule würde sich nicht mehr ändern und nun hatte sie anscheinend ein neues Opfer in der jungen Frau gefunden. Und nicht nur sie allein, auch Anna Sandvoss schien Früllerks Frau nicht zu mögen. Da musste er, Jürgen Christian Findorff, wohl energisch werden. „Früllerk, nun stell mir endlich deine Frau vor!"

*

Line hatte nicht gewusst, wie sie sich verhalten sollte. Vom Gefühl her wollte sie, gleich als Hans und Früllerk vor Findorff standen, dazutreten, Louise ließ sie aber nicht gehen. „Das ist Männersache!“, zischte sie ihr energisch zu.

Line hätte Findorff natürlich auch gern begrüßt. Aber er war heute so anders als in Bremen. So energisch und laut kannte sie ihn überhaupt nicht.

Und doch war er vertraut, denn er verkörperte ihr altes Leben. Widerstreitende Gefühle beherrschten sie: Heimweh nach Bremen, Liebe zu Früllerk, Wut auf Jule und Anna Sandvoss, der Wunsch mit Findorff zu sprechen.

Während Früllerk gemahnt und gerügt wurde, strebte Lines ganzer Körper nach vorn. Es war ja nicht allein Früllerks Schuld, sie hatte doch großen Anteil daran. Sie wollte auch ihren Mann verteidigen. Louise jedoch hielt sie mit der ganzen Hand am Ärmel fest und gab nicht nach: „Bleib hier, du machst es nur noch schlimmer, wenn du dich in die Männerangelegenheiten mischst!“

Erst als Findorff Früllerk aufforderte, seine Frau vorzuzeigen, ließ Louise Lines Ärmel los. Alle starrten nun auf Line, während sie vortrat und sich neben Früllerk stellte.

Jürgen Christian Findorff blickte auf Line. Seine Augen wurden groß, er schaute von Früllerk zu Line, machte den Mund auf und … hustete wieder. Dann fragte er verhalten: „Line? Line aus Bremen? Line aus der Langenstraße? Aus dem Hause Eltermann?“

Line konnte nur nicken, so aufgeregt war sie.

„DU bist Früllerk Grapenthiens Frau? *Du büst de Fromde ut Bremen*? Aber, dann wohnst du ja hier im Günnemoor!“

Line musste lächeln, so durcheinander wirkte Findorff. „Ja, wir haben hier in der Worpsweder Kirche geheiratet. Und ich wohne natürlich bei Früllerk.“ Nun war sie nicht mehr aufgeregt, der vertraute Findorff, der Mann, der zu viel von ihrem Baumkuchen naschte und dabei dann so verlegen wirkte, den Findorff fand sie in seiner Fassungslosigkeit wieder.

„Herr Findorff, ich freue mich ja so, Euch zu sehen. Herr Eltermann hat schon vor meiner Abreise gemeint, er würde gern Euer

Gesicht sehen, wenn wir uns treffen." Line drückte Früllerks Hand. Die Worte sprudelten nur so aus ihr heraus: „Ihr wart so lange nicht in Bremen. Aber Ihr hattet sicherlich keine Zeit." Nun klang Lines Stimme besorgt. „Geht es Euch gut? Esst Ihr auch richtig? Ihr seid ja ganz dünn geworden! Ganz müde und matt seht Ihr aus. Und einen Husten habt Ihr auch. Wer sorgt denn für Euch? Ach, ich freu mich ja so, Euch zu sehen!"

„Das ist nun eindeutig Line aus dem Hause Eltermann." Findorff begann zu schmunzeln. Der Moorkommissar hatte sich von seiner Überraschung erholt. Er freute sich ebenso, Line wiederzusehen. Er hatte ihre liebevolle und bemutternde Art jedes Mal genossen, wenn er, selten genug, in Bremen gewesen war. Er war aber doch sehr erstaunt, dass Eltermanns ihre so hochgeschätzte Köchin hatten gehen lassen.

Wenn er ehrlich war, schien sie ihm zu schade für das Moor. Und nun verstand er auch die Aufregung der Kolonisten über *de Fromde.* Line hatte in der Stadt schon für Aufregung gesorgt, als sie, eine Frau, einen Mordfall löste. Auch in ihrer Küche probierte sie Neues aus. Ihr Baumkuchen, hm... Und nun hier bei den bodenständigen Menschen, o je! Auch wenn es immer wieder neue Kolonisten gab, sie kamen doch alle aus der näheren Umgebung, hatten die gleichen Erfahrungen und kannten die Arbeit auf dem Land.

Er hatte lange überlegt, ob er Früllerk Grapenthien überhaupt in das Moor-Programm mit aufnehmen sollte. Ihn, Findorff, hatte aber gerade der Ideen-Reichtum des behinderten Mannes gereizt. Früllerk-Eenhand hätte sonst niemals von ihm die Moorstelle erhalten, noch dazu ohne Frau und Kinder. Wer ins Moor ging, musste absolut gesund sein und eine gesunde und arbeitswillige Familie haben. Früllerk Grapenthien hatte jedoch etwas Anderes, von dem er hoffte, er würde es auf die Kolonisten übertragen. Er hatte Ideen, die er trotz aller Widrigkeiten versuchte, in die Tat umzusetzen. Misserfolge spornten ihn eher noch an, seine Hand war das beste Beispiel dafür. So war er von seiner eisernen Regel abgewichen.

Bisher hatte Früllerk ihn auch nicht enttäuscht, der Moorkahn war gebaut und wurde eingesetzt, ein zweiter für Hans Sasse war geplant. Alles, was er bisher gehört hatte, sprach für Früllerk, wäre da nur nicht die alte Hütte. Sogar sein Versprechen zu heiraten hatte er gehalten. Ja, und da hatte er sich wahrlich eine ihm ebenbürtige Frau gewählt. Eine mit ebenso vielen Ideen, wie er heute schon deutlich gehört hatte. Andere Kleidung, unheimliches Essen und eine Feuerstelle draußen. Ein Graben um die Hütte - endlich! Nun werden alle merken, wie hilfreich so ein Graben im Winter ist. Alles, was Jule vorgebracht hatte, konnte er also getrost vergessen.

Nur Anna Sandvoss' Anschuldigung, die musste er ernst nehmen. Was bedeutete das mit dem Mühlstein, woher hatte Line das Geld dafür? „Jule, stell dich wieder zu den anderen Frauen!" Befehlsgewohnt wies er die alte Frau in ihre Schranken.

„Anna Sandvoss, die Anschuldigung, die Ihr vorbringt, wiegt schwer. Woher stammt Euer Wissen, dass Kolonisten keinen Mahlstein benutzen dürfen? Euer Hof hat doch auch die Erlaubnis den *Bookweten* für den täglichen Bedarf zu mahlen. Nur das Brotgetreide muss zum Müller gebracht werden."

Die Bäuerin ließ sich durch Findorffs strengen Ton in keiner Weise einschüchtern. „Ich weiß es eben. *Just so, as een un een twee gifft.*"

„In jedem Dorf mahlt jede Kolonistenfrau den *Bookweten*. Müssten die Familien von ihrem geringen Ertrag auch noch die *Metze* abgeben, dann würde so manche hungern. Also, was stört Euch an Lines Mahlstein?"

„Grapenthiens haben auf ihrem Grundstück einen zweiteiligen Mühlstein gefunden. Und sie stellen ihn jeder Familie aus dem Günnemoor zur Verfügung. Jeden Abend treffen sich die Frauen dort bei der Hütte und vertun ihre Zeit. Zeit, die besser der eigenen Moorstelle zur Verfügung stehen sollte."

„Das stimmt doch nicht! Keine Frau bleibt länger bei uns als notwendig." Line konnte nicht an sich halten. „Das ist eine Unterstellung. Der Mühlstein spart Zeit und Kraft."

„Ja, ja, Zeit, die mit dem vielen Hin- und Hergelaufe und der langen Schnackerei wieder verbraucht wird", höhnte Anna Sandvoss. *„Wenn een veel snackt, denn sünd dor ok veel Lögen bi."*

„Schluss! Ich werde mir den Mahlstein selber ansehen und erst danach eine Entscheidung treffen." Findorff machte dem Streit abrupt und unmissverständlich ein Ende. „Hofstelle drei und vier, Jonny Mittelsteiner und …"

„Walter und Mimi Büttel sind nicht mehr da, Herr Commissarius." Jonny war vorgetreten und hatte vor lauter Aufregung Findorff unterbrochen.

„Ich habe nichts anderes erwartet", sagte der leise, wie zu sich selber. Und laut: „Die Hofstelle wird neu vergeben. Nun also zu dir, Jonny Mittelsteiner. Auch deine Arbeit kann ich hier nur loben. Und desgleichen auch Carl Vollmerdings. Ich kürze meine Begutachtung heute ab, denn wir haben noch Schlimmes zu bereden. Zwei junge Frauen sind zu Tode gekommen."

„Der Mörder ist ja wohl gefasst und sitzt schon *im Loch*." Anna Sandvoss wirkte entschlossen, erst gar keine Befragung zuzulassen. Sie drehte sich von Findorffs Tisch fort, winkte ihrem Hofgesinde mit der Hand und machte Anstalten zu gehen.

„Halt, ich habe hier wohl die Entscheidung über eine Anhörung!" Trotz der von der Obrigkeit befohlenen Freundlichkeit den großen Bauern gegenüber wurde Findorff langsam ärgerlich. Seine Stimme war ein Befehl: „Claas war Euer Knecht und Grete wie Clara haben für Euch gearbeitet. Ich möchte jetzt Auskunft haben."

„Auskunft hat schon der Amtsdiener bekommen. Uns geht das nichts mehr an." Die Bäuerin konnte ebenso gebieterisch klingen.

Findorff unterdrückte seinen aufsteigenden Zorn und hoffte auf den Überraschungsmoment: „Claas Hüllen hat sich vor ein paar Tagen im Gefängnis erhängt."

Totenstille.

Dann setzte sofort lautstark Gerede ein. Anna Sandvoss übertönte jedoch alle Stimmen: „Damit hat er sich ja selber als Mörder entlarvt."

Findorff erhob wieder seine Stimme: „Seid ruhig! Dann können wir versuchen miteinander zu reden. Wer hat etwas dazu zu sagen?"

Hans meldete sich zu Wort: „Herr Findorff, vielleicht hat Claas ja Grete und Clara ermordet. Nur wer hat dann versucht Line zu erwürgen? Da war Claas ja schon viele Tage eingesperrt."

„Das war doch wohl nur ein Denkzettel für all die Dreistigkeit, die die Fremde aus Bremen da an den Tag legt." Anna Sandvoss' Stimme war laut und schrill. „Wer alles besser weiß, Gerüchte in die Welt setzt, wer überall herumschnüffelt und sich als Köchin aufspielt, muss mit so was rechnen."

„Line, was war mit Line?" Nun war Findorff doch erschrocken darüber, wie groß die Abneigung gegen *de Fromde ut Bremen* offenbar war. „Line, was war mit dir?"

„Herr Findorff, ich bin im Abenddunkel im Moor gewürgt worden. Und wären nicht Sasses Jungen zufällig vorbeigekommen, wäre ich wohl tot."

„Wann war das?" So kurz und knapp wie Lines Bericht war nun auch Findorffs Frage.

„Nachdem Claas schon lange *im Loch* saß."

„Und was bedeutet die Anschuldigung, es sei harmlos? Nur ein Denkzettel?"

„Wenn ich sage, es ist nur ein Denkzettel, dann ist es auch einer." Anna Sandvoss war erbost, wirkte aber doch ein klein wenig unsicher in ihrem Protest. „Was weiß denn schon eine Moor-*Deern*!", klang es abfällig, aber sehr lahm.

„Diese Moor-*Deern* wird in Bremen sogar von den Senatoren geschätzt. Ich weiß nicht, ob das hier noch jemand von sich behaupten kann." Findorffs Stimme war laut und scharf.

„Es war ein Angriff auf mein Leben, Herr Findorff."

„Und warum?"

„Ich glaube, nicht Claas ist … war der Mörder. Irgendjemand aus dem Günnemoor ist der Täter und er hatte Sorge, dass ich es herausbekommen könnte – durch meine Schnüffelei und Besserwisserei!"

Den letzten Teil des Satzes sprach Line Anna Sandvoss zugewandt.

Findorffs Fragen kamen weiter kurz und knapp: „Wer ist deiner Meinung nach der Mörder?"

„Nun ist es aber genug!" Anna Sandvoss Stimme überschlug sich plötzlich. „Seit wann übernehmen denn Kolonistenfrauen die Aufgaben des Amtsdieners? Das wird ja immer schöner!" Die Bäuerin stand inzwischen vor Martin, als wolle sie ihn verstecken.

Auf dem gesamten Kirchhof rührte sich niemand, es war absolut still. Jeder war entsetzt über Claas Freitod und hielt gleichzeitig die Luft an, um von dem Machtkampf, der sich abzeichnete, nichts zu verpassen.

Der Pastor räusperte sich: „Herr Findorff, auch ich meine, Ihr geht nun zu weit. Ihr mögt Line ja von Bremen her kennen, aber woher soll sie denn wissen, wer der Mörder ist? Dazu gehört kriminalistischer Spürsinn, so, wie der Amtsdiener ihn hat. Aber doch nicht eine Frau!"

„Line, wer ist der Mörder?" Findorff überhörte den Einwand des Herrn Pastor.

„Es reicht, wir gehen!", schrie Anna Sandvoss, rote Flecke auf Gesicht und Hals.

„Nein, *Mudder*, wir bleiben!" Ebenfalls befehlsgewohnt breitete Jacob beide Arme weit aus und hinderte seine Familie am Fortgehen. „Wovor hast du Angst?"

„Sie hat Angst, dass Martin der Mörder ist." So, nun war es heraus, Lines Herz klopfte laut und schnell. Sie suchte Früllerks Hand. Bestätigend schob er seinen rechten Arm unter ihren linken und hielt Line fest.

Annas Gesicht war aschfahl geworden, haltesuchend griff sie nach der Tischkante.

Martin hatte die ganze Zeit abwesend gewirkt. Nun jedoch war er mit einem Satz direkt vor Line: „Ich bin kein Mörder! Das habe ich dir schon einmal gesagt."

Früllerk hob seine kaputte rechte Hand, um Line zu schützen.

Findorff übernahm aber wieder die Führung: „Line, deine Begründung!“

„Herr Findorff, der Mörder hat bei Grete und Clara und auch bei mir am Hals Abdrücke hinterlassen. Er hat mit der linken Hand fester zugedrückt. Und Martin ist an seiner rechten Hand verletzt. Er kann also nur mit der linken Hand fest zudrücken. Und er hatte ein Liebesverhältnis mit Grete wie mit Clara.“

„Das stimmt!“ Früllerk war auf einmal der Tag noch vor seiner Hochzeit eingefallen. „Herr Findorff, vor mehreren Wochen während eines Streits bei mir auf der Moorstelle hat Clara Grete gehänselt: „Ich bin viel hübscher als du, meine Haare leuchten wie Gold. Das hat mir dein Liebster gesagt.“

Martin starrte auf Früllerk, er wirkte völlig fassungslos und brachte kein Wort heraus. Koop-Vadder war langsam nach vorn an den Tisch gekommen. Er sah Martin direkt in die Augen und murmelte: „Du hast meine Grete getötet? Meine Grete?“

„Nein!“ Wie wild blickte Martin Gretes Vater an: „Ich habe Grete nicht getötet. Ich hab sie doch lieb gehabt. Aber sie hat mir nicht geglaubt. Ich wollte sie doch so gern heiraten. Aber sie meinte, meine Mutter wäre nie, bis ans Ende aller Tage nicht, mit unserer Heirat einverstanden. Und dann hat sie sich aus Trotz mit Claas verlobt. Ich habe immer wieder, jeden Tag, versucht sie umzustimmen. Später sagte sie dann, sie hätte einen anderen Liebsten. Aber das habe ich ihr nicht geglaubt. Ich habe sie nicht getötet. Lieber Gott, du weißt, wie sehr ich seit ihrem Tod leide. Ich kann gar nicht mehr richtig denken seitdem. Und dass du, *Mudder*, denkst, ich habe sie getötet … das ist doch nur ein böser Traum. Ich will nicht mehr, ich kann nicht mehr leben ohne Grete!“

Findorff nickte in Dietrich Kohlmanns Richtung, der sich sofort neben Martin stellte und dessen Arm nahm. Widerstandslos ließ der sich zur Seite führen. Dort stand Jacob, der Martin die Hand auf die Schulter legte: „Martin, es ist das erste Mal in deinem Leben, dass dir etwas versagt bleibt, nicht wahr? Du wirst es überleben, wenn du nicht der Mörder bist. Und ich glaube dir."

Line stand immer noch von Früllerks rechter Hand beschützt. Nur langsam ließ er sie sinken.

Line fiel plötzlich etwas ein: „Halt! Falls Martin der Mörder war, hätte ich einen Verband an meinem Hals spüren müssen."

Findorff hakte nach: „Erinner dich genau!"

„Ich fühle immer noch beide Hände und da war kein Verband."

„Dann hat er ihn abgenommen."

„Nein, nein. Hanken sagte, Martin wäre gerade wieder zurück vom Verbinden beim Wundarzt. Vielleicht ist Martin nicht der Mörder."

„Aber wer war es dann?"

Laut und gehässig meldete sich Piss-Jule wieder zu Wort: „Ja, ja, Line Grapenthien, nur weil du den Herrn Commissarius kennst, traust du dich doch überhaupt einen Bauernsohn zu verdächtigen. Dabei weißt du rein gar nichts. Amtsdiener wird man eben nicht so einfach mit links."

Links! Das war es, Line sprudelte es nur so heraus: „Gibt es einen Linkshänder im Moor?"

Früllerk nickte sofort: „Ja, klar, Borchert. Er ist Linkshänder, das weiß hier jeder. Er uzt oft und sagt: Ich und der Grapenthien sind die Einzigen, die alles mit links können."

„Und wenn nun Borchert der Mörder ist?" Line blickte Findorff unsicher an.

„Wo ist Borchert?"

„Hier, Herr Findorff." Borchert drückte und drehte zwar an seinem Strohhut, trat aber mit breitem Grinsen nach vorn an den Tisch. „Das ist ja wohl lachhaft! Da kommt so eine aus Bremen, nennt zuerst Martin einen Mörder, dann mich und sicher verdächtigt sie gleich noch weitere Moorleute. Hü und Hott und wenn der eine nicht passt, dann verdächtigt diese Frau den Nächsten. Line sollte das kriminalistische Denken lieber dem Amtsdiener überlassen. Der hat schon den richtigen Mörder mitgenommen. Den Beweis hat Claas ja durch seinen Selbstmord erbracht."

„Line?“ Findorff blickte Line auffordernd an.

„Borchert, du hast mich am Waschtag gewarnt. Ich solle mich nicht in deine Angelegenheiten mischen. Was hast du damit gemeint?“

„Nun, nun, Line, leg mal nicht alle Sätze auf die Goldwaage! Mir passte nicht, wie du über mein Gesicht geurteilt hast. Mehr war da nicht.“

„Borchert, du hast doch als Großknecht die Möglichkeit auch am Tag fortzugehen. Wenn du irgendwo etwas kontrollieren willst oder so. Du musst doch nicht immer mit den anderen vom Hof zusammen sein, oder?“

„Worauf willst du hinaus, Line Grapenthien?“ Borcherts Stimme klang drohend. Line ließ sich dadurch jedoch nicht einschüchtern.

„Du hast Recht, Line!“ Hanken war einige Schritte näher gekommen und nickte bestätigend. „Nicht nur Martin, auch Borchert kann am Tag für eine Weile verschwinden. Er ist nur Anna Sandvoss und Jacob verpflichtet. Aber es geht hier auch um eine Liebschaft. Borchert hat doch seine Braut, die jeden Tag kommen soll. Er wird wohl nicht nebenher noch eine zweite und sogar eine dritte *Mietsche* haben!“

„Vielleicht ist das aber der Grund, warum Grete und Clara sterben mussten. Borchert, du wolltest die Liebschaften beenden, weil deine Braut angekündigt war.“ Line fiel noch Weiteres ein: „Am Waschtag, als Clara das Wasser über mich geschüttet hatte und verschwand, als ich dann kochen musste, da kamst du, Borchert, zu spät zum Essen und sagtest, du habest Koop-Vadder Beileid gewünscht. Ich weiß noch, dass du von Anstand und Höflichkeit redetest. Koop-Vadder hat gestern jedoch gesagt, nur du wärst nicht bei ihm gewesen, nur du hättest ihm noch kein Beileid gewünscht.“

„Ja, das stimmt!“ Koop-Vadder nickte. Auch Hanken glaubte sich daran zu erinnern. „Ich kann das bestätigen. Borchert hat das beim Essen gesagt. Aber dann hat er gelogen.“

„Zwei alte Männer, die sich erinnern! Die sind mittlerweile doch schon verkalkt. Was die sagen, kann ja wohl niemand ernst nehmen!“

Borcherts Stimme klang herausfordernd, sein Grinsen wurde immer breiter.

Findorff wusste um Borcherts Grinsen und hatte, wie Line, Schlussfolgerungen daraus gezogen. Solch breites Grinsen zeugte von Unsicherheit. Er achtete nun genauer auf den Großknecht.

Früllerk hatte ebenfalls überlegt: „Ich erinnere mich an unsere Hochzeit. Hinterher kamst du zu uns unter die Bäume und lobtest Lines *Kloben*. Da sprachst du so merkwürdig, als ich dich fragte, warum du zu uns gekommen bist."

„Und Clara war auch da. Sie gehörte aber doch, wie Borchert auch, zu den Hofleuten und damit auf die andere Hochzeitsfeier und nicht zu den Kolonisten. Vielleicht kam Borchert, weil Clara bei uns war." Hans wollte ebenfalls einen Teil zur Lösung beitragen.

„Aber warum tötete er Grete?" Findorff versuchte den Überblick zu behalten.

„Koop-Vadder, du hast doch gesagt, dass Grete meinte, er würde sie heiraten. Und wenn Clara das auch dachte, er aber doch lieber seine Braut aus Spreddig heiraten wollte ..." Line brach mitten im Satz ab, solch ein Grund war zu abwegig.

„Aber darum tötet man doch nicht gleich!" Hanken dachte ebenso und schüttelte den Kopf.

„Grete war eine eher ruhige junge Frau", überlegte Früllerk. „Clara dagegen war sehr forsch. Darum hat sie dich, Line, auch so schnell angegriffen. Sie war eingebildet durch ihren Aufstieg von der einfachen Magd zur Vertretung der Bäuerin, zur Köchin."

„Grete wird Borchert angefleht haben, bei ihr zu bleiben, falls er ihr in der Mordnacht gesagt hat, es sei Schluss", warf Line ein.

„Ja, aber Clara wird gefordert haben. Vielleicht hat sie sogar versucht ihn zu erpressen. ‚Das sag ich Anna Sandvoss oder der Braut in Spreddig!' – wenn sie von der weiteren Konkurrenz überhaupt wusste."

„Ihr redet über mich, als sei ich nicht hier. Ich stehe aber hier und ich sage euch: Es ist alles nicht wahr. Ich bin kein Mörder! Martin glaubt ihr doch auch, oder ist das nur, weil er reicher Bauernsohn ist?“

„Und Claas? Vielleicht hat Claas ja doch getötet.“ Findorff blickte ratlos.

Line war inzwischen völlig verunsichert: Wem sollte sie glauben? Wer konnte der wahre Täter sein? Eine Idee schoß ihr unvermittelt durch den Kopf: „Hanken, Grete ist doch oft in der Nacht auf eurem Hof gewesen. War sie auch in der Hochzeitsnacht dort? Hast du sie gesehen? Konntest du Grete genau erkennen? Hatte sie ihre schön bestickte weiße Sonntags-Schürze umgebunden, die, die sich in der Mordnacht im Wurzelwerk am Moorgraben verfangen hatte?“

„Aber sie trug doch ihre blau karierte Schürz…“ Borchert erstarrte mitten im Satz. Er hatte sich verraten.

Dietrich Kohlmann hatte Martin inzwischen losgelassen und sich dichter an Borchert herangeschoben. Auch Hans stellte sich unauffällig so, dass Borchert an ihm vorbei musste, sollte er versuchen fortzukommen.

„Grete war bei mir in der Nacht. Nur darum weiß ich von der Schürze. Die weiße leuchtet so, sagte sie, ich binde lieber die dunkle um. Ich bin kein Mörder, ich schwöre, ich bin kein Mörder.“ Verzweiflung klang aus Borcherts Stimme.

„Herr Findorff!“ Lines Stimme war jetzt fest und sicher. „Ich habe dem Mann, der mich in der Dunkelheit gewürgt hat, mit dem Holschen ans Schienbein getreten. Sehr fest. Der Abdruck davon ist vielleicht noch zu sehen.“

„Martin Sandvoss und Borchert, zeigt eure Schienbeine vor!“

„Nein, Martin, du brauchst das nicht!“ Anna Sandvoss war aus ihrer Erstarrung erwacht. „Du bist ein Bauernsohn, kein Kolonist. Findorff hat über dich nichts zu bestimmen.“

„*Mudder*, denkst du immer noch – ich sei der Mörder?“ Die Enttäuschung auf Martins Gesicht war unübersehbar.

„Hier, Herr Findorff, hier könnt Ihr meine Beine sehen, beide, rechts und links. Da ist nichts zu sehen, kein Abdruck, gar nichts.“ Martin krempelte eifrig seine Hosenbeine hintereinander hoch und zeigte beide Beine vor. Alle reckten den Hals, es war nichts zu sehen.

„So, und nun du, Borchert!“

„Keiner fasst mich an! Ich bin Euch, Herr Moor-Commissarius, keine Rechenschaft schuldig. Ihr seid für den Sandvoss-Hof nicht zuständig, so wie meine Bäuerin es eben schon gesagt hat. Ihr könnt mich nicht zwingen, meine Schienbeine zu zeigen.“

„Er nicht, aber wir!“ Früllerk und Hans sprachen im Duett. Und bevor Borchert sich zur Wehr setzen konnte, waren beide Hosenbeine hoch gezogen.

Am rechten Schienbein war unübersehbar eine blutverkrustete Stelle.

Achterna

Line und Früllerk sanken erschöpft auf ihre Bank und lehnten sich, wie jeden Abend, an die Hüttenwand. Endlich waren sie allein! Keiner mochte viel reden, in Gedanken zog der gesamte Sonntag noch einmal an ihnen vorbei.

Nachdem Borcherts Schuld durch Lines Holschen-Abdruck an seinem rechten Bein endgültig bewiesen war, hatte er beide Morde zugegeben. Die Vermutungen hatten sich als richtig erwiesen.

Borchert hatte nicht nur seiner Braut aus Spreddig, sondern Grete und auch Clara ein Heiratsversprechen gegeben. „Aber ich habe sie doch gemocht! Alle drei!“, schrie er immer wieder und die meisten der Frauen hatten nahezu Mitleid mit ihm bekommen.

Bei Gretes Tod hatte er vorher getrunken und als sie ihn an sein Versprechen erinnerte, er aber nichts davon wissen wollte, war sie in Tränen ausgebrochen. Um sie zum Schweigen zu bringen, hatte er sie zuerst nur gewürgt, war dann aber immer wütender geworden. „Die dumme Gans jammerte und jammerte. Ich wollte doch nur, dass sie endlich still ist!“

Clara hatte er regelmäßig mit Aufträgen vom Hof geschickt und war ihr dann nachgegangen. „Wir trafen uns oft draußen an der Beek, weit ab vom Hof. Als sie hörte, dass eine Braut aus Spreddig auf dem Weg ins Günnemoor war, hat sie mir gedroht. Sie hat gesagt, ich müsse sie heiraten, weil sie doch nun keine Jungfrau mehr war. Und als ich sie würgte, fiel sie rücklings auf den Boden. Dort riss sie am Heidekraut und kratzte den Boden auf, der Stein kam zutage. Wie der unter die Heide geraten war, weiß ich nicht. Aber ich konnte ihn gut gebrauchen, nachdem ich Clara zum Wasser gezogen hatte.

Und Du, Line, du bist schlau, das habe ich gleich gemerkt. Auch wenn du am Anfang dachtest, Martin wäre der Mörder, war ich sicher, dass du mich bald verdächtigen würdest. Also musste ich etwas tun.“

Alle in der Runde bei Findorff waren bis ins Mark verstört gewesen über die unverhüllten Worte eines Menschen, der doch unter ihnen gelebt hatte, den sie meinten zu kennen.

Jacob hatte seine Mutter untergehakt und brachte sie fort vom Kirchplatz. Sie ließ sich, wie willenlos, mitschleifen. Martin war verschwunden, wie so oft in den zurückliegenden Wochen. Hanken gab die Anweisungen für den Aufbruch.

Findorff hatte die Versammlung abgebrochen, niemand war nun noch in der Verfassung, Beurteilungen und Ratschläge zu hören. Er würde vor dem Winter noch einmal wiederkommen. Er schickte seinen Schwesterkindmann den Reisewagen holen. Mehrere der Männer strebten der nächsten Kneipe zu.

Borchert lag mit auf dem Rücken zusammengebundenen Händen am Boden. Der Pastor kümmerte sich um ihn. Zwei kräftige Knechte wurden beauftragt, den Mörder nach Osterholz zum Amtmann zu führen.

Findorff fragte Line und Früllerk, ob er vor seiner Heimfahrt morgen bei ihnen vorbeikommen könne. Es gäbe noch viel zu bereden und auch zu erzählen.

Die Nachbarfamilien aus dem Günnemoor machten sich schweigend auf den Weg zur Anlegestelle. Unten am Fuß des Weyerberges kam ihnen mit großen Schritten Jacob entgegen. An der *Slott-Schüün* drückte er Line und Früllerk fest die Hand und bedankte sich. „Line, ohne dich wäre Claas als Mörder beerdigt worden. Er war doch Knecht bei uns und ein guter obendrein. Und ohne deine gründlichen Überlegungen hätte Borchert vielleicht weiter gemordet. Und meine Mutter hätte für immer geglaubt, Martin sei der Mörder und hätte versucht, es zu verheimlichen. Und dabei war sie ja schon nach diesen wenigen Tagen ganz durcheinander."

„Wo ist sie denn jetzt?" Line hatte durch Jacobs Rede Mitleid mit der großen Bäuerin bekommen. „Geht es ihr besser?"

„Sie ist in der Obhut von Katharina, ihrem Patenkind. Wir haben eben beschlossen, dass meine Mutter zusammen mit dem jungen Paar nach Tarmstedt zu Nicolaus' Eltern reist, wenn die große Hitze ein Ende hat. Die Fahrt wurde schon während der Hochzeit verabredet. Meine Mutter hatte sich bisher jedoch geweigert. Sie sei unabkömmlich, hat sie immer wiederholt." Jacob seufzte.

„Ich bin aber gekommen, weil ich euch meinen Dank deutlich machen möchte. Bitte lehnt ihn nicht ab. Wir haben auf dem Hof in der Scheune seit mehreren Jahren schon zurechtgesägtes Eichenholz. Ich hatte geplant ein kleines Haus zu bauen, für meine Mutter als Altenteiler. Es ist aber nie dazu gekommen, denn …" Jacobs Stimme war leiser geworden.

Line und Früllerk schwiegen betreten. Sie spürten die Ohnmacht des jungen Bauern hinter den Worten.

Jacob räusperte sich: „Herr Findorff hat die Kate für eure Moorstelle angemahnt. Ich lasse euch das Holz in den nächsten Tagen bringen."

„Und deine Mutter?", traute sich Line zu fragen. „Was wird sie dazu sagen? Wir verstehen uns nicht besonders gut. Und das von dir geplante Haus …?"

„Ich weiß noch nicht, was die Zukunft bringt. Das Holz liegt schon so lange, da kann ich auch wieder frisch geschlagenes einlagern. Erst einmal bekommt ihr das Holz. So könnt ihr den Winter schon in einem richtigen Haus verbringen. Und meine Mutter wird vielleicht eines Tages einsehen, dass ohne dein Eingreifen Unrecht geschehen wäre."

Line kamen die Tränen, Früllerk ergriff Jacobs Hand. Vor lauter Dankbarkeit zerquetschte er sie ihm fast: „Jacob, du hast mir eine Riesensorge fortgenommen."

„Und ihr mir die Sorge um einen Mörder. So gleicht sich im Leben eben vieles aus, würde Hanken jetzt sagen. Und: *Dat hett de Pastor ok all mol seggt!*" Jacob begann zu schmunzeln und grinste breit, als Line und Früllerk laut auflachten. Er war plötzlich nicht mehr der reiche unnahbare Bauer, sondern ein Mann wie jeder andere.

Während der Heimfahrt im Torfkahn führten die Kinder das ‚große Wort'. Die Erwachsenen schwiegen, noch in Gedanken an die Versammlung.

Wie selbstverständlich kamen an der Anlegestelle Sasses und Mittelsteiners mit zu Line und Früllerks Moorhütte. Die großen Kinder wurden nach Hause geschickt, um Essen und Trinken zu holen. Die Kleineren begannen zu spielen. Mörderfangen hieß das neue Spiel.

Die drei Paare saßen im Heidekraut. Sie waren so froh, dass der Mörder nun gefasst war und doch unendlich fassungslos, weil ein Mensch wie sie so etwas getan hatte.

Viele Fragen blieben: Wird der Mörder gehenkt? Wen hatte Grete wirklich geliebt? Was wird aus Martin? Bleibt er im Günnemoor? Wie eine alte Frau hatte sich Anna Sandvoss fortführen lassen. Ob sie wohl jemals wieder wie früher herrschen würde?

Ende

Nachwort

Lebensgeschichten interessieren mich. Weit zurückliegende Überlieferungen, Bräuche, Alltagsgewohnheiten, Koch- und Backrezepte. War das Leben früher stressfreier, arbeitsreicher, primitiver – gab es die „gute alte Zeit“? Wäre es möglich, mit einer Zeitmaschine in die Vergangenheit zu reisen, könnte ich dann ohne moderne Technik für mich selbst sorgen?

Als reiche Kaufmannsfrau oder wohlhabende Bäuerin auf einem großen Bauernhof würde ich sicher gut leben können. Glaube ich. Wenn es so war, wie es dokumentiert wurde. Bilder der Worpsweder Kunstmaler zeigen es großformatig.

Aber viele der Gemälde zeigen andere Motive. Ausgemergelte Körper, früh gealterte Gesichter, Hoffnungslosigkeit oder Hunger der ärmeren Bevölkerung. Im ausgehenden 19. Jahrhundert war das Teufelsmoor schon größtenteils erschlossen und kultiviert. Doch 100 Jahre zuvor war es noch „wildes Mohr“, so schrieb Findorff. Der Grundwasserspiegel im intakten Moor war fast identisch mit der Oberfläche. „Weder See noch Land“ heißt darum auch der Titel einer Oldenburger Ausstellung über das Moor. Unzugänglich und lebensfeindlich für Mensch, Tier und die meisten Pflanzen.

Aber schon vor 5000 Jahren nutzten Menschen das Moor für kultisch-religiöse Handlungen und für Bestrafungen. In der Steinzeit legten sie kilometerlange Bohlenwege an, die das Moor überbrückten. An den Moorrändern wurde auch Torf gestochen. Der römische Schriftsteller Plinius schrieb von getrockneter, stinkender Erde, mit der die Menschen in Germanien ihre Speisen kochten.

Die ersten Kolonisten, die im Moor wohnten und lebten, verbrauchten ihre Körper, um das Land zuerst einmal zu entwässern. Schwindsucht und Lungenentzündung brachten frühen Tod. Hätte ich da leben wollen, überleben können?

Informationen über diese Zeit der Moor-Kolonisation erhielt ich nicht nur aus Büchern. Denn das ganz Alltägliche im Leben der frühen Kolonisten ist selten dokumentiert worden. Es entstanden darum viele Fragen: Womit mahlten sie ihren Buchweizen? Eine Handmühle konnten sich nur die reichen Bauern leisten. Welche Kleidung trugen die Kolonisten 1791 im Moor? Sie musste praktisch sein und ein Leben lang halten. Städtische Kleidung im Wandel der Zeit ist hervorragend dokumentiert. Die Kleidung im Moor aber erst durch die Gemälde der Kunstmaler etwa 100 Jahre später.

Viele Menschen habe ich schriftlich, telefonisch und persönlich befragt. Trotz intensivster Recherche ist es mir nicht immer gelungen, Antworten zu finden. Ich habe mich trotzdem bemüht, so authentisch wie möglich zu schreiben. Fehler sind vermutlich vorhanden und über Hinweise und Auskünfte dazu freue ich mich (line@ingrid-pfeiffer.de).

Kritisch zu beurteilen ist sicherlich der Eindruck, Line sei eine Superfrau mit außergewöhnlichen Ideen. Natürlich gab es in jedem Moor vergleichbare oder gleiche Ideen, so wie Line und Früllerk sie hatten. Menschen mit anderen Namen und zu anderen Zeiten und Orten. Ich will den Verdienst jedes Einzelnen nicht schmälern, ich möchte nur direkt die Verwirklichung von Ideen miterleben lassen.

Das Günnemoor als Wohnort für Line und Früllerk wurde von mir ausgewählt, da es bis in die Neuzeit hinein nicht besiedelt war. Die Kolonistenstellen, der Bauernhof, der Sanddamm und alle Gräben sind von mir freihändig und nach meinen Vorstellungen erstanden. In der Realität sieht es dort ganz anders aus. Die Gebäudeaufteilung des Sandvoss-Hofes kann allerdings im Museumsdorf Augustendorf wiedergefunden werden.

Bei der Aufteilung der Kirchensprengel habe ich ebenfalls ‚geschummelt'. Die Menschen jenseits der Hamme (von Worpswede aus gesehen) gehörten zu St.Wilhadi in Scharmbeck. Entfernungen spielten keine Rolle.

Auch die Beek fließt im Buch breiter und weiter in einem Bogen Richtung Spreddig und Ströhe.

Die Handmühle, die Clara in der Weißtorfschicht am Rande der Beek frei kratzte, soll ein Beispiel sein für römische Fundstücke aus Bremen und dem Umland.

Jürgen Christian Findorff ist neben seinem Neffen Kohlmann und dem englischen König die Person, die wirklich gelebt hat. Alle anderen sind von mir frei erfunden oder haben Ähnlichkeit mit Personen aus meiner Familie, denen ich damit ein Denkmal setzen möchte. Auch die Handlungen im Buch sind frei erfunden, falls es Ähnlichkeiten zu früher oder heute gibt, wäre das Zufall.

Wer Kolonist (Anbauer, Siedler) im Moor werden wollte, musste sich bewerben. In seinem Moor-Katechismus schrieb Findorff: „Es ist besser fleißige, als bloß bemittelte Leute zum Anbau anzunehmen. Hat der Anbauer bey mittelmäßigem Alter und einer gesunden Leibesbeschaffenheit Lust zu arbeiten, dabey eine arbeitsame Frau und einige erwachsene Kinder …!“ Es bewarben sich Knechte und nicht erbberechtigte Bauernsöhne. Sie kamen aus den Dörfern der Region. Und sie brachten ihre Bräuche und die Sprache ihres Dorfes mit. Erst im Laufe der Generationen entstand daraus eine Einheit, aber nur innerhalb eines Moordorfes. Die plattdeutsche Sprache hat viele unterschiedliche Worte, je nach Region. Die Mehrzahl von Kuh variiert von Ort zu Ort: Keuh und Keih, auch Köh. In der Nähe von Bremervörde wird in drei Dörfern, die nur zwei bis drei Kilometer auseinander liegen, das Wort Pforte unterschiedlich ausgesprochen. In Ebersdorf heißt es Port, in Alfstedt Purt und in Hollen Pauert. Darum bitte ich um Verständnis, dass ich mich für die Sprache meiner Großeltern entschieden habe.

Glossar

Balje ist eine runde, hölzerne Wanne (Zuber, kleiner Bottich, Kübel), ähnlich wie ein → Daubeneimer gebaut.

Bookweten (Buchweizen) gehört zur Familie der Knöterichgewächse. Buchweizen ist keine Getreidesorte, sondern ein enger Verwandter von Rhabarber und Sauerampfer. Er gedeiht auch auf kargsten Heide- und Sandbödenund wächst schnell. Jedoch ist er frostempfindlich. Temperaturen unter fünf Grad können zu Aufgangsverzögerungen und Verlusten führen, später Frost kann sogar Totalschaden auslösen. In der Regel sollte die Saatzeit deshalb in den ersten drei Wochen des Monats Mai liegen.

Buchweizen trägt etwa zwölf Wochen nach der Aussaat Früchte. Die ungeschälten dunkelbraunen Früchte sind dreieckig. Sie sehen aus wie kleine Bucheckern. Diese Buchweizenkörner müssen geschält werden, da die harte Schale, die auch durch langes Kochen nicht weich wird, nicht zum Verzehr geeignet ist.

Butze oder Alkoven ist ein Wand- oder Schrankbett. In den Moorkaten wurde er im hinteren Wohnbereich eingebaut. Butzen waren mit Vorhängen, Holztüren oder Klappen verschließbar und dadurch wärmer als freistehende Bettgestelle. Der kleine Raum erwärmte sich eher, da immer mehrere Personen darin schliefen.

Canehl sind die von der Außenborke befreiten Innenrinden des immergrünen Zimtbaumes. Zimt ist eines der ältesten tropischen Gewürze der Welt. Als weltweit bester Zimt gilt Canehl aus Ceylon.

Copulation ist im 18. Jahrhundert die gebräuchliche Bezeichnung für den Rechtsakt der Eheschließung.

Commissarius ist ein altes Wort für Kommissarund bedeutet ursprünglich Beauftragter. Findorff erhielt den königlichen Auftrag, Moore zu kolonisieren.

Daubeneimer ist ein hölzerner Eimer, der wie ein Holzfass aus schmalen senkrechten Leisten (Fassbrettern) besteht. Zum Band gedrehte Weidenzweige halten die Dauben zusammen. Der Eimer ist unten breiter als oben und kippt dadurch nicht leicht um.

Dechsel ist ein Beil mit quer stehendem Blatt. Es wurde im Schiffbau nach dem Sägen einer Bohle zum Glätten benutzt.

Eber mit langen Hauern kennen wir heute höchstens noch bei Rückzüchtungen oder den vom Aussterben bedrohten alten Landschweinrassen. Hausschweine sind direkte Nachfahren des Wildschweins. Da Hausschweine häufig auf Feld- und Waldweiden gehalten wurden, kam es immer wieder zu Vermischungen. Erst Ende des 18. Jahrhunderts wurde in England mit der Leistungszucht begonnen. Um 1800 lag das Schlachtalter bei 1 ½ Jahren und die Tiere wogen ungefähr 50 kg.

Eichenfahrer waren clevere Torfkahnbesitzer, die in der Umgebung von Worpswede Torfschiffern den Torf zum geringen Preis abnahmen oder abzwangen, um ihn dann selbst in Bremen zu einem höheren Preis zu verkaufen.

Fachwerk ist eine Bauweise mit hölzernem Ständergerüst, bei der die Zwischenräume (Gefache) mit einem anderen Material (Zweigegeflecht mit Lehm bestrichen oder Steine) ausgefüllt werden.

Findorff, Jürgen Christian wurde am 22.2.1720 in Lauenburg / Elbe geboren und starb am 31.7.1792 in Mehedorf bei Bremervörde. In Iselersheim wurde er begraben.

Er lernte den Beruf des Tischlers und übernahm die Werkstatt seines Vaters.

Ein hannoverscher Landbaumeister wurde auf den vielseitig interessierten und begabten jungen Mann aufmerksam und förderte ihn. Findorff bildete sich weiter und erhielt Aufträge als Baumeister und Architekt. Er verstand sich auf Wasserbauten, Landvermessung und Kartenzeichnen. Er baute Brücken, Mühlen, Kirchen, Rathäuser, Schulen, Wohngebäude und den Hamme-Oste-Kanal.

Durch Unterstützung des Landbaumeisters war er schon Mitte des 18. Jahrhunderts an der Planung der landwirtschaftlichen Erschließung des Moordreiecks zwischen Oste, Hamme und Wümme beteiligt. 1771 wurde er zum offiziellen Moorkolonisator und damit zum Commissarius ernannt.

In seinem Moorkatechismus schrieb er Bedingungen für die zu gründenden Moordörfer, für die Kanäle und Gräben und für jede einzelne Moorstelle detailliert nieder. Die Kriterien zur Auswahl der Siedler, das einzubringende Vermögen, die Größe der einzelnen Moorstellen (50 bis 60 Morgen), die Aufteilung des Landes in Feld, Wiese, Gartenland und Abtorffläche, den Getreide- und Gemüseanbau, die Anzahl des Viehs, der Hausbau und die staatliche Unterstützung wurden von ihm festgelegt und regelmäßig kontrolliert. Das wirtschaftliche Auskommen der Kolonisten war für ihn vorrangig. Dafür setzte er sich bis zur körperlichen Entkräftung und dem Verlust seiner Gesundheit ein. Er erteilte Rat, lobte, mahnte und strafte. Das brachte ihm den Beinamen ‚Vater aller Moorbauern' ein.

Flett ist der gepflasterte Herdraum im letzten Drittel des niederdeutschen Hallenhauses. Es war durch die offene Feuerstelle der Mittelpunkt des Hofes. Dort wurde gekocht, dort war die Wärme- und Lichtquelle und der Ort für Feierlichkeiten. In den seitlichen, durch Fenster erhellten Luchten standen auf der einen Seite ein langer Tisch mit Stuhl und Bänken, auf der gegenüberliegenden Seite war der Arbeitsbereich der Hausfrau.

Flieder ist norddeutsch für Holunder. Der Fliederbusch ist eine der ältesten und vielseitigsten Heilpflanzen in unserem Kulturkreis. Vor der Christianisierung galt er als Sitz der Göttin Holla (Frau Holle), die Tiere und Pflanzen schützte. Im Volksglauben galt der Fliederbeerbusch bis in die Neuzeit als Hausbaum, der vor Blitzeinschlag und bösen Geistern schützte.

Fliederblütentee und Fliederbeersaft hilft bei Erkältungen und steigert die körpereigene Abwehr, Rinde und Blätter entwässern den Körper. Beim Färben von Wolle wird mit den Beeren ein violetter Farbton, mit der Rinde ein schwarzer und mit den Blättern ein grüner erzielt.

Bis heute fertigen Kinder Flöten oder Blasrohre aus kurzen Zweigen des Fliederbeerbusches.

Geest ist eine Landschaftsformation nahe der Nordseeküste, die aus Sandablagerungen eiszeitlicher Gletscher entstanden ist. Sie ist oft mit Heide oder Kiefernwald bedeckt. Das Wort kommt vom niederdeutschen ‚göst' und bedeutet trocken, sandig und wenig ertragreich. Geest und Moor grenzen sich im Teufelsmoor deutlich voneinander ab.

Georg III, König von England (1738-1820) 1701 wurde die hannoversche Kurfürsten-Witwe Sophie vom englischen Parlament als die nächste zur Thronfolge in der protestantischen Linie erklärt. Aber erst ihr Sohn, Georg Ludwig, bestieg 1714 als König Georg I. den englischen Thron und übersiedelte nach London. Die Personalunion zwischen Hannover und Großbritannien dauerte 123 Jahre. Georg III wurde bereits mit 22 Jahren König von Großbritannien und Kurfürst von Hannover, später König von Hannover. Während seiner 60-jährigen Regierungszeit besuchte er jedoch niemals sein Kurfürstentum Hannover. Er unterstütze jedoch sein Familien-Stammland vornehmlich in landwirtschaftlichen Fragen und förderte die Landgewinnung im Moor aus steuerlichen Gründen. Seine sechs jüngeren Söhne ließ er in Hannover ausbilden.

Grapen heißt ein dreibeiniger kessel- oder kugelförmiger Kochtopf mit Henkel, der direkt über das offene Feuer gestellt wurde. Er wurde aus Ton (→ Irdenware) oder Metall (Eisen, Kupfer) gefertigt und schon ein kleiner Grapen hatte mindestens ein Fassungsvermögen von einem Eimer Wasser, also 10 Litern. Mit einem entsprechend großen Holzlöffel (plattdeutsch: Sleev) wurde gerührt. Im Grapen wurden einfache Speisen wie Brei, Eintöpfe und Suppen gekocht.

Grote s. Taler

Grüner Speck nennt man den ungeräucherten, noch rohen, fetten Schweinespeck (vergleichbar den grünen Klößen aus rohen Kartoffeln).

Grüppen sind kleinere Gräben.

Handmühlen wurden zum Mahlen kleinerer Mengen Getreide und Buchweizen benutzt. Zwei kreisrunde Granit-Steine sind übereinander in ein Holzgestell integriert. Auf dem feststehenden unteren Stein, dem Unterlieger, lässt sich der obere Stein, der Läufer, mit Hilfe eines eisernen Griffs drehen. Durch ein Loch in der Mitte des oberen Steins rieselt das Korn zwischen die beiden Steinflächen. Durch die Rotation wird es zermahlen.

Die im Moor gefundene Mühle ist eine römische, die nur aus zwei Steinen besteht. Da römische Gerätschaften in der Weser gefunden wurden, kann auch Lines Mühle auf einem Schiff oder als Beute ins Moor geraten sein.

Hochzeiten wurden sehr verschieden gefeiert. Fleischhochzeit hieß die große Hochzeit der Wohlhabenden mit Suppe, Braten, Nachtisch und Tanz, die häufig mehrere Tage dauerte. Kaffeehochzeit war die kleine Hochzeit für die Armen, die nur ein paar Stunden dauerte. Es gab nur Kaffee und Kuchen. Wer es sich leisten konnte, reichte dazu noch Bier, Branntwein und Zigarren.

Hunt ist eine alte Maßeinheit. 1 Hunt entspricht dem Inhalt von 100 geflochtenen Weidenkörben, ½ Hunt sind ungefähr 6 Kubikmeter. Torfkähne hießen nach ihrem jeweiligen Fassungsvermögen ¼ oder ½ Hunt.

Irdenwaren sind Gefäße und Geschirr aus gebrannter Erde (Ton), die in den unterschiedlichsten Formen und für vielfältigste Funktionen getöpfert und anschließend gebrannt wurden. Im Haushalt gab es sie als Vorratsbehälter, in ihnen wurde auch gekocht und gebacken, Teig geknetet und daraus gegessen. Sie waren unglasiert porös und wasserdurchlässig oder aber einfarbig glasiert, manche Stücke sogar aufwendig bemalt.

Kinder waren die wirtschaftliche und soziale Absicherung ihrer Eltern. Die Geburten- wie die Sterblichkeitsrate war extrem hoch. Wenn ein Kind das 6. Lebensjahr erreicht hatte, war die Chance alt zu werden groß (vorausgesetzt, es gab weder Seuchen, Unfälle noch Kriege). Die emotionale Bindung zwischen Eltern und Kindern ist mit der heutigen nicht zu vergleichen. Kinder starben und es gab wieder neue. Die hierarchische Ordnung auf einem Bauernhof verdeutlicht das in der Sitzweise um die offene Feuerstelle (die einzige Wärmequelle). Im Winter saßen Bauer und Bäuerin (nur Kleinkinder waren auf dem Schoß) an der wärmsten Stelle zwischen Feuer und Wand. Links und rechts kamen Großknecht und Großmagd, danach Kleinknecht und -magd. Dann alle weiteren Arbeitskräfte. Dort, wo es am kältesten war, saßen die Kinder ab 4 Jahren. Das klingt heute grausam. Damals waren kräftige Hände für den Erhalt des Hofes (und damit für die Sicherheit nicht hungern zu müssen) das Wichtigste.

Kinder galten noch bis ins 19. Jahrhundert hinein nicht als eigenständige Individuen. Schulische Bildung galt auf dem Land als unwichtig.

Kinderschutzgesetz, durch das in den Fabriken Kinderarbeit unter 14 Jahren verboten wurde. Dieses Gesetz existierte aber vorerst nur auf dem Papier, da es keinerlei Kontrollen über die Einhaltung der Vorschriften gab. Erst 1853 wurden Fabrikinspektoren eingesetzt, aufgrund deren Kontrolle das Kinderschutzgesetz Effektivität erlangen konnte.

Kleidung war immer schon der Mode unterworfen. Heute gibt es im Teufelsmoor für Volkstanzgruppen und Vereine Trachten, denen jedoch keine Original-Kleidung von früher zugrunde liegt. (Der Maler Fritz Mackensen malte 1895 einen Gottesdienst im Freien. Dort ist die sehr malerische Selsinger Tracht, die aber von der Geest stammt, dokumentiert.) Das Wort Tracht kommt ganz allgemein vom Tragen der Kleidung. Ende des 18. Jahrhunderts hatte sich (entgegen der bisherigen französischen, sehr pompösen und überreich verzierten Mode) besonders in den ehemaligen Hansestädten ein schlichterer, mehr dem englischen Geschmack entsprechender Stil durchgesetzt.

Im Moor – aber nicht nur hier – war vor allem praktische Kleidung wichtig, für Frauen wie für Männer. Sie war überwiegend aus Leinen, denn Flachs wurde im Teufelsmoor angebaut, gesponnen, gewebt und eingefärbt. Frauen trugen einen langen weiten Rock, eine Bluse und ein enges Mieder, das tief ausgeschnitten war. Das Brusttuch wurde in den Ausschnitt gesteckt. Schürze und Haube gehörten, wie heute auch noch bei den Trachten, zur Kleidung. Alltags- und Sonntagskleidung unterschied sich nur wenig. Das Brautkleid war die Sonntagskleidung und wurde häufig bis ans Lebensende getragen. Männer trugen eine Kniebundhose, Hemd und Weste, dazu eine Jacke. Eine Pelerine, eine Art weiter Umhang, schützte vor Nässe und Kälte. Aus Schafwolle wurden Strümpfe und wärmende Kleidung gestrickt.

Kloben oder heute Klaben ist eine Bremer Kuchenspezialität (ähnlich dem Stollen). Beim Klaben ist das gleiche Verhältnis zwischen Hefeteig und den ‚bunten' Zutaten wichtig. Das Wort bedeutet spalten, wie ein Stück Holz hat der Klaben längs einen tiefen Einschnitt. Heute ein Weihnachtsgebäck, wurde der Klaben traditionell zu jedem

Fest und jedem Feiertag gegessen. Lecker schmeckt eine Scheibe Klaben mit einer Scheibe Schwarzbrot als Doppeldecker, dazwischen dick Butter und Mettwurst oder geräucherter Schinken.

Kohlmann, Dietrich wurde Findorffs Nachfolger als Moorkommissar ab 1793. Er war verheiratet mit der Tochter von Findorffs Schwester (Schwesterkind) und starb 1817.

Kolonisation bedeutet Besiedelung und wirtschaftliche Erschließung einsamer Gegenden. Die Teufelsmoor-Region gehörte zu Hannover und damit → König Georg III. Unfruchtbare Landstriche sollten mit möglichst wenig Kosten-Aufwand urbar gemacht werden. Die Kolonisation wurde den anzusiedelnden → Kolonisten aufgebürdet: Sie waren zuständig für das Ausheben der Verbindungsgräben, für die Entwässerung und die Instandhaltung der Gräben. Nur die Arbeit an den Hauptkanälen und -dämmen wurde ihnen bezahlt.

Gleichzeitig sollten sie Torf, auch für den Verkauf, graben und Landwirtschaft betreiben. Grünland musste zuerst einmal geschaffen werden. Starthilfe kam vom König durch zeitlich begrenzte Befreiung von Steuer und Militärdienst und durch einmalige Natural-Hilfen wie Bauholz, Getreide und Obstbäume.

Kolonisten sind die ersten Bewohner im Moor.

Marsch wird ein Landstrich an der Küste und entlang der Flussmündungen genannt. Die Marsch ist aus dem Schlick entstanden, der sich durch Ebbe und Flut abgelagert hat. Regen spülte das Salz aus der Erde, Süßwasserpflanzen siedelten sich an und nach der Entwässerung war fruchtbarer Boden entstanden. Marschbauern galten im Gegensatz zu → Geestbauern landläufig als reich.

Mäander ist Teil eines natürlichen Flusses. Das Wasser verläuft in Bögen und Kurven, da es Hindernisse umrunden muss. In der Flussbiegung wird der Sand außen weggespült und an einer ruhigeren Stelle gegenüber wieder abgelagert. So bilden sich Flussschleifen, die Mäander heißen. Die Außenseite der Flussbiegung ist steiler, häufig unterspült und heißt Prallhang. Die Innenseite, die einen flachen unbewachsenen Uferhang wie eine kleine Halbinsel bildet, nennt man Gleithang.

Medicus entspricht dem heutigen Allgemeinarzt, Wundarzt dem Chirurgen, Mudder Griebsch war die Hebamme. Stille Fru war die geheime Frau, denn die Zeit der Hexenverfolgung war noch im Gedächtnis. Sie heilte kräuterkundig und mit Hilfe ritueller Segenssprüche (findet heute noch Anwendung gegen Warzen).

Metze war der Lohn des Müllers. Ein gesetzlich festgelegter Teil des Mahlgutes wurde einbehalten.

Milchsatte heißt eine flache Schüssel mit großem Durchmesser, in die frische Milch gegossen wurde. Über Nacht bildete sich oben eine Sahneschicht, die mit einem breiten Holzlöffel abgeschöpft, gesammelt und anschließend zu Butter verarbeitet wurde. Im Sommer blieb die Milch in der Schüssel und wurde, besonders durch Gewitterluft, sauer und fest. Dicke Milch mit Schwarzbrot und Zucker schmeckt auch heute noch herrlich erfrischend.

Moor wird von Findorff in seinem Moor-Katechismus wie folgt beschrieben: „Die großen wilden Möhre haben eine mehrentheils waagerechte Oberfläche, die zwar das äußere Ansehen einer Festigkeit hat, dennoch aber durchaus schwammig, lukker, voller Waßer, und daher entweder gantz unzugänglich – oder doch sehr mühsam zu begehen ist."

Morgen ist die ursprüngliche Größenbezeichnung für ein Stück Land, das mit einem Pferde-Gespann an einem ‚Morgen' gepflügt werden kann. Heute gilt als Flächenmaß: 1 Morgen = ¼ Hektar = 2500m^2.

Mudder Griebsch siehe Medicus.

Pannkoken sind Pfannkuchen. Sie schmecken nicht nur süß und aus Weizenmehl gebacken. Mit Speck oder einem anderen Belag (Käse, Pilze, Gemüse) ersetzen sie ein Mittagessen. Da Buchweizen das einzige Getreide war, das auch auf dem entwässerten und nährstoffarmen Moorboden wuchs, wurden Bookweten-Pannkoken zur Hauptnahrung der ersten Kolonisten. Für den ganzen Tag gebacken, gab es sie kalt und pur oder mit etwas Speck darin. Dort, wo der Moorboden noch sehr nass war (trockener Moorboden brennt leicht), konnte auch ein Feuer entzündet werden, um das Essen aufzuwärmen, um etwas ‚Warmes in den Leib' zu bekommen. Siehe auch Rezeptteil.

Porst ist der Gagelstrauch (Myrica gale), nicht zu verwechseln mit dem (giftigen) Sumpf-Porst (Ledum Palustre). Der Gagelstrauch ist zweihäusig, das heißt, es gibt männliche und weibliche Pflanzen. Er wird zwischen 50 cm und 2 m groß, je nach Standort. Gagel verströmt im Sonnenschein einen angenehmen, sehr reinen, aromatischen Duft, der durchs Trocknen noch verstärkt wird. Seine Blätter wurden, ähnlich dem Lorbeer, als Gewürz und zur Insektenabwehr verwendet. Beim Bierbrauen verstärkte er als Zutat die alkoholische Wirkung. Heute steht der Strauch unter Naturschutz.

Roland heißt die große Steinfigur auf dem Bremer Marktplatz. Er war von Anfang an eine Symbolfigur für die Freiheiten [Rechte] der Stadt. Nach der Rinesberch-Schene-Chronik soll ein hölzerner Roland 1366 durch die Knechte des Bremer Erzbischofs verbrannt worden sein. 1404 entstand der steinerne Roland, der heute noch vor dem Bremer Rathaus steht. Der Abstand seiner spitzen Knie beträgt genau eine Bremer Elle.

Schafskälte ist ein in Mitteleuropa häufig zu beobachtender Kälteeinbruch zwischen dem 10. und 20. Juni. (Zu diesem Zeitpunkt sind die Schafe bereits geschoren und frieren dann.) Die Schafskälte wird durch Polarluft ausgelöst und dauert nur wenige Tage.

Scheeden sind größere Gräben.

Schönroggen war ein aus gesiebtem Roggenmehl gebackenes Brot in Form einer gestreckten Raute. Schönroggen galt als Bestandteil der Tafel der Kaufleute und wurde an bestimmten Festtagen den Armen gespendet.

Stille Fru siehe Medicus.

Taler und Grote waren Geldstücke. Bis nach der Gründung des Deutschen Reiches 1871 gab es ein Münz-Chaos. In den verschiedenen Ländern des heutigen Deutschland galten jeweils eigene Währungen. Umrechnungstabellen waren für Kaufleute und die Obrigkeit zwingend notwendig.

In Bremen galt: 1 Taler = 72 Grote. (Der Name Groten ist die norddeutsche Bezeichnung des Groschens.) 1 Groten = 5 Schwaren. Der Kaufwert ist heute nur schwer umzusetzen. Als Beispiel: 1738 erneuerte der Zimmermeister Hermann Ficke für 26 000 Reichstaler die große Weserbrücke. Um 1800 herum kosteten 1 Bund Torf (60 Stück, 1 Stück heißt Soden und hat getrocknet etwa die Größe eines Ziegelsteins) je nach Qualität 2-5 Grote.

In manchen Gebieten Niedersachsens galt der Gutengroschen, eine Kleingeldmünze. 1 Gutengroschen = 12 Pfennige, 24 Gutengroschen = 1 Reichsthaler.

Tartuffel ist ein Name für Kartoffel. Die Spanier hielten die Knollen zuerst für Trüffel und nannten sie darum ‚Tartuffuli', die Italiener ‚Tartufoli'. Das deutsche Wort Kartoffel entstand daraus. In Deutschland verweigerten die Bauern noch Mitte des 18. Jahrhunderts die neue Pflanze. Aus Unwissenheit wurden vereinzelt auch die Beeren probiert, die abscheulich schmeckten. Die Frucht stammte außerdem von den Heiden und wuchs im Dunkeln. Der Aberglaube wucherte. Die Kartoffel passte außerdem nicht in den traditionellen Ackerbau mit dem Dreifeldersystem. König Friedrich der Große erließ in Preußen 1756 den staatlichen Befehl zum Kartoffelanbau. Er hatte die Frucht nicht nur für das Volk, sondern auch für seine Soldaten als Kriegsverpflegung geplant. Erst ab 1780 wurde die Kartoffel mehr oder weniger freiwillig akzeptiert. Sie galt jedoch als „Arme-Leute-Speise“ und die Aristokratie lehnte sie ab. Die Kartoffel erhielt in jedem Landstrich und jeder deutschen Sprache einen anderen Namen. Hier nur eine sehr kleine Auswahl: Erdapfel, Grummbire, Knolle, Karunkel, Kartüffel, Pataken, Ertüffel, Toffelchen, Erdtoffel, Erdbrot. Im Teufelsmoor heißt sie plattdeutsch Tüffel.

Torfluk, das ‚Fleisch‘, sind die Pflanzenfasern, die als größere Stücke im Torf erhalten bleiben: Stängel, Zweige oder Baumrinde. Kinder pulten es gern aus den getrockneten Torfsoden heraus und einige Jungs rauchten es sogar – aber nur einmal! Kalffleesch sagt man heute noch.

Wundarzt siehe Medicus.

Plattdeutsche Wörter und Ausdrücke

A

achtertücksch – heimtückisch, hinterhältig, giftig

Allens to de rechte Tied, bloß denn is dien Leven wiet. – Tu alles zu seiner Zeit, dann lebst du gut.

allerbest – außergewöhnlich gut, lecker

avdruckt - abgedrückt

B

bange – ängstlich

Behol dine Grappen! – Schweig still, behalte deine merkwürdigen Gedanken für dich!

Bickbeeren – Blaubeeren, Waldbeeren

Blangendöör – Seitentür des Bauernhauses

Blarrbüdel – Heulsuse

Bookweten – Buchweizen

Bookwetenbree – Buchweizenbrei

Bookweten-Honnig – Buchweizen-Honig

Bookwetenmehl – Buchweizenmehl

Bookwetenpannkoken – Buchweizenpfannkuchen

Brammwien – Weinbrand

Bunkerde – oberste Vegetationsschicht mit Heide und Gräsern im Moor

büst – bist, sein

D

Dat dröövt wi nich. – Das dürfen wir nicht. Das ist uns verboten.

Dat hett de Pastor all foken seggt. – Das hat der Pastor schon oft gesagt.

Dat hett de Pastor ook all mol seggt. – Das hat der Pastor auch schon einmal gesagt.

Dat is egenbackt. – Das ist selbstgebacken.
Dat is 'n sworen Steen. – Das ist ein schwerer Stein.
Dat is fein sööt. – Das ist schön süß.
Dat kannst mi glöben. – Das kannst du mir glauben.
dat Kleed – das Kleid
Dat segg ik Vadder! – Das sag (verrate) ich Vater!
Dat smeckt mi. – Das schmeckt mir (gut).
Dat stimmt nie nich! – Das ist nicht wahr!
Dat weer dat Moorgespenst! – Das war das Moorgespenst!
de Düvel – der Teufel
de Flieder-Fru – Holunderfrau, Frau Holle
de Fromde ut Bremen – die Fremde aus Bremen
de nachts to doon hett – der nachts zu tun hat, unterwegs ist
de Swienjak – der Schuft, das Schwein
de ut Bremen – die (Frau) aus Bremen
de verdeubelte Keerl – der verdammte Mann
de verflixte Koh – die verflixte Kuh
Deern – Mädchen
Deubel – verdammter Mensch
Dickmelk – dicke Milch
Dor is ok 'n beeten wat Söötes in, vun diene Immen. – Da (im Bündel) ist auch Honig drin.
Du bliffst jümmer de Fromde, de so anners snakt. – Du bleibst für immer die Fremde, die ganz anders spricht.
Du büst wohl mall! – Du bist wohl verrückt, spinnst wohl!
Du schasst di wunnern! – Du wirst dich noch wundern, erstaunt sein!
duchtig – tüchtig, groß
Dumme Lüe bruukt een ton regeern! – Dumme Menschen brauchen jemanden, der über ihnen steht, der ihnen befiehlt!
Dumme Lüe glövt veel. – Dumme Menschen glauben viel.
Dummkeerl, Dummkeerl – dummer Mann, Mensch, Blödmann

E

Een Fru as Medicus, wa? – Eine Frau als Ärztin, oder was?

Eenmol is keenmol, seggt de Voss und beet de tweete Goos dood. – Der Fuchs sagte: Einmal ist keinmal und biss die zweite Gans tot.

Eeten is good bi Hartpien. Eeten un drinken holt Liev un Seel tosomen. – Essen hilft gegen Herzschmerz. Essen und Trinken hält Leib und Seele zusammen.

Eierbodder – Brotaufstrich, Eierbutter

eisch – frech, schlimm, böse

Ek bünn Louise, diene Nobersche! – Ich bin Louise, deine Nachbarin!

Ek heff di leef! – Ich liebe dich!

Ek heff duchtig Smacht in Liev! – Ich habe großen Hunger!

Ek pass op bi de, de ik nich kenn! – Bei denen, die ich nicht kenne, pass ich besonders auf!

en Peerd pisst un denn hett Fritz mi dat utpißt – (Ich hab mit meinem Wasser (Urin)) ein Pferd (auf die trockene Erde) gezeichnet und er hat einfach darüber gepinkelt

F

Fahrensmann – Seefahrer

Flieder-Fru – Holunderfrau, Frau Holle

Froonslüe – Frauen

Füerkump – kleine tönerne Schale, in der glimmendes Holz oder Torf transportiert oder geschützt wurde

füünsch – zornig, wütend

G

Gaffel – Holzgerät ähnlich einer Forke, um Speck und Wurst, die oben am Dachbalken hängt, herunterzuholen

geev ik die 'n Brammwien ut – Ich spendiere dir einen Weinbrand

Gegen enen Backoben kannst nich gegenan hojohnen! – Der Backofen kann besser gähnen, hat den größeren Mund, ist im Vorteil!

Gewese – Aufhebens

Go man sitten! – Setz dich doch!

Grappen – merkwürdige Gedanken

Graue Arfenzopp – Erbsensuppe von grauen Erbsen, einer sehr alten Hülsenfruchtsorte

Greesen – Gänsehaut, Schauder

Grete liggt dood an'n Sandweg, kumm gau! Een hett se dood mokt! – Grete liegt tot am Sandweg, komm schnell! Sie ist ermordet worden!

Guntsiet – jenseits, auf der anderen Seite des Wassers

H

Hartworm – Blindschleiche

Hanken blifft hier! – Hanken bleibt hier!

Hebbt se sik ok düchtig kloppt? – Haben sie sich auch tüchtig geschlagen? Gab es eine Prügelei?

hett sik upbammelt – hat sich erhängt

Hitt di! –Du meine Güte!

Holschen – Holzpantoffeln

I, J

Ik wahrschau di. – Ich warne dich.

im Loch – im Gefängnis

Immen – Bienen

Jo! Ek heet Clara! – Ja! Ich heiße Clara!

Junge di! – Du meine Güte!

Jungs un Deerns – Jungen und Mädchen

Just so, as een un een twee gifft! – So, wie eins und eins zwei ergibt!

K

Kalffleesch – Torfluk – im getrockneten Torf sind neben den kleinen Moosanteilen feste Pflanzenreste wie Borke, kleine Zweige und Stängel

kalten Gräsen – kalter Schauder
Kaninken – Kaninchen
Karnmelksries – Reis in Buttermilch gekocht
Keen sowat mokt? – Wer tut so etwas bloß?
Kieker – auf dem Kieker haben – jemanden nicht mögen, beschuldigen
kiek mol – guck mal
Kienspan – besonders harzreicher Holzspan, der angezündet als Lichtquelle diente
Kloppe – Schläge, Prügel
Köksch – Köchin
Kornkümp – ausgehöhlter Baumstamm oder eng geflochtener Strohkorb als Vorratsbehälter für Korn oder Buchweizen
Kumm, Line! – Komm, Line!
kummt – kommt
Kump – Tonschale, Schüssel, Behältnis
Kümpe – Mehrzahl von Kump
kuschen – unterordnen

L

Langen Döör – die große Doppeltür im Bauernhausgiebel
Line, dat smeckt fein! – Line, das schmeckt gut!
lütt – klein

M

mächtig – tüchtig, groß
Mannslüe – Männer
Marks Müüs? – Merkst du was? Wird dir was deutlich? Fällt dir etwas auf?
Melkzopp – Milchsuppe
Metze – vom Müller einbehaltenes Mehl als Lohn fürs Mahlen
Mien Kind deit sowat nich. – So etwas tut mein Kind nicht.
Mietsche – Freundin, Liebste

Mi ok? – Mich auch?
modderig – matschig, schlammig
Moin, Line, kannst du mi helpen? – Guten Morgen, Line, kannst du mir helfen?
Mok diene Klüsen up! – Öffne deine Augen!
Mok good! – Abschiedsgruß, Mach's gut!
Mudder, büst du dat? – Mutter, bist du das?
Mudder Griebsch – Hebamme
Muffelkopp – schlecht aufgelegter Mensch
mullte – wirbelte auf, staubte
Muusködel – Mäusedreck

N

Na, wat gifft denn? – Na, was gibt's denn?
nachschnacken – über jemanden reden, herziehen
Natt as 'n Katt! – Naß wie eine Katze!
neemodscher Krom – neumodischer Kram
Ne, ober ok, Keerl! Wat mokst du vor'n dumm Tüüg! – Nein aber auch, Mann! Was machst du für ein dummes Zeug! Welchen Blödsinn machst du nur!
Nu man to, de Kloben bitt nich. De is egenbackt un smeckt fein! – Nehmt, der Klaben beißt nicht. Der ist selbstgebacken und schmeckt besonders lecker.
Bloß wenn upp 'n Disch steit de Pann, Magd un Knecht wat eeten kann! – Magd und Knecht dürfen nur essen, wenn die Pfanne auf dem Tisch steht (außerhalb der Mahlzeiten gibt es nichts zu essen)!
Nu töövt doch eerst mol! – Nun wartet doch erst mal ab!
Nu wahr di! – Nun hör aber auf!

O

Öberall snüffelt he mit sine lange Nees! – Mit seiner langen Nase schnüffelt er überall herum. Überall steckt er seine lange Nase hinein!

Old Wief! – Altes Weib!
Ontvagel – Ente

P

Pad – Weg
pedden – gehen, trampeln
Pferde-Dönz – Kammer des Pferde-Knechtes
piert – schmerzt

R

Rode Grüüt – Rote Grütze, ein norddeutscher Nachtisch

S

Schall ek se ok uttehn? Ne Dodenwäsch bruukt se woll nich. – Soll ich sie auch ausziehen? Totenwäsche ist wohl nicht nötig.
Schall ik di …? – Warnung: Soll ich dir …?
Schangarsten – Graupen in Buttermilch gekocht
Schiet, nu blott dat ok noch! –Mist, nun blutet das auch noch!
Schietweer geev – (wenn) regnerisches, nasskaltes Wetter kommen würde
Schimpst du nich mit us? – Schimpfst du auch nicht mit uns?
Schlick und Schiet – Schlamm und Schmutz
Schlipp – Überzug – wenn zwischen zwei Flüssen oder Kanälen ein Deich überwunden werden musste, wurde der Torfkahn mit einem Pferdegespann hinübergezogen.
Schluck – ein Glas Schnaps, Korn
schnacken – reden
Schnodder – Sekret aus der Nase
Schöttelwaschup – Abwaschfrau, Helferin der Köchin
Schwestermann – Schwager
Se deit mi leed. – Sie tut mir Leid.
sinnig – bedächtig, langsam
Sleev – langer hölzerner Rührlöffel für den Grapen

Sleierhoot – Schleierhut, eine luftige Haube für die Arbeit im Freien
Slöpendriever – Landstreicher
Slott-Schüün – Schloß-Scheune, eine inzwischen abgebrochene Scheune am Rande des Weyerberges
Smeckt as Himmelsmanna. – Das schmeckt wie himmlisches Manna (Speise aus der Bibel).
So lang, as ik den Dussel noch fastmoken kann, solang blifft dat mien Hoff! – Solange ich den Holzbalken noch hochheben und in den Türrahmen setzen kann, gehört mir der Hof!
Speckpannkoken – Pfannkuchen mit Speck gebacken
Spedelschipp – besondere Torfschaufel
spiddelig – dünn, zart, zerbrechlich
stille – ruhige, im Geheimen arbeitende Frau
Stubben – Baumwurzel
Süüt jo ut, as weer se verdrunken, wa? – Sie sieht aus, als wäre sie ertunken, nicht wahr?

T

Tartuffel (auch Tüffel) - Kartoffel
To goodet Eeten mokt fuul. – Zu gutes Essen macht faul.
tolopen Volk – hergelaufenes Volk
Töövt op mi! Töövt doch! – Wartet auf mich! So wartet doch!
Torfluk – Kalffleesch – im getrockneten Torf sind neben den kleinen Moosanteilen feste Pflanzenreste wie Borke, kleine Zweige und Stängel
Tüffel (auch Tartuffel) – Kartoffel

U, V

us eegen Brot – unser eigenes, selbstgebackenes Brot
Vadder – Vater
verdeubelte Deern – verdammtes Mädchen
verdingt – Arbeitsvertrag eingegangen

Verdori noch eenmol, dat piert ober! – Verdammt, das tut aber weh!
vermuckte Deern – eigensinniges Mädchen
verschütt gohn – gefangen, ins Gefängnis gekommen
Villicht is de von güüstern noch duun? – Vielleicht ist sie von gestern noch betrunken?
vorwech – vorweg, Einleitung, Prolog

W

Warmbeer – Biersuppe
Wat bluchterst du da? – Was redest du da? Warum machst du dir mit reden Luft?
Wat büst du klook, un so mutig! – Du bist vielleicht klug und so mutig!
Wat de Buur nich kennt, dat freet he nich! – Was der Bauer nicht kennt, probiert er auch nicht!
Wat geit di dat an? – Das geht dich nichts an!
Wat hebb ik seggt – dor kummt de Düvel all lievhaftig! – Was habe ich gesagt – da kommt schon der leibhaftige Teufel!
Wat is mit di, büst du 'n Fru? – Was ist denn mit dir, bist du eine Frau?
Wat mokst du dor? – Was machst du da?
Wat schall dat? – Was soll das?
Wat schall denn de Amtmann dorbie? – Warum soll denn der Amtmann kommen?
Wat schall ek nu doon? – Was soll ich jetzt (bloß) tun?
Wees man nich bang. – Hab keine Angst.
Wees nich so üützig! – Sei nicht so unfreundlich!
Wees still! – Sei ruhig!
weet ik nich – weiß ich nicht
Wenn een veel snackt, denn sünd dor ok veel Lögen bi. – Wer viel erzählt, lügt oft dabei.
Weyhoot – Hut, der weht, eine luftige Haube für die Arbeit im Freien

Wie hebbt de Melk utkippt. – Uns ist die Milch ausgekippt.
witschen umme Nees – weiß um die Nase, im Gesicht
Wo bliffst du denn? – Wo bleibst du denn?

Rezepte

Bookwetenpannkoken, so gebacken, wie Louise es Line gezeigt hat und wie es alle Moorfrauen konnten

1 Pfd. Buchweizen (in der Moulinette) mahlen oder als Mehl kaufen. Mit ½ Teelöffel Salz, 4 Eiern und ungefähr ½ l Milch verrühren und über Nacht oder mindestens den ganzen Vormittag über quellen lassen.

(Da Walter Kuh und Ziege gegen Brammwien getauscht hatte, musste Mimi statt Milch Wasser nehmen. Statt mit Eiern und Milch kann der Teig auch mit ¾ l Buttermilch angerührt werden.)

Nach dem Quellen pro Pfannkuchen 2-3 Streifen Speck (Bacon) in der Pfanne anbraten. Eine Suppenkelle Pfannkuchen-Teig drauf geben und von beiden Seiten backen. (Vorsicht, der Pfannkuchen ist sehr mürbe und bröckelig!)

Mit braunem Rübensirup beträufeln oder mit grünem Salat in einer Saure-Sahne-Soße (1 Becher saure Sahne, 1 Esslöffel Zucker, Saft einer halben Zitrone) essen.

Herrn Eltermanns Lieblings-Kaffee, den der Herr Pastor aus Worpswede ebenfalls sehr gern mochte

In einem Topf 1 Kaffeebecher kaltes Wasser mit 1 gehäuften Esslöffel Kaffeepulver, 1 Tütchen (6 g) geriebener Orangenschale und (je nach Süße) bis zu 1 Esslöffel braunen Zucker aufkochen und 5 Minuten ziehen lassen. Durch ein engmaschiges Sieb oder eine Filtertüte gießen.

In der Tasse eine Sahnehaube darauf setzen und mit geriebener Muskatnuss bestäuben.

Birkenblätter-Tee, der den Durst besser löschte als immer nur braunes Moorwasser aus dem Graben

(Vorsicht ist jedoch geboten, denn der Tee entwässert!)

Frisch vom Baum gepflückte Birkenblätter (eine kleine Hand voll für 1 Tasse) mit kochendem Wasser übergießen und 5-10 Minuten ziehen lassen. Durchsieben und evtl. süßen.

Labskaus, wie ihn 1791 noch keiner kannte

1 Pfd. gepökelte Rinderbrust (Fleisch beim Schlachter vorbestellen), 3 große Zwiebeln, 2-3 Lorbeerblätter, 1 Teelöffel getrocknete Pfefferkörner, 2 kg Kartoffeln, 100 g Fett, 1 Glas Gewürzgurken, 1 Glas eingelegte Rote Beete, etwas Milch, Salz und Pfeffer, Rollmöpse oder Bratheringe und Eier.

Das Fleisch in einem Sud aus Wasser, 1 Zwiebel, den Lorbeerblättern und Pfefferkörnern gar kochen. (Kein Salz, das Fleisch ist sehr salzig!)

Abgekühlt in der Mulinette oder einem Fleischwolf zerkleinern. Sonst mit einem Messer in sehr kleine Würfelchen hacken.

Die beiden Zwiebeln würfeln und im Fett glasig werden lassen, das Fleisch dazugeben und alles zusammen durchbraten.

* Kartoffeln schälen und ohne Salz garen, abgießen und stampfen.

Inzwischen die Hälfte der Gurken und der Rote Beete klein hacken.

Das Fleisch mit Zwiebeln, Kartoffeln, Gurke und Rote Beete mit etwas kochender Milch verrühren. Mit Salz und Pfeffer abschmecken.

Servieren mit Spiegeleiern, Rollmöpsen, Gewürzgurken und Rote Beete-Scheiben.

Heute schmeckt Labskaus auch so

1 Dose Cornedbeef in Stücke geschnitten, mit den gewürfelten Zwiebeln braten. Im obigen Rezept beim * wie gehabt weiterkochen.

Auf dem Torfkahn schmeckte es Früllerk als Leibgericht, darum bekamen die Fische nichts davon

Statt Kartoffeln (Tartuffels) Zwiebackscheiben zerbröseln und mit kochender Milch übergießen. Weich werden lassen und den Brei mit Fleisch und Zutaten wie oben verrühren.

Der gute Schangarsten blieb Früllerk fast im Halse stecken, als Magnus ihn über sein Leben ausfragte

½ l Buttermilch und 100 g mittlere Graupen mit einer Prise Salz und wenig Zucker ca. 30-40 Minuten kochen (Vorsicht – brennt sehr leicht an!), kalt oder warm mit süßer Milch umgießen und evtl. nachsüßen.

Die Eierbodder vom Hof Sandvoss schmeckte Gretes kleinen Geschwistern trotz der großen Traurigkeit

2 mittelgroße Eier mit 100 ml Milch, 1 gestrichenen Esslöffel Weißmehl, Salz, Pfeffer und geriebener Muskatnuss (Schinkenwürfel oder Schnittlauch dazu ergeben einen kräftigeren Geschmack) gut verrühren.

In eine ausgefettete Form gießen, 20 Minuten im Wasserbad mit Deckel kochen lassen. Ein Sieb mit einer aufgerissenen Filterpapiertüte auslegen und mindestens 2 Stunden abtropfen lassen.

Auf Schwarzbrot mit Butter streichen. Als süße Version mit Zucker statt der Gewürze auf Weißbrot geben und Marmelade drüber streichen.

Im Eierschmalz entdeckte Hanken den Sauerampfer wieder und endlich gelangte etwas in Fidis Magen

4 hartgekochte, klein gewürfelte Eier mit 2 Eßlöffeln feinem Gänseschmalz (oder vegetarischem Schmalz aus dem Reformhaus), mit kleingeschnittenem Sauerampfer, einem anderen Küchenkraut oder klein gehackter Zwiebel verrühren, mit Salz und Pfeffer würzen.

Mit einem kräftigen Brot essen.

Im Sommer wurde das Brot immer schon schnell schimmelig. Wie gut, dass es Pfannenbrot gab

175 g gemahlenen Weizen oder Weizenvollkornmehl mit 1 Prise Salz und 1 Messerspitze gemahlenem Koriander (Anis oder Kreuzkümmel gehen auch) in einer großen Schüssel mischen. In die Mitte 1 EL Öl und bis zu ½ Tasse kaltes Wasser geben. Von der Mitte aus das Mehl nach und nach in den Brei rühren, bis er geknetet werden kann. So lange kneten, bis der Teig schön elastisch geworden ist. Evtl. noch ein wenig Mehl dazugeben. Die Schüssel mit einem feuchten Tuch bedecken und eine gute Stunde stehen lassen. Noch einmal kurz durchkneten, in 4 Teile schneiden und diese zu Kugeln drehen.

Mit den Händen aus jeder Kugel eine Scheibe pressen und mit einem Nudelholz zu einem dünnen Fladen ausrollen.

Die Fladen in einer schweren gusseisernen Pfanne ohne Fett auf jeder Seite ungefähr eine Minute backen, bis sie leicht gebräunt sind. (Die Pfanne dabei hin und her rütteln, damit das Brot nicht ansetzt.) Die Fladen noch warm essen.

Line ließ das Not-Brot sauer werden

Die oben angegebenen Zutaten statt mit Wasser, mit einer ¾ Tasse Buttermilch anrühren und 1-2 Tage sauer werden lassen. Schneller geht es mit Fertigsauer, mit Hefe oder Backpulver.

Bremer Kloben schmeckt auch heute noch wie Himmelsmanna

2 Pfd. Mehl, 375 g Butter, 250 g helle Sultaninen, 250 g dunkle Rosinen, 250 g Korinthen, 75 g Orangeade, 125 g Sukkade, 2 Eier, 75 g Zucker, 100 g Hefe, etwas mehr als ¼ l Milch, abgeriebene Schale von 1 Zitrone, 1 Messerspitze Kardamom, etwas Rum oder Orangensaft.

Die Sultaninen, Rosinen und Korinthen über Nacht im Rum oder Saft einweichen.

Am nächsten Tag das Mehl in eine große Schüssel geben. In der Mitte in einem Mehl-Loch die zerkrümelte Hefe mit dem Zucker und ⅛ l handwarmer Milch auflösen. Eine Viertelstunde warm gehen lassen.

Nun das Mehl mit der weichen Butter, den Gewürzen und der Milch zu einem glatten Teig verkneten. Erst dann die Früchte unterkneten. Den Teig noch mal gehen lassen. Da es ein schwerer Teig ist, dauert das mindestens 1 Stunde oder auch länger.

Den Backofen auf 175 Grad vorheizen.

Den Teig zu einem länglichen Laib formen, auf beiden Längsseiten mit einem Messer einkerben und auf ein Backblech setzen. Die Früchte, die aus dem Teig ragen, wegnehmen, sie verbrennen sonst. Den Kloben mit Wasser bestreichen und im Ofen bei 175 Grad etwa 1 Stunde backen.

Den Kloben mindestens 24 Stunden stehen lassen, da er sonst sehr krümelt.

Fliederblüten-Flammeri, ein von mir erfundenes Rezept, teilte Hupp-Marie gerecht auf

10 große aufgeblühte Fliederdolden (Holunderblüten) pflücken. Die Blüten von den Dolden in ½ l Milch schneiden. Die Milch erhitzen (nicht kochen) und 10 Minuten ziehen lassen. Durch ein Sieb gießen.

Die Milch aufkochen, etwas kalte Milch mit 45 g Speisestärke und 40 g Zucker verrühren, in die kochende Milch rühren. Den Flammeri noch einmal aufkochen.

Ein Eigelb mit einem Esslöffel der heißen Masse vermengen und in den Flammeri rühren. Ein geschlagenes Eiweiß unterheben und in einer kalt ausgespülten Schüssel abkühlen lassen.

Danksagung

Stellvertretend für alle Menschen, die mir Informationen und Ratschläge gaben, die mein beharrliches und sicher auch manchmal lästiges Fragen ertrugen, nenne ich den Landwirt Hinrich Bavendam aus Teufelsmoor-Günnemoor und den Müllermeister Otto Grimm aus Tarmstedt, die inzwischen gestorben sind.

Ich danke den MitarbeiterInnen und Mitgliedern aller Institutionen und Vereine, die mir weiterhalfen: dem historischen Moorhof Augustendorf, dem Moor- und Fehnmuseum Elisabethfehn, dem Freilichtmuseum Hollen-Heise, der Ländlichen Erwachsenenbildung Klenkendorfer Mühle in Gnarrenburg-Brillit, dem Moormuseum in Moordorf, dem Torfschiffswerft-Museum in Schlussdorf, dem Osterholz-Scharmbecker Heimatmuseum, dem Museumsdorf Cloppenburg und den Teilnehmerinnen und Teilnehmern meiner Trauerkreise in Worpswede.

Werner Wiechmann aus Worpswede verwirklichte meinen Wunsch einer Modell-Moorhütte weit über meine Vorstellungen hinaus. Der Dank für die vielen Stunden lässt sich nicht in Worte fassen.

Ich danke meinen Eltern Gerhard und Marianne Pfeiffer, geborene Lahmann für das Lob über die ersten geschriebenen Seiten. Meine Mutter übernahm die Korrektur vor allem der plattdeutschen Wörter und Sätze. Meinem Sohn Oliver Pfeiffer und seiner Freundin Katja Helfers, meinen Freunden Astrid Hanisch, Erika und Jens Pollem danke ich für den Zuspruch, besonders aber für das aufwendige und sorgfältige Korrekturlesen, für ihre mir so wichtigen Kommentare und Veränderungsvorschläge.

Auch bei Herrn Prof. Dr. Jürgen Teumer bedanke ich mich für das aufmerksame Lesen des fertigen Buches und seine hilfreichen Hinweise. Außerdem fand er Folgendes heraus: Jürgen Christian Findorff war zwar Bauleiter der Worpsweder Kirche, die Entwürfe und Pläne stammten aber vom königlichen Architekten und Hofbaumeister Johann Paul Heumann.

Ninja und Moritz, unsere Katzen waren Vorbild für Puschel und Mule. Den Katzen gehört mein Dank für Kuscheln und Fröhlichkeit beim Streicheln und Spielen.

Der Dank an meinen Mann Ronald Ilenborg …

Ohne ihn gäbe es das Buch nicht, er hat an mein Schreiben geglaubt, mir Mut gemacht, Ideen eingebracht und weitergeholfen, wenn es hakelte. Er hat mich kritisiert und gelobt, dort, wo ich es brauchte. Er fuhr immer wieder mit mir ins Moor, in Museen und sammelte Informationen. Trotz mehrmaligem Korrekturlesen verlor er keinen Augenblick das Interesse an Buch und Thema.

Bibliografische Information der Deutschen Nationalbibliothek:
Die Deutsche Nationalbibliothek verzeichnet diese Publikation in der Deutschen Nationalbibliografie; detaillierte bibliografische Daten sind im Internet über http://dnb.d-nb.de abrufbar.

Herausgeber: Vito von Eichborn
Herstellung und Verlag: Books on Demand GmbH, Norderstedt
ISBN 10: 3-8334-6830-0
ISBN 13: 978-3-8334-6830-8